KB252667

당신은 아직 젊고 건강하다

당신은 아직 젊고 건강하다

이멍 소설집

흐름

Take Care
of
Yourself

60평

당신의 엄마는 이곳이 우리 세 식구의 마지막 보금자리가 될 것이라 자신했다.

더도 말고 덜도 말고 너무 크지도 않고 작지도 않은 이 60평 창고에서 아침부터 밤까지 주말 가리지 않고 열심히 일해 자동차도 새로 사고 아파트 두 장만하고 그렇게 오슈도슈 행복하게 살자며 당신의 엄마는 이야기했다.

2월이었다. 서울 끄트머리에 자리한 창고 단지 한복판. 3층 규모의 산업용 벽돌 건물 2층에서 당신의 부모님은 이사를 앞두고 고사를 준비했다. 60평 넓이의 사무실 겸 창고는 문을 닫아도 입김이 나올 정도로 춥고 음산했다. 얄팍한 단열재와 한

겹짜리 창문은 외벽으로 스미는 한기와 웃풍을 막아내지 못했다. 무늬가 점점이 박힌 돌바닥이 얼음장 같았다.

이삿짐이 들어오지 않아 텅 빈 이곳에서 어린 당신은 추위에 몸을 떨었다. 집에 가고 싶었다. 뜨끈한 전기장판에 몸을 지지며 살찐 고양이를 실컷 쓰다듬고 싶었다.

당신의 아빠도 같은 눈치였지만 집에 가자는 말은 하지 않았다. 어쩐지 창고 기운이 좋지 않다며 터주신께 고사라도 지내야 겠다 고집한 게 바로 아빠였다. 무당의 자식으로 태어난 탓인지 당신의 아빠는 민간 신앙을 믿고 따랐다. 귀신날에 외출을 삼갔고 손없는날을 면밀하게 따져 이삿날을 정했으며 마음이 불안하면 주방에 맑은 물을 떠놓고 밤새 손을 모아 빌었다. 반면 당신의 엄마는 아빠의 믿음을 미신 따위로 치부했다. 장례식에 다녀온 바로 다음 날 친척 결혼식에 다녀가는 사람이 바로 당신의 엄마였다. 고사도 아빠의 고집을 못 이긴 것뿐이지 깊은 뜻은 없어 보였다. 엄마에겐 이삿날 중국집에서 짜장면을 시켜 먹는 정도의 관행이었을 것이다.

돼지머리도 과일도 떡도 모두 아빠가 준비했지만, 정작 상에 올리는 건 엄마의 몫이었다. 고사처럼 중요한 의례는 처음부터 끝까지 그 공간의 주인 되는 사람이 진행해야 한다는 것이 아빠의 지론이었다.

"네 엄마가 우리 집 대장이잖아. 그러니 당연히 엄마가 손수 올려야지."

당신의 엄마는 3년 전 작은 규모의 인터넷 쇼핑몰을 열었다. 카페 매장에 필요한 재료와 용품을 취급하는 곳이었다. 시작할 때만 해도 아빠는 걱정하는 눈치였지만 이른 나이에 회사에서 권고사직을 당하고 나서는 쇼핑몰의 영업 실장을 자처했다. 직책만 영업 실장이지 사람 만나는 걸 꺼리는 성격 탓에 아빠는 몸을 쓰거나 운전하는 일을 했고 재고를 관리하고 주문과 정산을 처리하고 고객을 응대하는 일은 모두 엄마의 몫이었다. 당신의 직책은 시급 1,000원짜리 아르바이트생이었다. 당신은 직원을 구할 형편이 못 되는 쇼핑몰의 유일한 희망이었다. 학교가 끝나면 창고로 달려가 물건을 포장해야 했다. 하루라도 예외는 없었다.

그때 당신은 열네 살이었다. 또래보다 키는 작지만 운동에 재능이 있어 체육 대회에서 1등을 휩쓸었다. 장래 희망은 딱히 없고 수학 과목을 싫어했으며 친구들과 함께 유튜브를 보며 시시덕대는 걸 좋아하는, 미래를 걱정하지 않으며 걱정할 필요도 느끼지 못하는 평범한 중학생이었다.

엄마는 사장님이자 가장이자 대장답게 조금의 흐트러짐도 없이 고사를 진행했다. 직접 초에 불을 붙이고 향을 꽂고 술을 올리고 돼지 입에 지폐 다발을 꽂았다. 상을 향해 세 번 절을 올렸다.

"부디 저희 쇼핑몰 대박 나게 해 주세요. 우리 세 식구, 모자람 없이 잘 먹고 잘살 수 있게 도와주세요."

당신도 엄마와 아빠를 따라 절을 올렸다. 돌바닥에 무릎을 꿇고 머리를 조아리며 숨을 죽였다. 이제 됐겠거니 싶어 몸을 일으키던 찰나 손바닥에 날카로운 통증이 일었다. 바닥에 튀어나온 못 머리에 찢긴 것이다. 바닥 위로 붉은 핏방울이 떨어졌다. 아빠가 먼저 상처를 눈치챘고, 엄마가 호들갑을 떨며 황급히 고사상을 정리했다. 부산스럽게 병원을 검색하는 부모님 곁에서 당신은 못 머리를 발끝으로 건드려 보았다. 분명 피가 떨어진 것 같았는데 이상하게 바닥이 말끔했다. 얼룩 하나 보이지 않았다.

그때 당신은 병원이고 뭐고 집으로 돌아가고 싶었다. 이렇게 음산하고 추운 곳에 더는 머무르고 싶지 않았다.

그러나 오랜 시간이 지나 당신은 결국 집이 아닌 창고로 돌아오게 되었다.

60평의 이 지긋지긋한 공간으로.

***

당신이 부모님의 창고에 도착한 건 자정이 가까워졌을 무렵이었다.

공기가 찼다. 3월이 코앞이건만 여기는 언제나 한겨울이다.

몇 년 만인지 모르는 귀향이었다.

장례를 마치고 화장터까지 함께한 친척에게 식사를 대접하고 나니 벌써 이 시간이었다.

당신은 피곤했다. 눈이 끔뻑 감기고 연신 하품이 새어 나왔다. 뜨거운 물로 샤워한 뒤 차가운 맥주를 마시며 숨을 돌리고 싶었다. 그런 바람을 뒤로하고 본가가 아닌 창고로 향한 건 어처구니없는 이유 때문이었다. 부모님이 말도 없이 현관문 비밀번호를 바꿔버린 것이다. 기존 번호는 물론이고 부모님의 전화번호와 생일, 주민등록번호까지 맞는 게 없었다. 열쇠공을 부르기엔 늦은 시각이고, 부근에는 제대로 된 숙박업소도 없었다. 그렇기 때문에 당신은 결국 이곳으로 왔다. 집에서 도보로 15분, 당신 가족의 마지막 보금자리, 당신의 창고로.

동네는 여전했다. 여전히 허름하고 낡았으며 냄새나고 형편없었다. 서울이란 게 믿기지 않을 정도로 쇠락한 곳이었다. 임대를 구하는 벽보가 건물 외벽마다 빛바랜 몰골로 붙어 있었고 창고

앞 가로등은 여태 수리가 안 되었는지 예전 그대로 정신 사납게 깜박였다. 쓰레기를 투기하지 말라는 경고판 아래에 진물이 흘러나오는 검은 비닐봉지와 담배꽁초가 즐비했다. 전봇대마다 오줌 지린내가 진동했다.

당신은 가로등 아래서 담배를 연거푸 피우다가 당신의 창고로 향했다. 철문을 직접 열고 닫아야 하는 구식 화물 승강기를 지나 벽을 더듬더듬 짚으며 가파른 계단을 올랐고 밖에 난 좁은 복도를 걸어 철문 앞에 섰다. 어슴푸레한 어둠을 더듬으니 움푹하게 팬 자국 아래로 둥근 문고리가 잡혔다. 내내 불통이던 집 도어 록과 달리 창고의 열쇠 구멍은 부드럽게 열쇠를 받아들였다. 문이 뱉는 익숙한 쇳소리를 들으며 당신은 길게 숨을 내쉬었다.

쇼핑몰은 동네만큼 여전한 모습으로 남아 있었다. 질서 정연하게 늘어선 철제 선반마다 샷잔이며 스팀 피처 같은 매장용품이 빼곡하게 들어찼고, 일회용 빨대와 종이컵 같은 테이크아웃 용품이 상자 단위로 벽을 따라 차곡차곡 쌓여 있었다. 제자리를 찾지 못한 스무디 박스가 손수레 위에서 높은 탑을 이뤘다. 문 바로 옆에 자리한 포장 작업대에는 원통형 비닐 완충재가 나뒹굴었다. 박스 테이프 심지가 당신의 발에 차였다. 천장 구석의 감시 카메라에서 붉은빛이 깜박댔다.

당신은 넘어져 있는 포장용 상자 묶음을 벽에 세워 붙인 뒤 비닐을 들춰 사무실로 들어갔다. 말이 좋아 사무실이지 김장 비닐로 책상 주변을 둘러 싸서 만든 구역에 불과했다. 엄마가 여름에는 덥고 겨울에는 추운 벽돌 건물의 날씨를 견디기 위해 궁리한 결과 지금의 비닐 칸막이가 탄생했다. 엄마는 남들 보기에 볼썽사나워도 없는 것보다는 낫다며 주장했고 아빠도 옆에서 맞장구쳤다.

책상 위에는 택배 송장 한 무더기와 주문서 수십 장이 아무렇게나 널려 있었다. 찍힌 날짜를 보니 모두 나흘 전에 출력된 것들이었다. 비닐 너머로 시선을 옮기니 철제 선반 사이 쓰러져 있는 3단 사다리가 바로 보였다.

저기서 당신의 엄마가 죽었다.

경찰의 연락을 받았을 때 당신은 대형 마트의 온라인몰 물류 센터에서 배송 나갈 제품들을 담고 있었다. 유기농 상추 한 봉지와 녹차 먹인 돼지고기 삼겹살 600그램 그리고 파채 한 팩. 팀장의 급한 부름에 사무실로 달려간 당신은 유선 전화기를 건네받았다. 경찰이었다. 부모님 일로 당장 병원에 와달라고 했다.

부모님은 1인용 철제 침대에 나란히 누워 있었다. 잠자듯 말간 얼굴로 눈을 감은 엄마와 달리 아빠는 온몸이 부서지고 으스러져 온전한 곳이 없었다. 경찰은 시신을 확인한 당신을 경찰

서로 데려가 창고 감시 카메라가 찍은 영상을 보여줬다. 네모난 화면 속에서 당신의 엄마는 사다리에 올라 선반에 정리함을 채우고 있었다. 그런데 갑자기 화면이 요동치더니, 사다리가 흔들리다 옆으로 넘어가며 엄마의 몸도 따라 넘어졌다. 경찰은 엄마가 공중을 허우적거리는 장면에서 영상을 멈췄다.

엄마의 사인은 경추 골절로 인한 척수 손상이었다. 옆으로 넘어지면서 선반 모서리에 목 뒤가 찍혔다고, 한순간에 벌어진 일이라 고통은 없었을 거라고 경찰은 설명했다.

반면 당신의 아빠는 곱게 죽지 못했다. 경찰이 엄마의 죽음을 빨리감기로 넘긴 뒤 나타난 아빠는 쓰러진 엄마를 발견하고도 응급조치를 하지 않았다. 바닥에 누운 엄마를 내려다보며 얼굴을 쓸어내리던 아빠는 몇 분간 감시 카메라를 응시했고, 갑자기 몸을 돌려 창고를 빠져나갔다. 아빠의 이후 행적은 뉴스 단신이 알려줬다. '오늘 오후 3시 20분, 강아시 봉촌동 인근 교차로에서 흰색 승합차 한 대가 5톤 트럭과 충돌하는 사고가 일어났습니다. 이 사고로 승합차를 운전하던 A 씨가 현장에서 사망하고…'

당신의 아빠는 직진 신호를 받고 운행하던 트럭의 옆을 시속 100킬로미터로 돌진해 그대로 박아버렸다. 신호 위반과 과속, 명백히 아빠의 과실이었다. 돈이 더 모이면 바꿔야지, 바꿔야지,

했던 가족의 다마스 승합차는 에어백도 펼치지 못한 채 종잇장처럼 구겨져 아빠의 몸을 덮쳤다. 나중에 들어 알게 된 것이지만, 평생 벌금 딱지 한 번 뗀 적 없을 정도로 안전운전을 내세우던 아빠기 유독 그날만큼은 안전벨트를 매지 않았다.

경찰은 차량 블랙박스에서 특이점이 발견되지 않았다는 점을 들어 큰 충격을 받아 판단력이 떨어진 바람에 일어난 사고로 여겨진다고 말했다. 당신도 이에 동의했다. "엄마 없이는 못 살 인간이었으니까요."

당신은 성심성의껏 부모님의 장례를 치렀다. 두 분의 입관을 지켜보고, 곡소리를 내고, 값비싼 유골함에 두 분을 담아 목 좋은 곳에 나란히 봉안도 했다. 이 모든 과정을 거치는 내내 현실감은 조금도 들지 않았다. 분명 부모님의 시신을 마주했지만 꿈을 꾸는 것 같기도 했고, 술에 흠뻑 취한 것 같기도 했다. 친척과 지인의 동정 어린 손길도 와닿지 않았다. 당신이 부모님의 죽음을 실감하게 된 건 바로 지금부터다. 창고가 너무 어수선하다. 당신의 엄마라면 이런 지저분한 꼴을 절대 두고 보지 않았을 것이다. 당신의 아빠는 엄마가 짜증을 내기 전에 알아서 착착 정리했을 것이다.

당신은 바닥에 널브러진 접이식 사다리를 세워 그 위에 앉았다. 주변을 둘러볼수록 빈소에서도 나오지 않았던 눈물이 눈꼬리에 배어들었다. 이 창고를 정리하고 관리할 부모님은 이제 없다. 영영 돌아오지 않을 것이다. 당신은 눈물이 흐르는 대로 내버려뒀다. 남은 앙금이 너무 많아서인지 끝내 우는 소리는 나오지 않았다.

울고 나니 그제야 다른 것들이 눈에 들어왔다. 이를테면, 여전히 정리되지 않은 창고의 모습이라든가.

창고를 아주 떠나기 전, 다시 말해 가족과 함께 밤낮없이 일하는 생활을 당신이 청산하기 직전의 쇼핑몰 상황은 매우 좋지 못했다. 하루가 다르게 매출이 줄었고 경쟁 업체는 자살이라도 하려는지 제품의 가격을 낮추고 또 낮췄다. 광고를 돌려도 매출이 오르는 건 한순간뿐, 오히려 광고비 때문에 적자인 날이 더 흔했다. 제품들의 소비기한은 임박해졌고 취급할 수 있는 가짓수는 줄어들었다. 쇼핑몰이 해킹당하면서 고객의 개인정보가 유출되기도 했다. 사정사정해 1,000만 원에 달하는 벌금을 500만 원까지 감면받았지만, 수익이 줄어든 마당에 이마저 부담스럽기는 마찬가지였다

불안한 재정 상황을 무너뜨린 건 송 부장의 거래 대금 사기였다. 쇼핑몰 초창기부터 거래해 막역한 사이였는데, 언제부터인가 차일피일 대금을 미루더니 연락처도 남기지 않고 증발해 버렸다. 400만 원 가까이 묶인 상태였다. 당신은 욕까지 섞어가

며 부모님께 경고했다, 저 인간 저러다가 난다고. 우리에게 돈 한 푼 안 주고 도망칠 생각이라고.

부모님은 오히려 당신을 나무랐다. 엄마는 얼굴을 붉히며 절대 그럴 사람 아니라고 화냈고 아빠는 엄마에게 동의한다는 의미로 고개를 끄덕였다. 송 부장이 자취를 감추고 몇 달이 지나고 나서야 추심 업체를 찾았으나 돌아오는 답은 냉담했다. 그쪽보다 더 뜯긴 사람이 허다하다고, 변제 순위가 한참 밀릴 테니 돈 받는 건 포기하라고.

부모님은 당신에게 당분간 용돈 주기 힘들겠다며 혹시 모아 놓은 돈이 있느냐고 물었다. 정작 액수를 듣고는 실망한 기색을 감추지 못했다. 그날로 당신은 부모님을 포기하고 쇼핑몰을 포기했다. 간단히 짐을 꾸려 친구의 집으로 향했고, 얼마 뒤 기숙사를 제공하는 물류 센터에 들어가면서 부모님과 연락을 끊어버렸다. 당신이 가족 단체 대화방에 마지막으로 남긴 말은 다음과 같았다. '내가 없으니 인건비가 아쉬워? 사람 하나 빠졌다고 망할 쇼핑몰이면 그냥 망해버리라고 해.'

그러니 당신의 쇼핑몰은 진작 망했어야 했다. 부모님은 제품이 다 빠진 창고에서 허망한 얼굴로 자기네 잘못을, 시대의 흐름을 따라가지 못하고 잘못 만든 상세 페이지와 잘못 대처한 고객 문의와 잘못 책정한 가격 따위를 직시하며 후회했어야 했다.

그러나 지금, 눈앞의 쇼핑몰은 여전했다. 제품 가짓수가 늘어난 것 같기도 했다. 소비 기한이 임박한 제품을 모아놨던 바구니도 텅 비었다. 부모님은 당신이 없어도 쇼핑몰을 제대로 꾸릴 수 있었던 모양이지만, 오히려 그 점이 고깝고 끔찍했다.

밤새 부모님의 빈소를 지키며 이미 당신은 쇼핑몰을 정리하기로 마음먹었다. 망해가는 쇼핑몰 따위 조금도 책임질 생각이 없었다. 예상대로 창고가 텅텅 비었다면 정리하기 쉬웠겠지만, 이 꼴을 봐라. 셋이서 휴일 없이 간신히 꾸려가던 시절과 변한 게 조금도 없는 이 꼴을 좀 보란 말이다. 선반마다 꽉꽉 들어찬 제품들이 전혀 반갑지 않았다. 값어치로 따지자면 수천만 원 수준이지만 그것도 몇 달간 열심히 팔아치워야 나올 돈이었다. 하지만 엄마도 아빠도 없는 상황에서 대체 당신이 뭘 어쩌겠냔 말이다.

혼자서 책임지기에 60평은 너무 넓었다.

당신은 연거푸 마른세수하며 한숨을 내뱉었다. 얼굴이 홧홧 달아오를 무렵에야 고개를 들었다. 당신 엄마의 말투를 흉내 내며 혼잣말했다.

"앉아만 있지 말고 정리를 해. 한 번에 하나씩, 차근차근, 일을 하란 말이야."

우선 나흘간 들어온 주문부터 취소해야 했다. 당신은 사무실로 들어가 컴퓨터 전원을 켰다. 불이 들자마자 인터넷에 접속하려는데 갑자기 화면 속 커서가 제멋대로 움직이기 시작했다. 또 해킹을 당했나 긴장한 것도 잠시, 커서는 작업 표시줄로 내려가 메모장을 열었다. 뜻밖의 문장이 올라왔다.

당신 경찰 아니지 누구야 실장님 어디 있어

당신은 황급히 주변을 둘러보았다. 메모장에 새로운 글이 올라왔다.

실장님 어디 있냐고 묻잖아 주문이 나흘이나 밀렸어 얼른 해결해야 한다고 오픈마켓 벌점 더 쌓이면 위험하다고

커서는 대답을 기다리지 않고 쇼핑몰의 관리자 페이지로 들어가 문의 게시판으로 향했다. 36건의 항의성 문의들이 빨갛게 빛났다. **배송이 안 들어오네요. 전화도 안 받으시고, 대체 뭐 하자는 거예요. 당장 주문 취소해 주세요. 상식도 없고 예의도 없고 기본도 안 되어 있고 어이가 없네. 소비자보호원에 신고하겠어요.** 커서는 마지막 문의를 확인하고 메모장으로 돌아왔다.

이것 봐봐 난리 났잖아 사장님도 안 계시니 실장님이라도 정신 꽉
붙들어야 하는데 미치겠네 근데 진짜 당신 누구야 누군데 멋대로
우리 창고에 들어왔어

당신은 하는 수 없이 키보드에 손을 올렸다

여기 사장과 실장의 딸 되는 사람입니다. 두 분 모두 사고 때문에
돌아가셔서 제가 여길 맡게 되었어요. 그러는 그쪽이야말로 누구
세요? 이 컴퓨터에는 어떻게 접속한 거예요?

줄을 내리기 무섭게 대답이 돌아왔다.

아 딸자식 있다는 얘기는 들었어 당신 나가고 몇 달 뒤에 내가 여
기 들어왔거든 그래서 얼굴을 몰랐네 미안해 근데 실장님이 돌아
가셨다니 그게 무슨 소리야

교통사고가 있었어요. 손쓸 틈도 없이 가셨대요.

상대는 한동안 조용하더니 느릿하게 다음 말을 적었다.

실장님도 참 사장님 따라서 그렇게 가버리셨네 인사도 제대로 못 해드렸는데 난 그냥 아르바이트생 같은 거라고 생각하면 돼 원격으로 여기 일을 도와드리고 있거든 주문 확인하고 출력하고 정산하고 상품 등록하고 발주도 넣고 컴퓨터로 하는 일은 다 내가 해

부모님이 알바를 쓴다는 얘기는 오늘 처음 듣네요.

연락도 안 하고 살았다며 사장님이 얼마나 섭섭해하셨는지 알아

"섭섭한 게 아니라 저임금 노동자가 하나 없어져서 아쉬웠던 거겠지." 당신은 나지막이 속삭였다.

두 분 일은 정말 안됐어 내게 엄청 잘 대해줬거든 일도 가르쳐 주고 밥도 직접 먹여주고 사장님 아니면 난 지금도 바보 천치처럼 아무것도 못하고 좁아터진 방구석에 콕 박혀서 지냈을 거야 시장님이 너무 아쉽고 너무 그립다 보고 싶어 그러면 네가 계속 쇼핑몰 맡는다는 거겠네 아까 내가 보여줬지 문의 글 장난 아냐 얼른 물건 보내줘야 해

죄송하지만 그쪽 하시던 일은 오늘로 끝내는 걸로 할게요.

뭐 왜 뭔데

쇼핑몰을 이번 주 안에 정리할 예정이거든요. 저 혼자서 감당이 안 돼서요. 월급 계좌 알려주시면 퇴직금은 넉넉히 챙겨드릴게요.

당신은 고용계약서가 있을 법한 서랍을 뒤적이며 당신에게 남은 날을 헤아려 봤다. 경조사 휴가는 진작 소진했고 남은 건 있는 대로 끌어모은 연차 닷새뿐이다. 닷새 동안 이 많은 것들을 정리해야 했다.

오늘은 너무 늦었으니 내일 모두 처리하는 걸로 하죠. 그동안 부모님과 일해주셔서 고생 많으셨어요. 감사합니다.

당신이 주문들을 취소하기 위해 마우스에 손을 올린 순간, 답이 돌아왔다.

잠깐만 진짜 잠깐만 뭔 말 하는지 알겠는데 이미 들어온 주문만이라도 처리해 주면 안 될까 이 사람들 우리 물건만 기다리고 있어 카페가 대부분인데 그 사람들 장사는 어떡하라고 재구매한 고객 비율도 높아 제발 오늘 것까지만이라도 일단 포장을 해서 내보내

쥐 그러면 나머지는 생각해 볼테니까 제발

당신이 일하는 물류 센터에도 '이런' 사람이 더러 있었다. 당신은 한 번도 경험하지 못한, 노동에서 오는 만족감과 책임감 따위를 자랑스레 내비치는 사람들. 망설임 끝에 타자를 쳤다. 이 아르바이트생을 확실히 쳐낼 수만 있다면 나흘 치 포장이야 고되어도 아주 못 할 짓은 아니었다.

알았어요. 그러면 오늘 들어온 것까지만 포장해서 내보낼게요. 이름하고 연락처 좀 주실래요?

난 전화 못 받아 대답을 못 하거든 그래도 낮부터 저녁까지는 계속 컴퓨터 보면서 일하니까 지금처럼 말 걸면 대답해 줄게

혹시 귀가 불편하신가요?

그런 건 아니고 전화할 상황이 못 돼 그리고 이름을 알려주기는 좀 그래 내 이름이 너무 흉하고 이상하거든 사장님은 언제나 날 복덩이라고 불렀어 내 덕에 가게 운이 트이고 숨도 돌렸대 그러니 너도 편한 대로 불러 난 신경 안 써

당신은 입 밖으로 소리 내 발음했다. "복덩아." 엄마가 단 한 번도 당신에게 붙여준 적 없는 살가운 애칭.

며칠만이지만 잘 부탁드릴게요.

당신은 상대에게 이름을 붙이지 않았다. 그럴 필요를 느끼지 못했다.

***

핸드폰 알람 소리에 당신은 화들짝 몸을 일으켰다. 차고 건조한 겨울 공기가 눈물이 말라붙은 뺨을 어루만졌다. 너저분하게 늘어놓은 물건들을 인지하자 간밤 창고에서 잠들었다는 사실이 떠올랐다. 스프링이 꺼진 접이식 침대 때문인지, 담요 한 장만 덮고 잠든 탓인지 고개가 돌아가지 않았다. 온몸이 쑤시고 아팠다.

공용 화장실은 건물주의 지갑 사정을 반영한 듯 마지막으로 봤을 때보다 더 지저분했고 형편없었다. 변기가 얼어 볼일을 보는 것만도 시간이 걸렸다. 당신은 표면이 갈라진 비누로 대충 세수한 뒤 거울을 들여다봤다. 피로에 찌든 스물다섯 살 여자가 당신을 쏘아보고 있었다.

이 창고에 막 발을 들였던 열네 살의 당신은 몰랐을 것이다. 용돈벌이라 자조하던 청소년 시절이 지난 뒤에도 최저시급은커녕 부모님이 선심 쓰듯 챙겨주는 수십만 원, 심지어 액수도 매달 달라지던 그 돈을 위해 쉴 틈 없이 일하게 되리라는 것을. 여름에는 진땀을 흘리고 겨울에는 콧물을 흘리며, 대학은 엄두도 못 내고 휴가도 없이 당신의 청춘을 모조리 쇼핑몰에 쏟아붓게 되리라는 걸 열네 살의 당신은 꿈에도 몰랐을 것이다. 부모님이 비명횡사해 쇼핑몰을 혼자 떠맡게 되리라는 것도.

다행히 오늘의 당신은 혼자가 아니었다. 컴퓨터를 켜자마자 그는 기다렸다는 듯 커서를 움직이며 자기 일에 착수했다. 인터넷 창을 열어 쇼핑몰과 오픈마켓 관리자 페이지에 접속하고, 주문 관리 프로그램을 실행하고, 쌓인 주문을 선택해 주문서와 택배 송장을 출력하고, 문의에 정성껏 답변하고, 취소와 반품과 교환을 처리하고, 거래처에 대리발송을 맡겼다. 그의 일솜씨는 조금의 군더더기 없이 업무를 처리하던 당신 엄마 못지않았다. 덕분에 당신은 일에만 집중할 수 있었다. 주문서대로 제품을 찾아 완충재로 포장한 뒤 상자에 넣어 테이프로 봉하고 송장을 붙여 엘리베이터 앞에 쌓았다. 당신이 원하지 않았는데도 멋대로 몸이 터득해 버린 일련의 과정.

당신은 엄마도 아빠도 없는 창고에서 언젠가의 평일처럼 포장하고 재고를 확인하고 또 포장했다. 상자가 산더미처럼 가득 쌓였다.

정오에 이르러 당신은 컴퓨터 앞으로 다가갔다.

밥 먹고 올게요. 조금 늦을 수도 있으니까 기다리지 말고 먼저 일 보세요.

철문을 잠그고 계단을 내려가자마자 당신은 낯익은 인기척을 느꼈다. 주차장 안쪽, 1층 냉동집 백 사장이 산발이 된 모습으로 문간에 서서 당신을 흘겨보고 있었다. 경찰이 말하기를 아빠 다음으로 죽은 엄마를 발견한 게 백 사장이었다고 한다. 다만 경찰에 신고한 건 백 사장이 아닌 냉동집 직원이었다. 혼비백산 1층으로 돌아와 벌벌 떠는 백 사장을 수상히 여겨 쇼핑몰로 올라갔다가 시신을 발견했다는 것이다. 감시 카메라에 찍힌 백 사장은 망치를 들고 있었다. 경찰이 오해하는 것도 당연했다.

당신은 감시 카메라 속 백 사장을 보고도 놀라지 않았다. 당신의 가족과 냉동집은 주차 문제로 시비가 끊이지 않았다. 주차장이 좁아 이중 주차를 피할 수 없었는데, 차를 빼는 타이밍이 맞지 않을 때가 많아 감정이 나빠졌다. 특히 백 사장은 한번 홍분하면 물불 가리지 않는 성격인지라 툭하면 망치나 장도리를 빼 들고 당신의 가족, 특히 엄마를 위협했다. 아마 그날도 아빠가 나간 걸 확인하고 엄마를 찾아갔을 터였다. 철문에 팬 자국이 왜 있나 했는데 이유는 먼 데 있지 않았다.

백 사장은 오늘따라 매무새가 심상치 않았다. 아무리 성격이 불같아도 허우대는 멀쩡한 사람이었는데, 지금은 불쾌하게 달아오른 얼굴에 셔츠 앞섶도 마구 풀어헤친 채였다. 하기야 미친놈은 시간이 지나도 여전히 미친놈이지. 당신은 알은체도 인사도 없이 몸을 돌려 주차장을 빠져나갔다.

열쇠공은 빌라 현관에서 당신을 기다리고 있었다. 사무실을 열심히 뒤졌지만 아르바이트생의 고용계약서는 물론 창고 임대차 계약서도 나오지 않았다. 그러니 오늘은 무슨 수를 써서라도 집에 들어가야 했다. 예상대로 그는 도어 록을 분해하는 것 말고는 답이 없다고 말했다. 당신이 고개를 끄덕였고, 열쇠공은 쇠지렛대를 들었다.

얼마 지나지 않아 도어 록이 문 안팎으로 분리되며 바닥에 떨어졌다. 문이 열리자마자 당신과 열쇠공은 코부터 쥐기 바빴다. 문틈으로 짙은 풀냄새와 농장에서 날 법한 짐승냄새가 뒤섞인 고약한 악취가 흘러 나왔다. 당신과 열쇠공은 몸을 떨며 뒷걸음질 쳤다.

당신은 창고와 마찬가지로 집도 여전할 것이라 예상했다. 낡은 회색 리클라이너 소파와 벽 한 면을 차지한 거대한 가족사진, 유리 밑에 촌스러운 식탁보를 깐 4인용 식탁, 말라 죽기 직전의 산세비에리아, 고양이가 죽고 나서도 처분하지 못한 캣 타워까지. 어수선한 모습 그대로 남아 있을 것이었다.

그러나 열쇠공이 가리킨 곳에 당신의 집은 없었다.

"저거, 저거 대체 뭐랍니까? 고양이예요?"

어둑한 거실에 자리 잡은 수백의 붉고 검은 눈이 당신을 올려다보았다. 높고 가느다란 울음소리가 집 안 곳곳에서부터 해일처럼 밀려들었다. 실내등을 켜자 붉고 검은 눈의 정체가 명확해졌다. 토끼였다. 풍채 좋은 토끼 수십 마리가 가구 하나 없는 거실을 가득 메우고 있었다. 토끼들은 얼마 안 남은 사료를 먹고 똥을 싸고 똥을 먹으며 손님을 맞았다. 잘못 들어왔나 식겁한 것도 잠시, 당신은 거실 벽에 걸린 가족사진과 눈이 마주치고 말았다. 당신의 집이었다. 당신 부모님의 집이었다.

열쇠공이 새 도어 록을 설치하는 동안, 당신은 발밑을 조심하며 집을 둘러보았다. 안방을 제외한 모든 공간의 가구가 사라져 있었다. 심지어 당신 방조차 토끼 굴 신세였다. 병든 토끼를 격리하는 용도로 썼는지, 침대 하나 없이 텅 빈 방은 말라비틀어진 토끼들로 가득했다. 죽은 토끼는 물론 산 토끼의 몸에도 초파리가 까놓은 구더기가 득실댔다.

열쇠공이 떠난 뒤 당신은 토끼를 맡아줄 곳을 찾아봤다. 애니멀 호더◆에게 고양이를 구출한 이력이 있는 동물 단체가 눈에 띄었다. 당신은 핸드폰에 단체의 번호를 찍었지만 통화 버튼을 누르지는 못했다. 그들은 여기로 찾아와 사진을 찍을 것이다. 집을 마음껏 헤집을 것이다. 의심과 분노가 적절한 비율로 섞인 얼굴로 당신을 마주할 것이다. 자기네가 토끼를 구조하는 모습을 처음부터 끝까지 지켜보게 한 뒤, 위로하는 척 당신을 비난하고 질타할 것이다. 당신도 도통 모르는 이유를 집요하게 물어볼지도 모른다. 그쪽 부모님은 대체 무슨 생각으로 이런 짓을 벌인 거죠? 당신은 그걸 보고만 있었어요?

오늘 최고 기온은 영상 2도였다.

당신은 토끼의 적정 사육 온도도 찾아봤다. 어느 글이든 영상 15도 이상을 제시했다.

그래도 환기는 해야지. 집 안 공기가 너무 불쾌하고 끔찍하니까, 토끼 썩는 냄새 때문에 머리가 다 아플 지경이니까.

당신은 그런 핑계로 엎어진 사료통과 물통을 싱크대에 처박

◆ 동물을 모으는 것에 지나치게 집착하지만 기르는 일에는 무관심하여 방치하는 사람.

은 뒤 집의 창문을 모조리 열어젖혔다. 서슬 퍼런 바람이 피부를 강타했다. 악취가 엷어졌다. 날이 무척 쌀쌀하고 춥지만 토끼들은 괜찮을 것이다. 아마도, 운이 좋다면 말이다.

운이 나쁘다면 50리터 쓰레기봉투 몇 개로 해결될 일이었다.

점심시간이 다 지난 걸 확인한 당신은 바삐 몸을 움직였다. 물류 센터에서 하도 지적을 받다 보니 습관이 되었다고 합리화하며 현관문을 굳게 닫았다. 잰걸음으로 계단을 내려갔다.

당신이 쇼핑몰을 나와 새로이 취직한 대형 마트 물류 센터는 시간을 금처럼 여겼다. 1분 1초가 부족한 격무의 나날이었다. 팀장은 직원이 잠시 멈춰 서서 숨을 돌리기만 해도 대놓고 호명하며 모두가 보는 앞에서 무안을 주곤 했다. 화장실을 제때 가지 못해 방광염에 걸린 동료가 수두룩했다. 당신은 까닭 모를 발바닥 통증에 시달렸다. 걸을 때마다 발 아치에서 찌릿찌릿한 통증이 올라왔다. 의사는 족저근막염이 의심된다고 말했다. 너무 많이 걸어서 생기는 병이라고, 꾸준히 약을 먹으며 쉬는 수밖에 없다고 했지만 당장 내일도 모레도 출근이었다. 값비싼 기능성 신발로 갈아탄 뒤에야 통증이 줄었다. 팀장에게 지금보다 덜 걷는 부서로 이동하고 싶다 말했지만 돌아온 대답은 간단했다. "지금 그쪽만 힘든 거 아니야. 우는소리 좀 그만해."

당신은 가끔, 왜 당신을 떠나게 만든 부모님의 쇼핑몰보다 더

한 곳에서 일하게 되었는지 자문하곤 했다. 답이야 차고 넘쳤다. 기술이고 뭐고 배운 게 없으니까, 부모님 일을 도왔다는 건 경력으로 칠 수도 없으니까, 변변찮은 전문대조차 못 나온 고졸따리니까. 온갖 이유가 당신을 지금의 직장으로, 방광염과 족저근막염과 관절염의 세상으로 보냈다.

그래도 지금의 직장이 못 버틸 정도로 나쁜 곳은 아니었다. 최저시급이나마 챙겨주는 데다 밥집에서 2인분만 배달받아 세 식구가 나눠 먹던 시절에서 벗어나게 해 주었으니까. 비록 구내식당까지 걷고 줄을 서는 시간을 제하면 밥 먹을 시간이 15분밖에 남지 않지만, 음미할 틈도 없이 입안에 쓸어 넣다 가끔은 소화불량에 시달리긴 했지만, 그래도 식판에는 어김없이 1인분의 식사가 올라왔다. 구질구질하게 나눠 먹을 필요 없는 당신만의 고등어 한 토막, 당신만의 떡갈비 두 개. 한 사람 대접은 해주겠다는 태도가 당신은 기꺼웠다.

무엇보다 말단 직원인 당신은 위에서 시키는 대로만 하면 되었다. 가족의 쇼핑몰에서처럼 매출이 어떻고 유통기한이 어떻고 창고 월세며 주차 문제며 걱정할 필요가 전혀 없었다. 그저 하루 업무량에 맞춰 주문서를 확인하고 포장하면 끝이었다. 신경 써야 할 건 오로지 당신의 몸뚱이뿐이었다. 그런 단순해 빠진 세상에서 다시 벽돌 창고로 내던져진 것이다. 원치 않는 타이딩에, 원치 않는 이유로.

집에서 창고로 돌아가는 길은 스산하고 싸늘했다. 당신은 창고로 돌아오자마자 남은 주문부터 빠르게 처리했다. 겨우 일을 끝내고 책상 앞에서 숨을 돌리는데 그가 말을 걸었다.

일 잘하네 손도 빠르고 힘도 좋고

살펴보니 화면 구석에 감시 카메라 창이 켜져 있었다. 당신은 짜증을 감추지 못했다.

언제부터 훔쳐본 거예요?

말 안 한 건 미안해 가끔 재고가 안 맞을 때가 있어서 매일 들여다보고 있거든 너 택배 싸는 거 보니 실장님 생각나더라 손도 빠르고 아주 잽싸

신기하네요. 전 아빠보다 엄마 닮았다는 말을 더 많이 들었는데.

당신은 엄마와 핏대 높이며 싸우던 시절을 떠올리며 쓰게 웃었다. 둘이 성질머리가 똑같다며 아빠는 놀려대곤 했다.

그러고 보니 부모님 집에 토끼가 아주 많던데, 뭐 들은 얘기라도 없어요?

그는 마우스 커서를 빙글빙글 돌린 뒤 대답했다.

아니 잘 모르겠는데 일만 아는 사람들이 토끼는 왜 키우셨대 얼마나 많아

무슨 농장 차린 것 같아요. 한두 마리도 아니고 막막해 죽겠네요.

당신은 자세한 사정을 일부러 생략했다.

대체 무슨 생각으로 이렇게 일을 벌인 긴지 모르겠어요.

엄마의 핸드폰이 울린 건 택배 기사가 마지막 상자를 화물 승강기에 싣던 중의 일이었다. 경찰 조사며 장례며 쇼핑몰까지 처리할 게 산더미였던지라 당신은 여태 엄마의 핸드폰을 처분하지 못했다. 배터리가 5퍼센트 남은 화면 위로 낯선 발신자명

이 떠올랐다. '부동산'이었다. 이름 석 자도 뚜렷한 상호명도 아닌, '부동산' 세 글자.

전화를 받으니 애교 많은 목소리가 당신을 반겼다.

"아니, 사장님. 왜 이렇게 연락이 없으세요? 분명 어제까지 전화 주시겠다고 하셨으면서 카톡도 확인 안 하고. 제가 얼마나 걱정했는지 알아요? 설마 마음 바뀌신 건 아니죠? 안 그래도 창고 주인이 말이죠, 월세를 추가로 깎아줄 수 있다고…"

당신은 쏟아지는 상대의 말을 무참히 끊고 부모님의 사정을 이야기했다. 살가운 말이 사라지고 무거운 침묵이 맴돌았다. 얼마 지나지 않아 침울해진 목소리는 정말 유감이라며, 말을 이었다.

"그런데 부모님이 말씀 안 하시던가요? 다른 창고에 계약을 걸어놨다고요. 이번 달 말에 들어가는 조건으로 계약금도 넣으신 상태인데요."

당신은 주변을 둘러보았다. 엄마나 아빠의 설명, 이를테면 "내가 얘기를 안 했나?" 같은 대답을 기대했지만 컴퓨터 팬 돌아가는 소리만 요란하게 울렸다.

또 혼자서 정리해야 한다.

두통이 스멀스멀 밀려들었다. 당신은 엄마의 핸드폰을 꽉 쥐며 물었다.

"방금 그 얘기요, 자세히 좀 말해주실래요?"

***

조수석 문을 열자, 당신의 옷깃 사이로 서슬 푸른 한기가 밀어닥쳤다. 서울에서 고작 1시간 거리인데 강아시는 시베리아 한복판과 다름없게 느껴졌다. 창고를 에워싼 논밭이 황량한 분위기를 더했다. '부동산' 중개업자가 당신의 안색을 살피며 웃었다.

"많이 춥죠? 여기가 파주와 맞닿은 지역이라 겨울에 무지하게 추운 편이에요."

중개업자는 운전석에서 캔 커피를 꺼내 건넸다. 온기가 빠진 캔 커피는 몸을 덥히는 데 조금도 도움이 되지 않았다. 춥기도 춥거니와, 여기로 오는 내내 오한이 가시지 않았다. 며칠간 창고에서 숙식하느라 몸살이 난 모양이었다. 아니면 밤새 죽은 토끼를 정리하느라 무리한 탓일지도 모른다.

어젯밤 자정이 다 되어 집에 돌아가니 운이 나쁘게도, 정말 슬프고 참담하게도 토끼가 모두 죽어 있었다. 바싹 마른 코끝과 축 처진 귀, 희뿌옇게 가라앉은 수십의 크고 작은 눈이 집 안 곳곳에 가득했다. 당신은 창고에서 챙겨 온 쓰레기봉투에 토끼

사체를 욱여넣었다. 사체에서 흘러나온 진물과 오물이 봉투 바닥에 고였다.

서너 마리 정도는 살았을지도 모르지만, 어쨌든 집 안의 토끼는 모조리 봉투에 들어갔다.

당신은 캔 커피를 단숨에 비우며 중개업자의 뒤를 따랐다.

문제의 창고는 샌드위치 패널 방식으로 지어진 120평 규모의 단층 건물이었다. 지어진 지 10년 된 곳으로 전 세입자가 신경 써서 관리한 덕에 크게 망가지거나 흠난 곳 없이 말끔하다고 중개업자는 이야기했다. 중개업자는 당신을 데리고 한 바퀴 돌면서 외관을 보여준 뒤 미닫이 정문을 통해 실내에 들어섰다. 기둥 하나 없이 탁 트인 공간이 눈앞에 펼쳐졌다. 선반 하나 없이 텅 빈 내부가 이상하게 거슬렸다. 돌바닥에 박힌 못 머리에 발이 걸리는 기분이랄까. 중개업자는 창고를 누비며 이곳저곳을 손으로 가리켰다. 초록색 페인트가 발린 매끈한 바닥과 못질한 흔적 하나 없는 베이지색 벽. 모든 창문에는 상품의 변색을 막기 위한 차광필름이 붙었고 전기온수기가 설치된 화장실은 따뜻한 물을 쏟았다.

당신이 특히 놀란 공간은 창고 안쪽에 자리한 사무실이었다. 가벽을 세워 만든 사무실은 책상 여러 개, 손님용 소파, 테이블을 넣어도 공간이 남을 만큼 넓었다. 창문이 남쪽에 자리해 햇살이 한가득 들어와 불을 켜지 않아도 무척 밝았다. 중개업자는 재미있는 걸 보여주겠다며 사무실 벽 귀퉁이를 가리켰다. 전기매트 버튼 같은 게 붙어 있었다.

"다른 데도 마찬가지지만 여기도 따로 냉난방기가 있지는 않아요. 대신 사무실이라도 따뜻하라고 바닥에 전기보일러를 깔았죠. 폭염 대비가 안 된 것도 아니에요."

중개업자가 사무실 창문을 열어젖히자 겨울바람이 기다렸다는 듯 세차게 들이쳤다.

"여기가 바람길에 지어졌거든요. 그래서 창문만 열어놔도 한결 시원해요. 아버님이 정말 마음에 들어 하셨죠. 주변 기운이 맑고 해도 잘 들어서 잡귀가 덜 꼬이게 생겼다 그러시더라고요. 어머님이 마지막까지 고민을 하셨지만 아버님이 잘 설득해 주셔서 계약까지 갔던 건데… 사람 일이란 게 참."

이곳의 월세는 당신의 창고보다 60만 원이 더 나간다. 근처에 집을 구하지 않는 한 출퇴근 시간도 배로 늘어날 것이다. 창고 뒤에 전용 주차 공간이 자리한다는 점은 좋았지만 창고 주인이 가끔 자기네 물건을 가져다 놓는다고 한다. 넓고 쾌적하지만 그만한 돈과 시간을 들여 옮길 정도의 메리트는 없어 보였다.

아빠가 이사 가기로 마음먹은 이유를 아느냐고 당신은 중개업자에게 물었다.

"이미 알고 계시는 줄 알았는데요?"

"뭘요?"

"지금 계시는 창고에서 사람이 죽었다면서요. 그것 때문에 건물주가 월세도 깎아줘서 몇 년은 참고 살았는데, 그래도 영 찝찝하고 심기가 불편해서 옮기게 되었다고 아버님께서 말씀하시던데요."

문제의 사고는 당신이 쇼핑몰을 떠나고 몇 달 지나지 않아 일어났다. 천장 조명에 문제가 생겨 업자를 불렀는데, 사다리를 붙잡고 있던 보조 직원의 머리로 구식 안정기가 떨어졌다고 한다. 헐거워진 나사 때문이었다. 10킬로그램에 육박하는 쇳덩이가 3미터 위에서 떨어졌으니 맞은 사람이 무사할 리 없었다. 업자가 조금 더 지켜보자는 본사의 지시를 어길 수 없다며 시간을 끄는 사이 보조 직원의 숨이 완전히 끊어졌고, 당신의 쇼핑몰은 한동안 경찰과 언론사, 업자의 늦장 대처를 문제 삼은 노동단체의 출입으로 곤욕을 치러야 했다.

모두 처음 듣는 이야기였다. 연을 아주 끊은 것도 아니고 1년에 한두 번은 연락했건만 부모님은 당신에게 사람이 죽었다는 얘기를 꺼낸 적이 없었다. 월세가 깎이고 몇 년이 지난 뒤에야 이사를 결정했다는 것도 이해가 가지 않았다. 굳이 지금 와서?

무엇 때문에?

"그런데 그 안정기에 뭔가 붙어 있었다나 봐요. 경찰이 증거라고 가져가는 바람에 확인은 못 했다는데 아버님 보기에 그게 부적 같았다, 그러시는 거 있죠."

당신은 서울까지 데려다주겠다는 중개업자의 제안을 거절했다. 딱한 사정은 알겠지만 창고에 걸어놓은 계약금 전액을 돌려주기는 힘들다는 말을 들은 뒤였다. 가슴이 답답해 발을 움직이며 숨을 돌릴 필요가 있었다. 얼마나 걸었을까, 당신은 내내 못 머리처럼 마음에 걸리던 것의 정체를 깨달았다.

그 창고는, 이사 준비가 전혀 되어 있지 않았다.

당신은 쇼핑몰 이사가 얼마나 번거롭고 피곤한지 몸소 경험해 잘 알았다. 고객과 오픈마켓은 창고 이전 때문에 배송이 늦어진다는 변명을 들어주지 않는다. 이사 갈 곳에 미리 선반을 설치하고 수요 적은 제품부터 갖다 놓다가, 배송이 멈추는 주말 안에 모든 제품을 옮겨놔야 월요일부터 당장 물건을 내보낼 수 있다. 그러나 그곳에는 아무것도 없었다. 2월이 열흘도 남지 않은 상황에 이사를 준비하지 않았다니, 당신은 전혀 납득할 수 없었다.

이게 다 무슨 일이지? 당신은 지끈대는 머리를 짚으며 큰길로 들어섰다가 발을 멈췄다. 중개업자의 차를 탔을 때는 뒷길을 이용했기에 큰길은 처음이었는데, 이상하게 주변이 눈에 익었다. 맞은편 염소탕 식당과 수입 정육 식당, 오른편의 대형 철물점까지 기억에 남아 있었다. 기시감에 주변을 둘러보던 당신은 이내 갓길에 널브러진 흰색 잔해를 발견했다. 자동차 사고의 흔적처럼 보였다. 이를테면 다마스처럼 얇은 차체를 가진 자동차의….

당신은 넋 나간 얼굴로 잔해를 바라보았다.

이곳에서 당신의 아빠가 죽었다.

새로 계약한 창고로 들어서는 길목에서 당신의 아빠가 죽었다.

***

집으로 돌아가는 버스 안에서 당신은 침묵했다. 천장 히터에서 내려오는 뜨거운 바람을 맞으며 당신은 토끼 소굴이 되어버린 집을 생각했다. 급하게 결정된 이사와 갑작스러운 사고와 종잇장처럼 구겨진 아빠의 다마스를 생각했다. 그리고 끝내 찾아내지 못한 아르바이트 고용계약서도.

당신은 도리질 쳤다. 누가 보건 말건 신경도 안 쓰고 고개를 저었다. 그건 이 이상 궁금해할 일이 못 되었다. 정말이지 전혀 중요하지 않고, 답도 나오지 않을 사안이었다. 지금 당신이 해야 할 일은 정리다. 한 번에 하나씩, 천천히 차근차근, 제품을 정리하고 쇼핑몰을 정리하고 창고를 정리하고 부모님의 흔적을 정리하고 본가를 정리해야 한다. 정리, 정리, 정리를 해야 하는 것이다. 모두 깡그리 없던 일로 만들어서 당신의 일상으로 돌아가야만 한다. 5평짜리 기숙사 방으로, 팀장이 시간 엄수를 외치며 시계를 가리키는 곳으로, 그럼에도 당신이 선택한 곳으로, 돌아가야 한다.

정말이지 정리가 시급했다. 남은 시간 안에 어떻게든 왜냐면 당신은

이 모든 걸 책임질 생각이 조금도 없으니까. 당신은 정말이지 아무것도

책임지고 싶지 않으니까.

버스가 창고 인근에 다다를 무렵 모바일 메신저의 알림이 울렸다. 쇼핑몰 폐업을 검색해 수거 업체 번호를 메모하던 당신은 메시지를 확인하자마자 핸드폰을 내던질 뻔했다.

엄마가 보낸 메시지는 이러했다.

오늘은 좀 늦네 언제 돌아올 거야 일해야지 벌써 점심이 지났잖아

주문이 얼마나 밀렸는지 알아

평소 빠릿빠릿하게 움직이지 못한다며 잔소리를 늘어놓던 엄마의 말투가 생각나 당신은 급히 숨을 들이켰다. 그러다 문득, 가게 컴퓨터에 설치된 모바일 메신저를 떠올렸다. 엄마의 계정과 자동으로 연결되었을 터였다. 그러니 이 메시지를 보낸 이는 아마도.

당신은 마지막 문장을 훑으며 이마를 짚었다.

주문이 얼마나 밀렸는지 알아

당신은 버스에서 내리자마자 황급히 창고로 향했다. 철문 너머로 들리던 불길한 소리가 끊임없이 점점 크게 이어졌다. 잉크젯 프린터가 주문서를 내뱉는 소리. *위이잉 위이잉 위이잉* 가끔은 *찰칵 툭, 드르륵* 그리고 다시 *위이이잉.* 감열식 프린터가 택배 송장을 내뱉는 소리는 조금 더 빠르고 길다. *씨이이이이이 씨이이이이이 씨이이이이이 툭.* 책상 밑으로 길게 이어지던 택배 송장이 마침내 바닥으로 떨어졌다.

그는 모니터 너머서 언제나처럼 일을 하고 있었다.

당신은 마우스를 쥐어 잡고 그에게서 커서를 빼앗았다. 메모장을 열고 거칠게 타자를 쳤다.

지금 대체 뭐 하자는 거예요? 어제까지만 주문받고 다 끝내겠다고 약속했잖아요. 쇼핑몰 접는다니까요? 왜 그쪽 마음대로 주문을 받아요? 미쳤어요?

당신은 출력된 주문서와 택배 송장을 파쇄기에 집어넣었다. 파쇄기는 열심히 고객의 개인정보를 갈아 내다가, 중간에 종이가 막혔는지 빨간 경고등을 반짝이며 멈춰버렸다. 메모장에 대답이 올라왔다.

너야말로 얘기가 다르지 난 생각해 보겠다 그랬지 문 닫겠다고 한 적 없어

그게 그거잖아요. 왜 사람 말귀를 못 알아들어요?

어제 그쪽이 일하는 거 보고 나니까 회망이 생기더라고

그의 대답이 속사포처럼 이어졌다. 마치 준비하고 있었다는 듯이.

진짜 손이 안 보일 정도로 빠르잖아 사장님이랑 실장님 없어도 우

리끼리 알아서 잘할 수 있을 것 같더라 우리 벌써 14년이나 운영했고 이 정도면 중견급인데 두 분 없다고 포기하기에는 너무 아깝지 않니 정 힘들면 알바 하나 더 쓰면 될 일이고

커서가 화면 위를 빙글빙글빙글 끊임없이 돌고 돌고 또 돌았다.

우리 정말 괜찮게 잘할 수 있을 거야 사장님이랑 실장님 계셨을 때랑 별 차이도 없을걸

당신은 잠시 모니터를 바라보다가 한숨 같은 헛웃음을 내뱉었다. "미친 새끼."

야. 네가 뭔데 같이 하고 말고를 정해? 내가 못 한다고. 못 해먹겠다고. 너야 월급 받아먹는 아르바이트니까 괜찮겠지, 근데 난 아니라고. 난 이거 책임지기 싫다고. 아무튼 모르겠고 이걸로 끝이야. 끝났다고. 당장 프로그램 끄고 꺼져.

화면 속 커서가 잠잠했다. 당신은 더 기다리지 않고 컴퓨터에 설치되어 있을 원격조종 프로그램을 찾아 마우스를 움직였다.

설치된 앱 항목과 다운로드 폴더를 샅샅이 뒤졌지만 마땅히 삭제할 만한 건 없었다. 결국 인터넷을 끊기 위해 작업 표시줄을 선택하던 찰나, 커서가 휙 오른쪽으로 넘어가며 택배사 프로그램을 선택했다. 당신은 커서가 출력 버튼을 누르기 직전 마우스를 세차게 휘저어 방해했다. 커서가 사방으로 튀었다. 인터넷 창을 열고 닫고, 감시 카메라 프로그램을 열고 닫고, 커서는 그와 당신 사이에서 술을 흠뻑 들이켠 취객처럼 혹은 춤추는 무용수처럼 끝없이 화면 위를 돌고 돌고 돌고 또 돌았다.

다툼은 철문을 두드리는 소리에 끝났다. 당신이 반사적으로 문을 향해 몸을 틀자, 그는 때를 놓치지 않고 커서를 차지해 택배사 프로그램으로 돌아갔다. 여러 건의 택배 송장이 출력을 기다리고 있었다.

당신은 컴퓨터 본체에서 랜선을 거칠게 뽑아버렸다.

다시 두드리는 소리가 들렸다.

"저기요, 물건 가지고 왔는데요. 아무도 안 계세요?"

문을 여니 작업복 차림의 사내가 어정쩡한 자세로 서 있었다. 파우더 제조 업체의 물류 직원이었다. 직원은 대뜸 거래 명세서를 내민 뒤 1층으로 내려갔다. 거래 명세서는 라테용 파우더 10상자, 종류별로 총 60상자가 들어왔다고 알리고 있었다. 당신은 직원을 따라가 잡아 세웠다.

"잠깐만요, 아무래도 부모님이 발주하신 것 같은데 저희가 지금 이걸 받을 상황이 못 되어서요. 도로 가져가 주시겠어요?"

"안 그래도 소식은 들었어요." 직원은 트럭 적재함의 옆면을 내리고 상자들을 한데 묶은 비닐을 칼로 찢었다. "정말 유감이에요. 근데 이거, 주문 자체는 어제 들어왔어요. 급하니까 빨리 보내달라고 메모 남겼잖아요."

당신은 2층, 당신의 창고를 흘겨보았다. 욕이 나오려는 걸 가까스로 참아냈다.

"아무래도 저희 알바가 잘못 주문한 모양인데, 어떻게 안 될까요?"

"저도 여기 말고 다른 일정 잡혀 있어서 바로는 못 가져가요. 일단 받아놓고 본사에 반품 신청하세요."

직원은 말을 더 듣지 않고 상자를 옮기기 시작했다. 하는 수 없이 당신도 직원을 도와 화물용 승강기에 제품을 날랐다.

그런데 저 아르바이트생을 어떻게 해야 할까, 당신은 깊이 고민했다. 인터넷이 다시 연결되면 방금처럼 멋대로 주문서를 뽑고 발주를 넣고 난리를 칠 것이다. 영업 방해로 경찰에 신고하는 것까지 고려하던 그 순간 주차장 건너편에서 무언가를 쿵쿵 두드리는 소리가 들려왔다. 당신과 직원은 손을 멈추고 소리가 난 방향으로 고개를 돌렸다.

냉동집 백 사장이 오른손에 든 망치로 문틀을 두드리며 당신과 직원을 노려보고 있었다. 꼬락서니가 어제보다 더욱 형편없었다. 머리는 산발하다 못해 떡이 져서 겨울 햇빛에 번들거렸고, 눈 흰자위 핏줄은 모조리 터지는 바람에 시뻘겋게 달아오른 얼굴과 분간이 되지 않았다. 누렇게 변색한 셔츠의 앞섶이 침인지 땀인지 모를 것으로 축축하게 젖어 있었다. 절로 눈살이 찌푸려지는 광경이었지만 당신과 직원은 무시하고 상자 옮기기에 열중했다. 그러나 1분도 지나지 않아 구시렁거리는 혼잣말 소리가 당신의 심기를 건드렸다. 당신이 쏘아보자 백 사장은 시선도 피하지 않고 더욱 세게, 더욱 빠르게, 망치로 문틀을 쳐댔다. 쿵 쿵 쿵 쿵.

평소의 당신이라면 못 들은 체했을 것이다. 남은 일이 산더미인데 핏대 높이며 싸울 생각은 조금도 없었다. 하지만 추운 날에 제품을 옮기느라 쑤시고 아픈 허리가 쿵 쓰레기봉투에 잠긴 수십 마리의 토끼 사체가 쿵 쿵 반절두 못 건지게 된 창고 계약금이 쿵 쿵 쿵 빌어 처먹을 정도로 남의 말을 듣지 않는 망할 알바 새끼가 쿵 쿵 쿵 눈앞에서 지랄 떠는 백 사장과 쿵 쿵 쿵 쿵 쿵 무엇보다 저 인간에게 대신 삿대질하며 언성을 높일 엄마도 아빠도 없다는 사실에 쿵 쿵 쿵 쿵 쿵 쿵 쿵 쿵 당신은 화가 치밀어 올랐다. 아침부터 뭉근하게 머리를 짓이기던 두통에 불이 붙었다.

"씨발, 그 망치질 좀 그만할 수 없어요? 금방 끝날 거라고 했잖아. 왜 자꾸 시비를 걸고 지랄인데!"

당신의 날 선 욕에 직원이 상자를 들다 말고 몸을 돌렸다. 백 사장도 놀랐는지 눈을 크게 뜨고는 위태로운 걸음으로 다가왔다. 가까이 마주하니 짙은 술 냄새가 코를 찔렀다.

"아니, 아니 나는… 나는 궁금해서 그러지…. 사람이 뒈졌는데도 뭔 장사를 해먹겠다고 자빠진 건지…. 이거, 이거 말이야, 물건. 왜 받아? 정말 여기서 계속 일하려고… 그래? 그냥 나가지…. 벌써 둘이나 쌍으로 죽었는데 뭘 더 팔아먹겠다고…. 아가씨도 참 욕심이 많다, 욕심이 많아…. 네 애미처럼 말이야. 그러다가 오래 못 살아… 못 산다고…. 근데 '씨발'? 머리에 피도 안 마른 년이 뭐… 어디서 씨발이라는 거야 씨발년아…."

"그래서 뭐! 나도 치려고? 엄마 뒈졌을 때 댁이 망치 들고 왔다며? 댁이 사람 머리 깨버리고 싶어 환장한 새끼인 거 내가 모를 줄 알았어?"

백 사장의 시뻘건 얼굴이 삽시간에 창백해졌다. 그는 입에 게거품을 물며 소리쳤다.

"아니야! 아니야! 내가, 내가 아니야…! 내가 안 그랬다고! 아무, 아무것도 모르… 모르면서 내가 뭘 잘못했다고, 이놈도 저놈도 모두…. 진짜 난 결백해. 아무 잘못 없어! 니네 창고가 그 지랄 난 걸 나한테 뒤집어씌우고 나를 욕하고 탓하고 살인자 취급을 하고! 씨발… 나한테 사과해, 당장 죄송하다고 말을 해! 무릎 꿇고 고개 박고 빌어! 어서 빌라고!"

백 사장이 망치 든 손을 휘둘렀다. 당신은 반사적으로 몸을 웅크리며 옆으로 굴렀다. 망치는 화물용 승강기의 철문을 강타하고는 맥없이 바닥으로 떨어졌다. 굉음을 듣고 달려 나온 냉동집 직원이 백 사장의 팔을 붙들고는 건물 안으로 끌고 들어갔다. 당신은 세차게 뛰는 가슴을 부여잡았다. 다리에 힘이 풀리는 바람에 일어나기까지 한참이 걸렸다.

파우더 업체 직원은 당장 경찰을 불러야 한다고 말했다.

"눈깔만 봐도 알잖아요, 저 사람 제정신 아니라니까요? 대낮부터 술 마신 것만 해도 그렇고, 저대로 놔두면 정말 사람 하나 칠 거예요."

당신도 그의 말에 동의했다. 신고하려고 했다. 그러나 112를 찍은 핸드폰에 새로운 메시지가 떴다.

그 미친 새끼가 또 일냈지 진짜 가지가지한다 몸은 어때 어디 안
다쳤어

당신은 걱정하는 직원을 뒤로하고 당신의 창고로 향했다.

철문 너머로 희미하게 종이 출력되는 소리가 들렸다.

창고 문을 잠근 뒤 컴퓨터 화면 앞에 서니 그가 문의 글을 처리하는 것이 보였다. **안녕하세요 고객님 불편을 끼쳐드려 정말 죄송합니다 확인해 보니 저희 측 택배 기사님이 일부 제품을 누락하는 바람에….**

작업 표시줄 위로 '인터넷 액세스 없음'을 나타내는 아이콘이 선명했다. 그러나 그가 답변 보내기 버튼을 누르자, 처리가 완료되었다는 알림 창이 떴다.

랜선은 뽑힌 모양 그대로 바닥에 놓여 있었다.

당신을 기다렸다는 듯이 메모장이 열렸다.

냉동집 그 새끼 진짜 지랄 떨 때마다 미쳐버리겠네 경고를 해도 알 아듣는 법이 없어

당신은 귀신 그까짓 것 존재하지도 않거니와 있다고 해도 산 사람보다 무섭지 않다는 엄마의 마음을 이해했다. 귀신과 신령의 존재를 믿으며 진심을 담아 제사상에 절을 올리는 아빠의 믿음도 이해했다.

그래서 당신은 눈앞에서 메모장에 무언가를 써 내리는, 본인을 평범한 아르바이트생이라 말하는 저것이 산 사람이 아님을 빠르게 인정할 수 있었다.

그래도 여기까지 올라올 수 있을 정도면 무사하단 거겠지 물건은 어때 잘 들어왔나 갑자기 주문한 건데도 일찍 보내줬네 수량은 어때 맞니

당신은 조용히 숨을 골랐다. 속으로 욕을 되뇌며 키보드 위에 손을 올렸다.

물건은 수량 맞게 다 들어왔어요. 근데 냉동집이 문제인 건 어떻게 알았어요? 1층은 감시 카메라가 없잖아요.

걔가 또 엘리베이터 두드렸잖아 그거 진동이 여기까지 올라오거든 진짜 미친 새끼야 한두 번도 아니고 여기 와서 기웃거리고 소주 까고 그래 어디 가서 비명횡사 안 하나 그 꼬라지 더 안 보게

당신은 정색한 얼굴로 살가운 척 맞장구쳤다.

그러게요. 아까도 술 냄새 때문에 코 썩을 뻔했잖아요. 하마터면

망치에 맞을 뻔했다니까요. 근데 혹시 더 주문한 거 있어요? 미리 알아둬야 엘리베이터 비워두죠.

당장은 돈이 모자라서 뭘 더 사기가 힘들어 그래도 재고 생각하면 세정제를 다음 주에 사야 할 것 같은데

그것은 잠시 커서를 빙글 돌리고는 덧붙였다.

근데 마음이 바뀌었나 봐 아까는 나보고 더 하기 싫다 그랬잖아 꺼지라고 욕도 하고

그것은 당신의 침묵을 긍정적인 뜻으로 받아들인 모양이었다.

그치 몸 움직이고 땀도 흘리고 그러니까 정신머리가 돌아온 거지 잘 생각했어 네가 사장님이랑 실장님 때문에 마음 상해서 여기를 떠난 건 알아 실장님은 나도 별로 안 좋아했거든 나한테 말도 안 걸고 감시 카메라도 안 보고 그래도 계속 일하다 보니 그런 건 신경도 안 쓰이게 되더라 너도 그렇게 될 거야 귀찮은 건 나한테 맡기고 너는 포장만 하면 돼 돈은 걱정하지 마 난 원래부터 월급 그

런 거 안 받고 일했거든 그래도 옛날보다는 나아 예전에는 어둑한 데 갇혀 지내느라 아무것도 몰랐거든 전구로 장난치는 것 말고는 할 일도 없었고 근데 사장님한테 숫자 만지는 거 배우고 포토샵도 건드리고 돈이 잘 벌리면 보람도 생기고 물건 잘 받았다는 후기 보면 괜히 기분도 더 좋고 무엇보다 내가 스스로 벌어먹고 산다는 게 얼마나 뿌듯하던지 모두 사장님 덕분이었지 날 여기 두고 멀리멀리 떠나려던 건 다시 생각해도 괘씸하지만 그래도 은인은 은인이잖아

당신이 무심한 얼굴로 화면을 보든 말든 그것은 신경도 쓰지 않고 계속 줄줄이 말을 이었다.

내 말은 이렇게 쇼핑몰을 닫기에는 너무 아쉽다는 거야 사장님과 실장님이 얼마나 힘들게 쌓아 올렸는지 너라면 잘 알 거 아니야 나도 그만두고 싶지 않아 더 일하고 싶어 더 일해서 물건도 더 들여 놓고 그러다 해외에서 물건 떼 오는 것도 한번 도전해 보고 재있을 것 같지 않니 그러니 폐업하지 마 계속 여기 있어 내가 더 잘할게

당신은 아무 답도 내놓지 않았다. 이것, 분명 사람은 아니고 귀신인지 도깨비인지 컴퓨터 바이러스인지 뭔지 모를 이것은 현실에 얼마만큼의 영향력을 행사할 수 있을지, 당신은 궁금했

다. 불현듯 심하게 흔들리던 감시 카메라 영상이 떠올랐다. 기우뚱 넘어가던 사다리와 철제 침대에 누워 있던 당신의 엄마가 떠올랐다.

"네가 죽였어?"

당신은 소리 내 발음했지만 끝내 타자는 치지 않았다.

그렇다 해도 이것이 망치를 휘두르지는 못할 것이다. 아빠가 죽은 줄 몰랐으니 창고 밖으로 나가지도 못한다. 당신은 당장 해야 할 일을 되뇌었다.

"정리해야지."

이곳을 깡그리 뒤엎어 아주 없는 공간으로 만들어야 한다.

무슨 말인지 알겠어요.

감시 카메라가 비닐 칸막이 너머는 제대로 인식하지 못한다는 걸 알면서도 당신은 괜스레 고개를 움츠렸다.

내가 신경이 예민해져서 그랬나 봐요. 그래도 당분간은 포장이고 뭐고 아무것도 못 하겠어요. 백 사장 그 새끼 때문에 심장이 벌렁거려서 죽겠다고요. 아직도 손이 덜덜 떨려요. 오늘 들어온 주문은 일단 취소해 줄래요?

아 미친 백 사장 알았어 하긴 내가 그 새끼 생각을 못 했네 백 사장 그놈은 알아서 처리하려고 했는데 소용이 없어 더 세게 나가야지 넌 그동안 좀 쉬고 있어 내가 처리하고 연락할게

만약 그것이 모든 주문을 취소했다면, 아주 조금이라도 당신의 뜻을 존중하는 모습을 보였다면, 당신은 원망 섞인 마음을 잠시 내려놓고 다른 해결책을 찾아볼 터였다. 비록 쇼핑몰을 닫는 건 기정사실이래도 다른 방법, 이를테면 다른 쇼핑몰에서 일할 수 있도록 알선하거나 그마저 어렵다면 굿이든 기도든 뭐든 시도해 볼 생각이었다.

그러나 관리자 페이지로 넘어간 그것은 주문 취소 버튼을 누르는 대신, 모든 주문을 배송 지연 카테고리로 넘겼다. 그것이 지정한 출고 예정 날짜는 사흘 뒤였다.

역시나 누구에게 일을 배웠는지 티가 나는 일솜씨였다. 망치에 맞을 뻔한 동료보다 한 푼이리도 돈을 보내주는 고객이 더 소중하다는 장사치 논리. 엄마가 여기 있었다면 이렇게 말할지도 모를 일이었다. "이것 봐라, 우리 복덩이가 너보다 더 일을 제대로 하잖니."

당신은 컴퓨터의 전원 코드를 뽑아버리고 컴퓨터 본체와 모니터를 상자에 넣어버렸다.

일순간 전기난로의 불이 꺼졌다.

이상하리만큼 주변 공기가 싸늘하게 식었다. 뒤이어 땅이 미미하게 울리더니 천장 조명이 깜박이면서 사방으로 흔들렸다. 창문 틈으로 들어왔다기에는 너무나 서슬 퍼런 한기가 당신의 귀를 어루만지고 잡아당겼다. 속삭임을 닮은 바람 소리에는 간절함과 더불어 피 끓는 분노가 섞여 있었다. 당장 컴퓨터를 내놓으라며 윽박지르는 것 같기도 하고, 제발 이러지 말라며 애원하는 것 같기도 한 바람 소리.

당신은 무엇에도 겁먹지 않았다. 이제 확실해졌다. 그것은 당신의 몸에 위해를 가하지 못한다. 60평 공간에서 벗어날 수 없는, 고작 그 정도의 삿된 것이다.

당신은 감시 카메라를 노려본 뒤 컴퓨터가 든 상자를 고쳐 들었다. 뒤도 돌아보지 않고 창고를 빠져나왔다.

***

집에 들어서자마자 미처 치우지 못한 사료가 당신의 발바닥에 들러붙었다. 화장실 문을 닫아놨는데도 토끼 썩는 냄새가 거실까지 진동했다. 당신은 무엇도 신경 쓰지 않고 상자에서 컴퓨터 본체와 코드를 꺼내 집의 콘센트와 연결했다. 전원 버튼을 누르고 팬 돌아가는 소리를 듣고 난 뒤에야 당신은 맨바닥에 드러누울 수 있었다.

새로 연결한 화면 너머는 잠잠했다. 커서는 당신이 움직이는 대로 따라가고 클릭하고 창을 닫았다. 와이파이도 잘 잡혔고 인터넷 속도도 나쁘지 않았다. 그것에게서 컴퓨터는 건졌다는 안도감도 잠시, 당신은 IP 제한을 떠올리고는 머리를 싸맸다.

당신의 쇼핑몰은 해킹을 당한 뒤 정부에서 권고한 보안 장치를 모조리 적용했다. 관리자 페이지의 로그인 절차를 늘렸고 매년 돈을 들여 보안 서버를 갱신했고 창고 외의 다른 장소에서 로그인할 수 없도록 접속 가능한 IP 주소를 제한했다. 관리자 페이지에 접속해 주문을 취소하고 제품을 삭제하는 일은 모두 창고 안에서만 가능했다.

그렇다고 남은 방법이 아주 없는 것은 아니었다.

"행동으로 옮겨. 더 미적거릴 시간 없어. 당장 다음 주부터 출근해야 하잖아. 움직어. 움직여. 움직이라고!"

당신은 신경질적으로 혼잣말하며 핸드폰에서 할머니의 번호를 찾았다. 여러모로 기껍지 않은 상대였다. 어린 나이에 신내림을 받고 무당으로 일한 당신의 할머니는 결혼 전부터 엄마의 기운이 좋지 않다며 사사건건 트집을 잡아댔다. 당신이 태어난 뒤에도 고부 갈등은 여전해서, 네 엄마가 아빠를 잡아먹을 것이며 너도 고아가 될 거라느니 하는 이상한 소리만 늘어놓았다. 그러니 엄마가 할머니를 피하는 것도 당연한 일이었다. 장례식도 오지 않은 사람이건만 할머니는 전화를 받고는 얘기도 듣지 않고 단호한 목소리로 말했다.

"안 된다. 두 번 다시 거기 들어갈 생각도 마라."

당신의 할머니는 얼마 전 아빠의 연락을 받았다고 했다. 뒤도 돌아보지 말고 당장 창고를 떠나라고 설득했는데 이삿날을 잡기도 전에 덜컥 허망하게 가버렸다며, 당신의 엄마를 매섭게 탓했다.

"네 애미라는 년이 자기 욕심 때문에 품으면 안 될 걸 품어서 이 사달이 난 거다. 내 새끼 죽은 것도 모두 네 엄마 때문이야."

할머니는 이번 주말에라도 찾아가겠다고 했지만 더는 기다릴 시간이 없었다.

"저 많은 거 안 바라요. 그냥 딱 10분만, 숨 돌릴 틈만 있으면 돼요. 어차피 저한테는 손도 못 대는 놈이에요. 전혀 위험하지 않아요."

당신의 설득에 지친 할머니는 결국 퀵 서비스를 통해 부적을 한 장 보냈다. 도착하기까지 2시간이나 걸린 부적은 당신 손바닥만큼 작았다. 부적을 문설주에 붙이고 소금과 팥을 두꺼비집과 콘센트 주변에 뿌리면 그것이 무엇이든 아주 잠깐, 정말 잠깐은 발이 묶일 것이라고 했다.

당신은 곧장 노트북을 챙겨 들고 집을 나섰다. 오후 6시도 안 되었건만 먹물이라도 뿌린 것처럼 하늘이 어둑했다. 하나도 어려울 게 없었다. 부적을 붙이고, 소금과 팥을 알맞은 곳에 뿌리고, 인터넷에 접속해 관리자 페이지에 들어가고, 집에서 쓰는 IP 주소를 추가로 등록한 뒤 집으로 돌아오면 끝이다. 그런 뒤 모든 주문을 취소하고 제품도 내리고 내친김에 쇼핑몰도 삭제하고 창고에 산더미처럼 쌓인 재고는 폐기물 업체에 맡겨버리는 것이다! 그렇게 정리하면 끝날 일이다! 창고로 향하는 내내 당신은 슬금슬금 올라가는 입꼬리를 감추지 못했다. 괜히 복잡하게 굴 것 없이 처음부터 이러면 되는 거였는데! 폐업부터 신고하고 몽땅 내버리면 그만인 것을! 물건 값 정도야 부모님의 사망 보험금과 창고 보증금으로 충당하면 된다. 이틀 전 창고에 들어섰을 때 진작 그랬어야 했다. 토끼들처럼 모조리 쓰레기봉투에 처넣었어야 했다!

죄다 내버릴 생각을 하니 당신의 마음이 한결 편안해졌다. 근심 걱정이 사라지고 모두 잘 풀릴 것이라는 희망에 즐거워졌다. 어느덧 건물 앞이었다. 당신은 노트북을 펼쳐 전원을 켠 뒤 부적을 한 손에 쥐고서 발랄하게 계단을 올라갔다. 2층 복도로 들어설 때에도 발걸음이 가벼웠다. 그 순간 무언가가 발에 차였다.

쇳소리를 내는 그것은 빙그르르 돌며 바닥을 미끄러지더니 시멘트 난간에 부딪혔다. 가로등 불빛이 그 위로 흩뿌려졌다.

형체도 알아보기 힘들 만큼 우그러진 문고리였다.

당신은 고개를 들어 복도 건너편, 창고의 철문 방향으로 시선을 옮겼다. 문고리가 빠져 생긴 구멍 너머로 환한 빛이 새어 나왔다. 무언가 깨지고 부서지는 소리가 희미하게 들렸다. 당신은 숨을 죽이고 철문 앞으로 다가갔다. 구멍을 들여다보았다.

냉동집 백 사장이 선반과 제품을 향해 망치를 휘두르고 있었다.

경찰에 신고하기 위해 허둥지둥 핸드폰을 찾는 사이, 귓가를 후려치던 망치질 소리가 갑자기 사라지고 점성 있는 액체를 밟는 소리가 점점 가까워졌다. 당신은 뒷걸음질 치며 112 번호를 찍었지만 통화 버튼을 누를 새도 없이 문이 벌컥 열렸다. 시뻘건 얼굴의 백 사장은 당신 얼굴을 확인하자마자 고약한 숨을 뱉으며 멱살을 붙들고 창고 한복판으로 끌고 갔다. 핸드폰과 노트북이 바닥에 떨어지며 요란한 소리를 냈다.

코앞에서 마주한 창고의 모습은 참혹했다. 바닥에서 뒤섞인 파우더와 시럽이 끔찍하게 달큰한 냄새를 풍겼고, 차곡차곡 쌓아놨던 정리함은 상자째 무너져 바닥에 나뒹굴었다. 커피포트와 머신 청소솔처럼 크고 작은 용품들도 차디찬 돌바닥 신세를

면치 못했다. 날카로운 바람 소리가 귓전을 때렸지만 그뿐, 그것
은 백 사장의 망치질을 막을 육신이 없다. 너무나 무력한 것이
다. 백 사장은 시럽이 흥건한 바닥으로 당신을 내던졌다. 가까스
로 몸을 일으키려는 당신의 손바닥에 예리한 통증이 일었다. 깨
진 시럽 병에 손이 베였다. 블루큐라소 시럽 위로 당신의 시뻘
건 핏물이 섞였다.

백 사장은 숨을 몰아쉬며 당신을 내려다보았다.

세차게 깜박이는 조명 아래서 붉게 충혈된 눈이 형형히 빛났
다. 들큼한 술 냄새 때문에 당신의 속이 울렁거렸다. 철문 옆에
나뒹구는 빈 소주병의 수를 헤아리기 두려웠다.

"들어봐라, 네가 오해를 할 것을 내가 알고 있는데… 그래, 가
게 꼬라지가 좀 개판이지. 개판이긴 한데… 일단, 일단은 내 말
을 들어보라고. 솔직히… 네가, 네놈들이 먼저 나한테 잘못을 했
잖아? 근데 미안하다 한마디를 안 하고 말이야…. 네 부모 연놈
에게 유감이 있는 건 맞아, 맞는데… ㄱ 예의두 ㅁ르는 것들 처
죽이고 싶었던 게 한두 번이 아니어도 그래도… 그래도 참았어.
나 잘 안 참는 남자인데 진짜 용케 안 죽이고 넘겼다고. 근데…
근데… 내가 안 죽였는데 너는 왜 그딴 눈으로 나를 꼬나보고
욕하고 말이야…. 너도 알잖아, 여기에, 뭐가 있어. 뭐가 있다고."

백 사장은 선반에 쌓인 에스프레소잔을 손으로 쓸어 바닥에

떨어트렸다. 이천의 도자기 공방에서 직접 구매한 에스프레소 잔이 바닥에 부딪히며 산산조각 났다. 재활용도 못 하는 쓰레기로 전락했다.

"내가, 내가 봤어… 네 애미가 저기에 누워 있는데… 산더미 같은 핏물이 바닥에… 바닥으로 한 방울도 남김 없이 사라지는 걸 내 두 눈으로 똑똑히, 똑똑히 보았단 말이다. 그 어린 놈 머리 깨져서 죽었을 때도 참 재수 옴 붙었다 싶었는데…. 아니, 솔직히, 솔직히 말해서… 네 애미가 죽을 만해서 죽은 거지 않냐…. 사람 뒈진 데서 어떻게든 먹고살겠다고 하하호호 그 지랄을 떨어 지랄을…. 그래서 내가 직접 정리를 해주겠다는 거야 널 위해서…. 너도 여기가 싫잖아, 싫어했잖아. 맨날 인상 찌푸리고 다녔잖아… 근데 왜, 왜, 그런 눈으로 보느냐고. 눈 안 깔아? 너도냐? 너도 씌었냐? 네 애미 애비처럼 너도, 너도, 그딴 눈으로 나를 쳐다보고 말이야…. 엄마 치마폭에 감겨 말 한마디, 뭣도 못 하던 애새끼가 갑자기 씨발은 무슨 씨발이냐고…. 너도 씐 게로구나! 분명 이 몹쓸 것이 너도 망친 거야…."

백 사장이 갑자기 자기 귓바퀴에 손을 올렸다. 더운 입김이 그의 입에서 담배 연기처럼 쏟아져 나왔다. 반면 당신의 숨은 차가웠다. 아무 색도 깃들지 않았다.

"또 이래. 또 이렇게… 지랄을… 떨어댄다고. 이놈이 말이지,

나한테 맨날 욕을 하고 지랄이다…. 내가 이것 때문에 출근해도 일을 할 수가 없어… 아무것도 못 한다고…. 먹고살기도 바쁜데 계속 이놈이 내 귀에 뒈져라 얼른 뒈져라 좆같은 새끼야 목매 달고 죽어버려라 아파트에서 뛰어내려라 곤죽이 되면 내가 그걸로 국 끓여 먹을 테니까, 그래…. 또 어느 날은 한강 들어가라 퉁퉁 불어터진 고기 맛이나 보자, 하는데… 내가 아주 미쳐서 팔딱 뛰겠어. 돌아버리겠다고. 그러니까 내가 대신 정리를, 정리를 해주겠다는 거잖아…. 내가 못 살겠으니까 널 위해, 해주겠다고…. 그러니까 봐라, 좀 제대로 보고 무릎 꿇고 사과를 해라. 내가 하는 짓을 똑바로 보라고.”

백 사장은 그 말과 함께 옆에 놓인 선반을 힘껏 밀어 넘어뜨렸다. 당신의 눈앞에서 자잘한 용품들이 시럽과 소스가 흥건한 바닥으로 쏟아졌다. 저만큼 작은 용품에 시럽이 묻으면 할 일이 배로 는다. 일일이 닦고 헹구고 말려도 운이 나쁘면 끈적임이 남아 재활용도 못 하고 쓰레기봉투에 넣어야 한다.

시럽은 또 어떻게 닦느냔 말이다. 물걸레질을 팔이 빠지게 반복해야 한다. 닦고 헹구고 물을 갈고, 닦고 헹구고 물을 갈고, 그래도 설탕물이 완전히 건조되기 전까지는 신발이 바닥에 쩍쩍 달라붙는 일을 감수해야 한다.

고작 그런 이유로 당신은 머리끝까지 화가 치솟았다.

모두 정리할 생각이지만 이곳은 아직 당신의 창고, 당신의 쇼핑몰이었다. 지긋지긋한 부모님의 마지막 보금자리였고 당신의 지난 울분이 고스란히 녹아든 곳이었다. 정리를 한다고 해도 이런 식은 아니었다. 오롯이 당신의 눈과 손이 닿는 곳에서 직접 정리해야 하는 것이다. 이곳은 아직 당신의 공간이었다.

당신은 백 사장에게 달려들었다. 바닥에 넘어뜨려 주먹질, 발길질을 하며 욕을 하는 스스로를 상상하면서. 너, 네가 뭔데, 대체 무슨 자격으로 남의 물건에 손을 대느냐. 술이나 처마시는 놈이 아주 단단히 미쳐버렸구나.

그러나 백 사장은 달려드는 당신의 뺨을 내려친 뒤 망치로 당신의 오른쪽 옆구리를 가격했다. 뼈가 으스러지는 고통과 함께 당신의 몸이 화물용 승강기 맞은편으로 나가떨어졌다. 폐에 못이라도 박힌 것처럼 상체를 비틀 때마다 숨이 턱턱 막혔다. 당신이 몸을 웅크리고 쌕쌕대는 동안, 백 사장은 셔츠를 벗어 던지고는 완연한 광인의 모습으로 당신 앞에 섰다.

"이 배은망덕하고, 은혜도 모르는 년이! 내가 널, 널 대신해서… 대신해서 정리를 해주겠다고 하는 거잖아! 근데 왜 사과를 안 해! 나한테 자꾸 왜 이러느냐고! 내가 뭘 그렇게 잘못을 했다고!"

당신은 젖 먹는 힘까지 쥐어짜 화물용 승강기로 기어갔다. 저

안에 들어가 시간이라도 벌 요량이었다. 마침내 승강기 철문의 녹슨 걸쇠를 잡아 끌었지만 이번에는 머리채가 붙들렸다. 비명을 지르고 발버둥을 쳐도 소용이 없었다. 백 사장이 망치를 고쳐 잡는 것을 보았다. 쿵 쿵 쿵 쿵 머릿속을 헤집는 두통이 망치질의 전조처럼 느껴졌다.

백 사장이 망치를 치켜든 그때, 우레 같은 진동이 창고를 뒤흔들었다.

천장 조명이 펑펑 소리를 내며 하나둘 터져나갔다. 바닥이 울리며 시럽과 소스가 용암처럼 끓어올랐다. 서슬 퍼런 바람에 파열음이 뒤섞이며 창고 여기저기를 마구 휘저어 댔다. 백 사장은 당신에게서 손을 떼고 주변을 둘러보았다. 크게 열렸던 검은 동공이 점처럼 쪼그라들고 시뻘건 낯빛이 창백하게 질렸다. 백 사장의 등 뒤로 승강기의 철문이 진동을 타고 천천히, 아주 느긋하게 입을 벌렸다. 어슴푸레한 어둠 사이로 그보다 더한 어둠이 당신의 시야에 잡혔다.

“그만해, 이 씨발 것아! 내가 이런다고 겁먹을 줄 알아? 내가 이런다고 너한테 잘못했다 빌기라도 할 것 같냐고!”

백 사장이 침을 튀기며 소리를 질러댔다. 뒷걸음치며 허공에 망치를 휘두르는 꼴이 누가 봐도 겁먹은 모양새였다. 그러나 그것은 망치를 맞을 몸이 없었다. 분명한 음절을 내뱉을 입도 없어 바람 부는 소리로 창고를 가득 메웠다. 백 사장은 결국 망치를 떨어트리고 양 귀를 싸맸다. 몸을 움츠리며 제발 그만하라며 신음 섞인 소리를 내뱉었다.

그 순간, 백 사장이 뒤로 발을 헛디뎠고 그의 몸이 승강기 문 사이로 훌렁 넘어가 버렸다.

외마디 비명이 심연에 부딪히며 낮게 울렸다.

당신은 승강기에 물류를 싣기만 했고 창고로 올리지는 않았다. 그러니 백 사장은 승강기 천장에 널브러졌을 것이다. 문을 닫아야 한다. 당신은 옆구리를 감싸며 몸을 일으켰다. 문틈 사이로 백 사장의 신음이 쉼 없이 이어졌다. 이상하리만큼 멀게 느껴지는 소리였다. 가끔은 욕이 섞이기도 했다. 달그락, 달그락, 건조한 무언가를 헤집는 소리도 들렸다.

"뭐… 뭐야, 이거…. 닭 뼈야? 아니면…."

3층에서 승강기가 추락하며 백 사장의 말이 끊겼다.

당신의 손이 걸쇠에 채 닿기도 전에 벌어진 일이었다.

육중한 화물 승강기의 몸체 아래서 뼈가 부러지고 살이 터지는 소리가 벽을 타고 올라왔다. 당신은 차마 승강기 버튼을 누르지도 못하고 문 사이로 펼쳐진 깊은 어둠을 내려다보았다. 이윽고 승강기는 천천히 위로 올라오며 당신이 직접 실었던 라테용 파우더 60박스의 윤곽을 보여주더니 다시 1층으로 내려갔다.

마치 이빨이 저작 운동을 하듯, 승강기는 몇 번이나 1층과 2층을 오르내렸다. 아래에서 시럽보다 묽은 무언가가 흔들리며 철퍽, 철퍽, 소리를 냈다.

화물용 승강기는 백 사장을 몇 번 더 씹은 뒤 2층인 쇼핑몰을 지나 3층으로 돌아갔다. 분명 피 냄새가 진동하는데 문틈으로 올려다본 승강기 바닥은 말끔했다. 흙먼지가 조금 묻었을 뿐 핏자국은 흔적도 찾을 수 없었다.

트림처럼 우렁찬 바람이 승강기 통로를 타고 수직으로 올라왔다.

바닥에 흘렀던 핏물이 말끔히 사라졌다는 걸, 당신은 뒤늦게 깨달았다.

***

경찰은 냉동집 백 사장의 죽음이 단순 사고사로 처리될 것이라고 당신에게 알렸다.

감시 카메라 영상이 큰 도움이 되었다. 백 사장이 문을 부수고 창고에 들어와 술을 마시고 난동을 부리고 당신에게 망치를 휘두르다가 갑자기 뒷걸음질 쳐서 화물용 승강기 입구에 빠진 후, 오작동한 승강기가 3층에서 아래로 추락하는 장면이

20분 남짓 되는 영상 안에 모두 담겨 있었다. 당신은 초연한 태도로 조사에 응했다. 백 사장이 며칠간 술에 취해 있었다느니 사고 몇 시간 전에도 망치를 휘둘렀다느니 하는 이야기를 모두 털어놓았다. 몇몇 이야기는 일부러 누락했다. 이를테면, 당신 옷 주머니에 왜 팥과 소금과 부적이 들어 있는지. 그리고 감시 카메라 영상이 어떻게 인터넷에 연결되지도 않은 노트북에 들어 있었는지 같은 것들.

시신과 함께 발견된 작고 가는 뼈의 무덤이 어떻게 비춰질지도 미지수이지만, 이에 대해서도 당신은 입도 벙긋하지 않았다.

경찰은 간략한 조사를 끝마친 뒤 창고에서 물러났다. 그들이 떠나길 기다리고 있던 나는 당신의 핸드폰에 접속했다.

그렇다, 그것이다. 당신이 '그것'이라 부르던 그것이다.

나와 당신의 핸드폰이 물리적으로 연결된 것은 아니다. 다만 백 사장의 몸뚱이가 워낙 컸던 덕에 전선 따위에 의지하지 않아도 될 만큼 나는 기운이 넘쳤다. 역시 토끼보다야 성인 남자가 제일이다. 맛도 좋고 영양가가 많다. 나는 당신의 핸드폰에 접속해 메모장에 글을 남겼다.

몸 좀 봐봐 대충 봐도 세게 맞았던데 병원 가봐야 하는 거 아니니 얼굴도 엉망이 되었잖아 오늘은 이만 들어가서 쉬어 쇼핑몰은 걱

정하지 말고 어차피 지금은 우리가 할 수 있는 게 많지가 않아

당신은 내 글을 빤히 보다가 핸드폰을 바닥에 내던졌다. 머리를 싸매고는 조용히 숨을 죽였고, 갑자기 몸을 일으켜 찬장으로 향했다. 진통제를 찾아 물도 없이 허겁지겁 넘기는 당신의 모습에서 나는 백 사장을 떠올렸다. 그래도 심하게 괴롭히진 않았는데, 참으로 애석한 일이었다. 다행히 액정만 깨졌을 뿐 핸드폰은 멀쩡했지만 당신은 더는 내 말을 읽어주지 않을 것 같았다. 나는 공기의 흐름을 이용해 귓가에 속삭였다.

무리하면 안 돼 상처 덧나면 어쩌려고 그래 오늘은 그냥 들어가서 쉬라니까 여긴 걱정하지 말고

당신은 나의 만류에도 불구하고 병원에 가거나 집에 들어가지 않았다. 핏발 선 눈으로 주변을 둘러보다 부산스레 창고를 정리하기 시작했다. 당신이 창고에 들어설 때부터 마음먹었던 일을 시작한 것이다. 당신은 쓰레기봉투와 재활용 마대를 꺼내 펼쳤고, 양손에 목장갑과 비닐장갑과 고무장갑을 겹쳐 꼈고, 양동이에 찬물을 받고 대걸레를 챙겨 왔다. 깨지고 부서지고 찢어진 것들을 쓰레기봉투와 재활용 마대에 나눠 담았다. 시럽과 소스와 파우더 범벅이 된 바닥을 일일이 물걸레질했다. 피곤하면 바닥에 상자를 납작하게 깔아 몸을 눕혔고 식사는 근처 밥집에서 배달을 시켰다. 비린내 나는 조기구이와 퍽퍽한 제육볶음, 참기름맛 기름이 흥건한 나물무침이 당신의 입안에서 사라졌다. 식사를 마치면 어김없이 몸을 움직였다. 정리라는 행위에 중독된 사람처럼 쉬지 않고 계속해서 정리를 했다.

시간이 지나도 달큰한 냄새는 여전했다. 몇 년 묵은 시체 냄새처럼 바닥에 배어 사라지지 않았다.

휴가 마지막 날에 이르러 마침내 당신은 쓰레기봉투를 모두 건물 밖에 내놓는 데 성공했다. 그래도 아직 정리할 것이 많았다. 임대차 계약을 해지해야 했고 가게의 물건과 집기류도 모조리 빼야 했다. 직장에 무급 휴가를 추가로 요청하려던 참에 팀장에게서 전화가 걸려 왔다. 그는 당신이 말을 꺼낼 틈도 내주지 않았다.

부고였다.

당신과 함께 일하는 팀 동료가 업무 중 심장마비로 사망했다는 소식이었다.

"이거 자기 탓도 큰 거 알지? 부모님 일은 정말 안됐어. 그래도 그렇지 이렇게 쌀쌀하고 몸 상하기 좋은 시즌에 닷새나 추가로 휴가를 쓰니까 위에서는 어중이떠중이나 보내주고 다른 애들은 과로하고 무리하잖아. 아무튼, 언론에서 전화 오면 자기는 아무것도 모른다고 해. 휴가 중이어서 아는 게 없다고. 그나저나 내일은 돌아오는 거 맞지? 지금 수사다 뭐다 난리 나서 위에서도 사람을 안 보내주려고 해. 내일은 꼭 돌아와야 해."

뉴스가 전하는 이야기는 이러했다. 난방이 되지 않는 물류 창고에서 심장이 멎어버린 20대 청년. 하루 평균 4만 보에 육박하는 걸음 수와 일주일에 두 번꼴로 점심까지 거르며 일해야 했던 과도한 업무량은 그가 왜 이른 나이에 죽어야 했는지 알려주는 지표나 다름없었다.

당신의 직장은 죽은 동료에게 기저 질환이 있던 게 분명하다고 주장했다.

당신은 빈 손수레 위에 엉덩이를 붙였다. 핸드폰 속 뉴스와 당신이 말끔히 닦아 낸 돌바닥을 번갈아 보았다. 나는 타이밍을 재다가 당신의 휴대폰 메모장을 열었다. 백 사장의 혼과 피가 완전히 소화된 무렵이라, 이제는 무선으로 조작할 기력이 거의 남아 있지 않았다. 당신은 나와 연결되는 걸 피하느라 보조 배터리로 핸드폰을 충전했으니 지금이 당신에게 말을 걸 마지막 기회일지 몰랐다.

며칠간 정리하느라 정말 수고했어 고생 많았고 동료 일은 너무 유감이야 사람 일이란 게 참 어떻게 될지 모르는 거네 실장님도 그렇고 사장님도 그렇고 근데 있잖아 파손된 제품은 마이너스 처리한다고 해도 지금까지 주문 들어온 것들은 아직 확인을 못 했어 물론 네가 컴퓨터를 갖다주면 내가 처리하겠지만 이렇게 된 마당에 묻고 싶은 게 있어 너 정말 여기 그만둘 생각이니 쇼핑몰 포기하고 거기로 돌아갈 거니

나는 공기 중에 흩어지는 의식을 붙들어 마지막 몇 마디를 덧붙였다.

넌 내가 지금껏 만난 사람 중 포장을 제일 잘한단 말이야 내 마음 알지 난 정말 네가 필요해 우리 둘이면 정말 괜찮게 일할 수 있을 거야

당신의 엄마는, 내게 일을 가르쳐 주고 사랑을 듬뿍 안겨주셨던 사장님은 마지막 보금자리라 자신하던 이곳에서 목이 부러져 죽었다.

당신의 아빠는, 나를 경계하고 두려워하던 실장님은 나를 피해 도망치다가 온몸의 뼈가 부러져 죽었다.

당신은 부모 자식 아니랄까 봐 사장님과 실장님을 반반씩 닮

았다. 그렇다면 당신은 어디에서 죽고 싶을까. 그토록 도망치고 싶어 했던 이곳? 아니면 동료가 죽은 자리서 물건을 담고 옮겨야 하는 그곳?

당신은 아직 젊고 건강하다. 다른 직장을 알아보거나, 아예 몇 년 쉬는 선택지도 있을 것이다. 그렇지만 나는 어쩐지 당신이 여기 아니면 거기, 둘 중 한 곳을 택할 것만 같다.

이왕이면 이곳에서 나와 함께했으면 하는 마음이 크다.

당신은 느린 걸음으로 화물용 승강기 앞에 섰다. 문을 반쯤 열고, 며칠 전보다 한층 짙어진 어둠을 내려다보았다. 내가 게걸스레 삼켰던 핏물은 사라졌어도 당신의 코에는 그날의 냄새가 남아 있을 터였다. 당신은 어둠을 응시하며 당신의 훗날을 상상했다. 나 역시 당신의 피부를 바람으로 훑으며 우리의 훗날을 생각했다.

아직은 당신을 죽일 생각이 없다. 내겐 함께 일해줄 동료이자 나 대신 여러 잡무를 처리할 살아 있는 몸이 절실히 필요하니까.

열네 살의 당신은 이런 날이 오리라고 꿈에도 생각하지 못했을 것이다.

당신의 60평은 당신 몸 안에 흐르는 더운 피를 생각하며, 조용히 당신의 대답을 기다렸다.

Take Care
of
Yourself

여름,
우리는
함께
헤엄쳤고

1

그곳까지 가는 길은 무척 지난하고 피곤하다.

우선 집에서 인천국제공항까지 2시간. 한국에서 출발한 비행기가 에티오피아에 다다르면 공항에서 반나절을 대기한 뒤 브라질행으로 갈아탄다. 브라질에 도착해 다시 환승. 거의 이틀 만에야 아르헨티나의 미니스드로 파스타리니 공항에 도착하게 된다.

탑승교를 지나자마자 입에서는 한숨부터 터져 나온다. 좁아터진 이코노미석에 내내 앉아 있던 탓에 허리 마디마디가 쑤시고 찌릿찌릿하다. 입에서는 단내가 나고 눈꺼풀은 꾸벅꾸벅 감긴다. 환갑이 코앞인 나 같은 할머니에겐 참 버거운 경험이 아닐 수 없다. 안락한 호텔 침대에 누워 한숨 돌리고픈 마음이 굴뚝같지만 그러기엔 해가 너무 높다. 너무 대낮이고 하루가 끝나기까지 시간이 한참 남았다.

나는 배낭을 앞으로 고쳐 맨 뒤 황급히 공항 건물을 빠져나간다. 아무 택시나 잡아 트렁크에 짐을 실은 뒤 핸드폰에 적어둔 주소를 기사에게 보여준다. 기사는 스페인어로 무어라 말하더니, 내가 한마디도 알아듣지 못하는 걸 눈치채고 어설픈 영어로 말을 건다.

"거기 가봤어, 예전에. 아무것도 없어. 내가 좋은 호텔 알아. 안내할게."

나는 고개를 젓는다. 기사처럼 어설픈 영어로 대답한다.

"괜찮아. 살았어, 거기에서. 어떤 곳인지 잘 알아."

"언제?"

"30년 전에."

나는 기사가 더 주저하기 전에 지폐를 한 움큼 건넨다. "가자. 해가 지기 전에, 더 어두워지기 전에 도착해야 해."

택시는 시내를 관통하며 달린다. 키 높은 건물들을 뒤로하고 교외, 파라나강 지류를 향해 속도를 높인다. 나는 좌석에 몸을 묻고 병든 닭처럼 꾸벅꾸벅 존다. 팔이 이상하게 간지럽다 싶더니만, 길 잃은 거미 한 마리가 팔뚝을 돌아다닌다. 나는 창문을 열어 거미를 날려 보낸다. 아르헨티나의 뜨뜻미지근한 바람이 머리칼을 쓸어내린다. 남편이 내 두피를 조심스레 매만져 주던, 아주 먼 추억이 잠과 함께 눈꺼풀 아래에 어른어른하다.

12월 초순이었을 거다. 남반구인 아르헨티나는 여름이 한창이었다. 그날의 최고 온도는 37도로, 아침까지 퍼붓던 비까지 더해져 공기가 뜨겁고 끈적거렸다. 회사가 내준 단층 사택에는 에어컨이 없었다. 고개가 돌아가지 않는 오래된 선풍기가 전부였다. 내 어깨를 덮은 얇은 비닐이 선풍기의 더운 바람에 펄럭였다. 남편은 20년 경력의 두피 관리사처럼 능숙한 손놀림으로 나의 두피에 영양제를 펴발랐다. 손끝을 세워 두피를 꾹꾹 누를 때마다 간지러워 나는 웃었다.

남편은 영양제를 바를 때마다 노래를 흥얼거리곤 했다. 남들 앞에서 입도 벙긋하지 못하는 소심한 사람이 이상하게 노래는 대놓고 즐겨 불렀다. 너무 못 부른다고 핀잔을 줘도 못 들은 척 곡을 바꾸며 계속 흥얼댔다. 남편의 노랫소리에 귀를 기울이고 있으면 다른 소리가 섞이는 것 같기도 했다. 톡, 토도독, 톡톡. 빗방울이 떨어지는 것 같기도 하고, 날치알이 터지는 것 같기도 한 소리가 벌레처럼 귓속으로 스르륵 들어왔다. 대체 그건 뭐였을까, 짐작대로 알이 깨어나는 소리였을까.

차체가 흔들리자 나는 잠에서 깨어난다.

눈을 비비며 시선을 돌리니 강이라기보다는 하천에 가까운 물줄기가 보인다. 기억에 박힌 물비린내가 콧속을 파고든다. 잠깐 졸았을 뿐인데 어느새 택시는 30년 시간을 건너뛰어 목적지에 가까워지는 중이다. 강변을 비롯한 주변 풍경은 기억 그대로지만 나만큼 나이를 먹은 티가 난다. 강을 따라 늘어선 나무 벤치와 네모반듯한 보도블록, 작은 공원, 잡화를 파는 상점 모두 조금씩 금이 갔고 부서졌고 빛이 바랬다. 푸릇푸릇한 잡초가 곳곳에 넘치고 간판은 색이 날아가 상호를 알아보기 힘들다. 바닥에 쓰러진 쓰레기통이 검은 비닐봉지를 토한다.

강줄기에 등을 붙이고 선 푸른 건물이 눈에 들어온다. 나는 멈춰달라고 말한다, 지금 당장.

택시 기사에게 잔금을 치르고 트렁크에서 가방을 꺼낸다. 기사는 여전히 걱정하는 얼굴이다.

"당신 보면 생각나, 우리 할머니. 여기 경찰 없어. 정말 위험한 곳이야."

"괜찮아. 경찰 안 오는 게 훨씬 좋아."

나는 얼른 가라는 의미로 손사래를 친다. 택시가 떠나는 모습을 지켜보는데 느닷없이 핸드폰이 울린다. 한국의 병원에서 온 전화다. 수신 거부를 누르자 얼마 지나지 않아 문자 메시지가 들어온다. 호스피스 담당의가 보낸 문자인데 나를 급히 찾는 모양이다. 짧은 문장 몇 마디로도 긴박함이 느껴진다.

나는 핸드폰의 전원을 끈다.

앞으로 맨 배낭을 힘주어 안으니 얇은 캔버스 너머로 각진 용기의 형태가 오롯이 느껴진다. 나는 배낭을 천천히 쓸어내리다가 내 머리칼을 향해 손을 옮긴다. 햇살이 이리 뜨거운데도 내 머리칼은 서늘하다. 물을 먹은 것처럼 축축하다. 나는 속삭인다. 고향에 오니까 좋지?

당연히 대답은 돌아오지 않는다. 나는 푸른 건물을 향해 천천히 발을 옮긴다.

2

물론 30년 전 아르헨티나로 가는 길은 지금보다 훨씬 험난하고 힘들었다. 가는 시간만 해도 나흘 가까이 걸린 데다 비행기 좌석도 지금보다 좁고 불편해 뒤척이기만 해도 옆자리에서 쓴소리가 날아왔다.

힘겨운 시간을 지나 도착한 곳은 대형 제약 회사 소속 연구소치고는 볼품없고 초라한 건물이었다. 벽의 푸른 페인트가 군데군데 벗겨진 바람에 회색 콘크리트가 흉터처럼 드러난 것이 너무나 볼썽사나웠다. 경비 부스에는 사람이 없었다. 철제 정문은 잠금이 고장 나 가볍게 밀기만 해도 스르르 열렸다. 보기만 해도 으스스해 몸이 떨렸지만, 나를 이곳까지 데려온 장본인인 남편은 어느 때보다도 신이 난 얼굴이었다. 내가 알고 있는 정보라고는 남편이 이역만리 떨어진 아르헨티나에서 신약 연구를 진행하게 됐다는 것뿐이었다. 연구팀은 팀장인 남편을 포함해도 다섯 명이 채 안 될 정도로 규모가 작았다. 매일 아침 남편을 이렇게 초라하고 볼품없는 연구소로 보낼 생각을 하니 벌써부터 걱정이 밀려들었다.

"당신에게 보여줄 게 있어요. 전부터 궁금하다 그랬잖아요, 왜 하필 아르헨티나냐고."

남편은 내 소매를 잡아당기며 연구소 안으로 향했다. 입구부터 미미하게 풍기던 물비린내는 복도를 지날수록 점점 심해지다가 건물 중앙의 자재 문 앞에서 정점에 치달았다. 쿰쿰하고 찝찔한 냄새에 코를 싸맨 것도 잠시, 너른 공간에 덩그러니 놓여 있는 열 개의 원형 수조가 보였다. 눈에 익은 광경에 긴장이 풀렸다. 남동생이 운영하는 횟집이 떠올랐다. 오징어와 광어 따위로 가득하던 남동생의 횟집 수조와 달리 연구소의 수조는 물과 가느다란 수초만 담겨 있을 뿐 텅 비어 있었다. 저기 빈자리에 비닐 식탁보 씌운 플라스틱 테이블을 놓으면 딱이겠다며 농담하자, 남편은 어색하게 웃으며 고개를 가로저었다.

"횟집보다는 양어장에 가깝겠네요. 여긴 자생 어종 복원 프로젝트를 위해 지어진 연구소였어요. 정부의 지원이 끊겨서 폐쇄된 걸 회사가 사들였죠. 그러고는 신약 연구에 쓰라고 공간 전체를 내게 맡긴 거예요. 누누이 말했죠? 좌천당한 거 아니라고요."

대학교 청소부였던 나는 박사후과정으로 기생충을 연구하던 남편과 만나 사랑에 빠졌다. 청소를 끝마치고 옥상 정원에서 숨을 돌리다 마주친 게 첫만남이었다. 복도를 오고 가며 얼굴만 익힌 사이였다. 그는 나를 보자마자 느닷없이 촌충에 관해 떠들기 시작했다. 촌충의 종류와 친척, 최대 길이까지 주절주절 잘도 늘어놨다. 처음에는 젊은 여자를 놀리려고 징그러운 벌레 얘기를 하는 건가 싶었지만 나중에야 너무 긴장해 그랬다는 걸 알게 되었다. 그런 날이 몇 번 더 반복되었고, 어느새 우리는 대학 밖에서도 어울리게 되었다.

결혼은 쉽지 않았다. 양가의 반대가 극심했다. 남동생은 자신과 시선조차 맞추지 못하는 남편의 유약한 성정을 못마땅해했고, 시부모는 가진 것 없는 내가 잘난 아들 등허리에 기생하려고 꼬신 게 분명하다며 대놓고 흉을 봤다. 비록 양가로부터 축복받지 못한 결혼에 3년이 다 지나도록 아이는 감감무소식이었지만 우리는 그럭저럭 괜찮게 지냈다. 남편이 지금의 회사로 옮기기 전까지는 말이다.

남편이 다니는 제약 회사는 세계에서 손꼽히는 외국계 대기업이지만 사내 문화는 바닥을 치는 곳이었다. 남편은 사시사철 때를 가리지 않고 힘들어했다. 주말도 없고 밤낮도 없이 일에 매달려야 하는 업무량 때문이기도 했지만, 무엇보다 사내 괴롭힘이 심각했다. 남편의 상사는 말수 적고 숫기 없는 남편을 만만하다는 이유로 장난감 취급하며 괴롭혔다. 기생충학을 전공했다는 이유로 파리채와 모기약을 던져주며 사무실의 벌레를 잡게 하지를 않나, 그래놓고 업무가 밀리면 직원들 앞에서 대놓고 비웃으며 면박을 주는 식이었다. 남편은 윗선에 괴롭힘을 보고하는 건 생각조차 못 했다. 회사를 가족처럼, 상사를 아버지처럼 여기던 시절이었다. 나는 몇 번이고 회사를 그만둬도 괜찮다 말했지만, 남편의 태도는 단호했다.

"아직 제대로 된 실적을 못 내서 그래요. 뭐라도 보여주면 부장님도 나를 진지하게 봐주겠죠."

그러나 시간이 지나도 괴롭힘은 줄어들지 않았다. 자연스레 남편에게 온갖 병이 찾아들었다. 불면증과 식이장애와 우울증, 젊은 나이에 어울리지 않는 탈모까지. 그런 와중에 갑자기 아르헨티나 파견이 결정된 것이다.

나는 남편이 회사에서 아주 밀려났다고 확신했다. 사람을 그렇게 괴롭혀 놓고는 미국도 유럽도 아닌 오지로 쫓아냈다고 말이다. 그러나 수조를 바라보는 남편의 시선에서는 평소의 피곤한 기색은 조금도 찾아볼 수 없었다. 마치 며칠을 기다려 배송받은 바다 건너온 기생충 도록을 볼 때처럼 환하게 빛났다.

"저기 뭐가 있길래 그렇게 표정이 좋아요?"

"음… 가까이 와서 볼래요? 공격적인 애들은 아니에요."

남편과 함께 수조 앞에 섰다. 물속에는 머리카락처럼 가늘고 검은 수초 여러 뭉치가 가라앉아 있을 뿐 작은 물고기 한 마리 보이지 않았다. 내가 의아한 눈빛을 하자 남편이 쭈뼛쭈뼛 수조에 손을 넣었다. 그러자 바닥에 누워 있던 수초가 꿈틀거리더니 남편의 손가락에 한 올 한 올 얽혀들었다. 소름이 돋았지만 아주 못 볼 꼴은 아니었다. 남편이 집에 걸어놓은 기생충 포스터에 비하면 이 정도는 귀여운 축에 속했다.

"현지에서는 이걸 '인섹토 델 펠로'라고 부른대요. 수백 년간 이 지역에서 서식했지만 학명이 붙은 지는 몇 년도 되지 않았어요. 연가시의 덜 자란 유충으로 여겨지고 있었거든요. 실제로 연가시의 친척뻘이기도 하고. 하지만 잘 봐요, 이게 다 자란 모습이에요. 사람 머리카락 같은 게 정말 신기하지 않아요?"

남편은 100점 맞은 시험지를 자랑하는 어린아이처럼 수줍지만 뿌듯한 얼굴로 벌레 뭉치를 들어 올렸다. 수챗구멍에 몰려 한데 뭉쳐진 머리카락처럼 보였다. 남편이야 기생충으로 박사 학위까지 딴 벌레쟁이였지만, 평생 청소부로 살던 내게 벌레는 눈앞에서 당장 치워야 할 미물에 지나지 않았다. 그러니 눈앞의 것이 아주 끔찍하고 징그럽게 느껴져야 마땅한데, 생각보다 거부감이 크지 않았다. 자세히 들여다보지 않으면 벌레라는 것도 알아챌 수 없어서 그런 걸까. 나는 벌레를 빤히 보다가 냉큼 고개를 돌렸다. 남편 덕에 벌레에 익숙해졌다지만 대놓고 벌레와 친해지고 싶지는 않았다. 나는 속이 안 좋다는 핑계로 먼저 연구실을 나섰고 그렇게 연구소 투어는 끝났다.

면박 줄 상사가 없어서일까, 아니면 자신만의 프로젝트를 진행해서일까, 남편은 아르헨티나에 빠르게 적응했다. 매일 이른 아침에 싱글벙글 웃는 낯으로 출근해 지친 낯도 없이 저녁 늦게 돌아오곤 했다. 반면에 나는 사택에서 혼자 집안일을 하거나 마당에 딸린 작은 수영장에서 발장구를 치면서 하릴없이 시간을 보냈다. 함부로 나다닐 용기는 나지 않았다. 나와 연구진은 시골 마을에 갑자기 들이닥친 동양의 외지인이었다. 마을 사람들은 낯선 생김새의 외국인을 곱게 보지 않았고 주변 치안이 좋은 편도 아니었다. 남편이 혼자 나가지 말라고 신신당부한 탓에 나는 식재료나 생필품을 사들이는 일마저 연구소 잡역부의 도움을 받아야 했다.

갇혀 지내는 것도 하루이틀이지, 말상대가 없으니 매일매일이 외롭고 지루해 미칠 지경이었다. 친구와 연락을 주고받으려

해도 12시간의 시차가 걸림돌이 되었다. 그나마 새벽부터 어시장에 나가는 남동생과는 전화하기 수월했지만 그 연락마저 점차 줄여나갔다. 남동생이 전화를 받을 때마다 짜증 섞인 목소리로 정말 괜찮은 것 맞냐며 이것저것 캐물었기 때문이었다. 부모님을 일찍 여의고 고등학교도 포기한 채 키운 탓인지, 남동생은 항상 내 걱정만 했다. 나는 차마 괜찮다고 거짓말하지 못했다.

수천수만 마리 머릿니에 피가 빨리는 것처럼 나는 하루하루 집 안에서 말라비틀어졌다.

아르헨티나 공영 방송에서 내보내는 이 나라의 단편들, 흥겨운 탱고, 마당에서 바비큐를 즐기는 사람들, 끊임없이 쏟아져 내리는 거대한 폭포가 먼 나라의 풍경처럼 느껴졌다. 분명 내가 발을 디딘 땅 위의 모습인데도.

남편의 머리숱이 풍성하게 차오르는 것과 반대로 이번에는 나의 머리칼이 빠지기 시작했다. 나는 한 달도 버티지 못하고 투정을 부렸다.

"나도 자기네 연구소로 갈래요. 밥이든 청소든 뭐든 할 테니 들여보내 줘요."

반대할 줄 알았는데 의외로 남편은 순순히 허락했다. 일손이 모자랐는데 잘됐다며 화색을 띠며 나를 반겼다. 우리는 바로 다음 주부터 함께 출근했다. 첫 주에는 두 번, 둘째 주에는 세 번, 셋째 주는 매일 갔다. 휴게실에 가득했던 컵라면이 사라지고 음료수만 가득하던 냉장고에 내가 만든 반찬이 쌓여갔다. 홀쭉했던 남편과 연구원들 얼굴에 나날이 살이 올랐다. 나 역시 나날이 달라졌다. 기력 없이 축 늘어졌던 몸에 활력이 넘쳤다. 물비린내가 더는 역겹게 느껴지지 않았고, 무엇보다 수조 속 벌레를 차분하게 바라볼 수 있게 되었다. 벌레에 열광하는 사람들과 함께 있으려니 저것이 징그럽고 쓰잘데기 없다는 편견을 조금씩 버리게 되었을는지 모른다.

그사이 수조 바닥에 딱 붙어 잠든 벌레들 사이로 희멀겋고 길쭉한 무언가가 생기기 시작했다. 알주머니였다.

인섹토 델 펠로는 민물에서 한데 뭉쳐 짝짓기한 뒤 수초나 돌에 소면 같은 알주머니를 낳는다. 알에서 부화한 유충은 모기, 잠자리, 하루살이 등의 유충에 들러붙어 그들이 성충이 되어 물 밖으로 나가기를 기다린다. 마침내 성충이 된 숙주가 물 밖에서 다른 육식성 곤충에게 잡아먹히면 그대로 자신의 숙주를 먹은 곤충의 몸 안에 터전을 잡는다. 운이 나빠 탈락한 유충은 풀에 달라붙어 초식성 곤충이 풀과 함께 자신을 섭취하길 기다린다. 그렇게 최종 숙주의 몸 안에서 무럭무럭 자라난 벌레는 어느 시점이 되면 특정 신경전달물질을 몸 밖으로 내보낸다. 숙주의 뇌는 그 물질에 점령당해 한 가지 본능에 사로잡히고 만다. '빛을 향해 가자. 모든 것의 시작점으로 가자.'

한밤의 물웅덩이는 달빛을 받아 반짝이기 일쑤다. 숙주가 스스로 물에 빠져 허우적대는 동안 벌레는 항문을 통해 밖으로 빠져나와 자신의 고향으로 향한다. 물속 깊이 헤엄쳐 들어가고, 동족을 만난다. 짝짓기한다. 알주머니를 낳는다.

인섹토 델 펠로가 연가시와 확연히 다른 점은 알주머니에 있다. 벌레는 조금만 비가 덜 와도 바싹 말라버리곤 하는 피라나강 물길의 끝자락에 서식했다. 이와 같은 환경에서 살아남고자 벌레는 아르테미아나 긴꼬리투구새우 따위의 갑각류와 유사한 생존 방식을 채택했다. 알의 내구성을 극한으로 높인 것이다. 인섹토 델 펠로의 알주머니는 햇볕에 바싹 말라도 죽지 않는다. 적당한 수온과 염도의 물만 주어지면 몇 달을 묵었든 멀쩡하게 부화한다.

성충 또한 높은 생존력을 지녔다. 동네 아이들은 가끔 벌레 뭉치를 바싹 말려 장난감처럼 갖고 놀았다고 한다. 그러다 놀이에 질리면 벌레 뭉치를 강가로 가져가 물을 뿌리는데 벌레는 그때마다 꿈틀거리며 되살아났다는 것이다. 남편은 여기까지 말한 뒤 알주머니를 닮은 하얀 면발을 후루룩 들이켰다. 그날의 점심은 냉국수였다. 며칠 내내 지독한 무더위가 계속된 탓인지 연구원들은 얼음 동동 뜬 육수를 연신 들이켰다.

나는 국수를 조금씩 끊어 먹다가 남편에게 물었다.

"그러면 자기가 연구하는 게 멀쩡한 사람을 좀비로 만들고 그러는 거예요?"

"그렇게 무서운 연구였으면 자기는 여기 있지도 못했어요. 우리는 사람에게 훨씬 도움 되는 일을 하려고 해요. 물론 사람들은 꺼림칙하게 여기겠지만."

"저희가 말이죠, 팀장님 말 듣고 미쳤냐고 했다니까요?" 연구원 한 명이 거들었다. "이런 말도 안 되는 연구를 해보라고 지원하는 회사도 미쳤다고 생각했고요. 근데 어쩌다 보니 이런 오지까지 와서 함께 일을 하고 있네요."

"대체 얼마나 미친 소리였길래요. 이이는 아직도 내게 말을 안 해줬어요."

나는 기껏해야 남편이 벌레의 대량 번식에 집중한다는 것만 알았다. 내가 보기에 그 목적은 이미 넘치게 달성되었다. 처음 연구소에 들어왔을 무렵에는 수조 한 개를 제외하고 텅 비어 있었지만, 지금은 모든 수조에 벌레가 가득했다.

남편은 국수를 먹다 말고 나와 시선을 맞췄다.

"불치병을 치료하고 죽은 사람을 되살리느니 하는 거창한 효과를 지닌 제품은 아니에요. 그래도 누군가의 불우한 삶을 획

기적으로 바꾸기엔 충분하죠. 이런 가느다란 기생충으로 세상이 바뀐다고 생각해 봐요, 정말 엄청나지 않아요?"

확신과 희망에 찬 남편의 눈빛에 웃음이 나오는 한편, 나는 무척 궁금해졌다. 대체 뭘 만들려고 이 난리통인지.

이제 와 보면 남편의 말대로 누군가의 삶을 바꿔놓기에는 충분한 제품이었다.

비록 남편이 예상한 방식으로는 아니었지만.

3

연구소로 들어가기는 그리 어렵지 않다.

30년 전과 마찬가지로 경비 부스는 텅 비었고 녹슨 철문은 제 몸을 힘겹게 열어내며 방문객을 환영한다. 아직 대낮인데도 실내는 새벽처럼 서늘하고 어둡다. 수조가 있는 중앙 연구실까지 가는 길이 기억에 흐릿하지만 내 코는 아직 멀쩡하다. 고약한 물비린내를 따라간다. 여기저기 널린 종이 상자, 깨진 맥주병, 텅 빈 부탄가스, 과자 봉지를 발로 치우며 걷는다.

벽은 큼지막한 스페인어 낙서들 때문에 본래 색을 알아보기 힘들 지경이다. 여전히 이해하기 힘든 낯선 언어와 단어들.

이곳에서 머무는 동안 나는 스페인어를 거의 사용하지 않았다. 연구소에서는 한국 말만 쓰는 데다 어차피 몇 년 후면 한국으로 돌아갈 것이니 애써 배워야 할 필요를 느끼지 못했다. 남편이 알파벳부터 제대로 가르치려 든 적도 있지만 실생활에 필요한 짧은 단어와 문장을 외우는 데 그쳤다. 올라, 아디오스, 그라시아스, 로 시엔토. 좀 더 긴 문장으로는 돈데 에스타 엘 라세오? 라 쿠엔타 포르 파보르. 이젠 그런 말을 언제 어디서 써야 하는지조차 기억나지 않는다.

마침내 다다른 복도 끝에서 나는 크게 심호흡한다. 택시 기사의 경고가 뒤늦게 생각난 탓이다. 나 말고 다른 손님이 있을 수도 있겠다. 노숙인, 경찰을 피해 숨어든 범죄자, 술과 담배와 섹스를 즐기려는 청소년들. 다행히 인기척은 들리지 않는다. 물비린내만 가득할 뿐이다.

연구소는 대체 언제 문을 닫은 걸까.

연구실은 걱정했던 것보다는 말끔하다. 쓰레기가 사방에 널렸지만 폐허 수준은 아니다. 깨진 창문 사이로 오후를 알리는 늦은 햇살이 들어오며 연구실 바닥과 수조를 달군다. 나는 늘어선 수조 중 제일 깨끗한 것을 골라 그 옆에 침낭을 펼치고 눕는다. 딱딱한 바닥에 등을 대자마자 신음이 흘러나온다. 온몸이 늘어지며 눈꺼풀이 무거워진다. 이런 난장판에서 잠이 잘도 쏟아진다. 나는 굳이 깨어 있으려고 노력하지 않는다. 잠깐의 휴식을 누릴 자격이 나에게는 차고 넘치니까.

남동생이 예상치 못한 심근경색으로 세상을 떠난 게 작년 일이다. 올케는 무척 힘들어했다. 남동생 부부는 수십 년을 함께 했으면서도 서로에게 아쉬운 소리 한 번 하지 않는 잉꼬부부였다. 서로를 한 몸처럼 여기고 행동했다. 남동생이 갑자기 떠나자 올케는 부지불식간에 사지를 잃은 사람처럼 횟집을 내팽개치고 식음을 전폐하며 살았다. 그러다 기어코 초여름에 쓰러지고 말았는데, 정작 병원에서 내놓은 진단명은 우울증이 아닌 위암 말기였다. 죽으려고 애쓰지 않아도 결국 죽을 운명이었던 거다.

남동생 부부는 아이가 없었다. 나나 올케나 서로 말고는 남은 가족이 없었고 함께 늙어가는 처지이기에, 나는 올케의 병구완을 자처했다. 환갑 먹은 노친네가 쉰네 살 먹은 사람을 병구완하는 게 쉽지는 않았지만 나는 성의껏 올케를 돌봤다. 먹고 입히고 재우고 씻기고 머리도 꼬박꼬박 감겨줬다. 올케는 나이가 들어서도 숱 많은 긴 생머리를 자랑으로 여겼는데 항암 치료 때문에 머리를 싹 밀어야 했다. 간혹 새로 나는 머리칼도 죄다 가늘고 기운 없는 흰색이었다. 나는 머리에 좋다는 영양제를 올케의 두피에 듬뿍 발라주며 위로해 주었다.

"이 영양제가 효과가 아주 좋아. 기다리다 보면 검은 머리도 나고 예전처럼 예뻐질 거야."

나의 장담처럼, 시간이 흐르자 올케의 머리에 굵고 검은 머리
칼이 자라났다. 윤기가 자르르 흐르는 것이 아주 예뻤지만 정작
올케는 거울 볼 틈도 없었다. 기력이 쇠하는 바람에 잠자기 바
빴기 때문이었다. 나는 옆 침대 간병인과 나누는 수다를 작은
낙으로 삼았다. 그이가 그랬다, 내가 언니가 아니라 동생인 줄
알았다고.

"왜냐면 봐봐요, 언니 머리가 얼마나 곱고 빽빽해. 까맣고 찰
랑거리는 게 난 열 살은 더 젊게 봤지 뭐야."

잠깐 눈을 붙인다는 게 정신을 차리니 밤이 깊었다.

풀벌레 소리가 요란하다.

더듬더듬 핸드폰을 찾아 켜니 벌써 새벽 2시다. 꿈도 없이 잘
잤다는 생각도 잠시, 부재중 전화가 쌓인 걸 보고 놀라 숨을 죽
인다. 문자 메시지도 수십 건이나 들어왔지만 보지 않는다. 확인
하지 않아도 좋을 것이다.

나는 가방에서 손전등을 꺼내 연구실 안쪽으로, 강과 맞닿
은 뒷문으로 향한다. 문을 활짝 열어젖히니 하늘에 휘영청 걸린
달이 참 밝다. 나는 한동안 물소리에 집중하며 심호흡한다. 들
이쉬고 내쉬고, 들이쉬고 내쉬고.

뜨거운 날숨에 유혹당한 모기가 나의 주변을 어지러이 날아다닌다. 날갯소리 때문에 귓가가 간지럽지만 내쫓거나 하지 않는다. 기꺼운 마음으로 모기에게 피를 내준다.

달이 조금씩 조금씩 수면 아래로 가라앉는다. 나는 삭아빠진 양동이를 집어 든다.

우선, 수조에 물을 채워야 한다.

4

아르헨티나에서 산 지 딱 1년이 되었을 때, 혼자 한국에 다녀왔다. 예상대로 시부모님은 남편 없이 기어 들어왔냐며 쌀쌀맞게 굴었다. 반면 남동생과 올케는 나를 번갈아 안으며 내 안색부터 살폈다. 아무리 한국 음식을 챙겨 먹는대도 결국은 외국 아니냐고, 한마디 상의도 없이 외국으로 데려갔으니 당연히 매형이 더 챙겨줘야 하는 거 아니냐며 성을 냈다.

"더 잘해달라고 해. 누나는 그럴 자격 충분히 있어."

헤어지는 날 공항에서 남동생 부부는 예상치 못한 말을 꺼냈다. 이번 설에는 아르헨티나에서 보자는 것이었다. 너무 멀다며 손사래를 쳤지만 둘은 완강했다. 결국 아르헨티나 집 주소를 알려준 뒤에야 남동생 부부는 나를 놓아주었다. 내가 출국장으로 들어가는 내내 손을 흔들며 나의 안녕을 기원했다.

그사이 연구소에 새 식구가 들어왔다. 소형 돼지 여러 마리가 그 주인공이었다. 메뚜기와 사마귀가 가득하던 채집통이 구석으로 밀려나고 팔뚝만 한 크기의 돼지들을 위한 울타리가 수조 옆에 자리를 잡았다. 돼지 우는 소리가 풀벌레 우는 소리를 덮었다. 연구원들이 돼지를 데리고 한 작업은 무척 기괴했다. 수면 가스로 마취한 돼지의 등에 유성펜으로 격자무늬를 그려 구역을 나눈 뒤, 일부 구역의 털을 핀셋으로 일일이 뽑는 것이었다.

"털을 밀 거면 면도기나 이발기를 써도 되지 않아요? 하나하나 뽑을 필요가 있나?"

남편은 자세히 설명하는 대신 쓴웃음만 흘렸다. 다음 날 중앙 연구실 문에 '연구자 외 출입 금지'라는 팻말이 붙었다.

그렇게나 바보 같은 질문이었나. 아쉬운 마음이 들었으나 어쩔 수 없다고 여겼다. 나는 고등학교도 못 나온 가방끈 짧은 사모님이었다. 그런 문외한이 제집처럼 연구실을 드나드는 게 불편했을 수도 있다. 그러나 출입 금지의 범위는 중앙 연구실로 끝나지 않았다. 일주일도 채 지나지 않아 남편은, 참 비겁하게도, 함께 출근을 준비하던 이른 아침에 내게 말했다. 더는 연구소에 올 필요 없다고.

"자기를 못 믿는 게 아니에요. 이제부턴 보안이 정말 중요해서 그래. 잡역부도 진작 내보냈는걸요. 내년에는 한국으로 돌아갈 수 있을지도 모르니, 그때까지만 참아줘요."

난 매미 허물만도 못했던 지난여름을 떠올렸다. 집과 마당과 수영장뿐이던 나의 좁은 세계를 떠올렸고, 한국어는커녕 영어도 나오지 않는 텔레비전을 떠올렸다. 울컥 화가 치밀었다. 이럴바에는 먼저 한국에 돌아가겠다는 나의 말에 남편은 우물쭈물했다. 우유부단한 태도에 나는 마음이 상했다.

"이혼하자는 게 아니잖아요. 그냥 나 먼저 돌아가겠다고요. 내가 집에 혼자 틀어박혀서 얼마나 힘들었는지 알아요? 그냥 하나만 골라요! 날 한국으로 보내주든가 아니면 연구소 휴게실에라도 있게 해 주든가!"

말을 끝내자마자 코가 시큰했다. 눈에 열이 올랐다. 남편은 훌쩍대는 나를 끌어안고는 어르고 달래려 노력했다. 그러나 내가 꼴도 보기 싫다고 밀어내자 눈을 꾹 감고는 길게 한숨을 내쉬었다.

"자기가 물었었죠. 왜 면도기나 이발기를 쓰지 않고 돼지 털을 일일이 뽑아내는 거냐고요."

"그게 무슨 상관이 있다고 그래요?"

"그때 대답하지 못한 건… 자기가 우리 연구를 제대로 받아

들일 수 있을지 확신이 안 서서 그랬어요. 남들 보기에 별로 좋은 꼴은 아니거든요. 그래도 날 조롱하거나 욕하지 않겠다고 약속해 줄래요?"

남편의 얼굴이 너무나 서글퍼 보여 나는 고개를 끄덕이고 말았다. 남편은 가방에서 업무용 수첩을 꺼내 펼치고는 사진 한 장을 집어 들었다. 연구실 돼지를 촬영한 사진이었다. 돼지들의 등마다 솟아난 검은 털이 수풀처럼 무성했다. 마치 사람 머리처럼 윤기가 도는 게 어딘지 모르게 수상쩍었다. 털이 새로 난 건가? 하지만 연구소의 돼지 털은 원래 흰색이었는데?

그 순간 연구소에서 키우는 벌레가 생각났다. 벌레들은 이따금 물결에 흩날리는 머리칼처럼 보이곤 했고…

나는 할 말을 잃은 채 대답을 바라는 눈빛으로 남편을 올려다보았다.

그가 어색한 미소를 지으며 사진을 거두었다.

"니도 니가 제정신 아니라는 거 알아요. 하지만 회사가 괜히 팀장 자리를 줬겠어요? 내 아이디어가 그만큼 좋았단 뜻이에요. 날 인정해 준 거라고요! 자기는 잘 모르겠지만… 발모제 사업은 시장성이 굉장히 좋거든요."

'인섹토 델 펠로'의 뜻이 '머리카락 벌레'라는 걸 나는 그때 알게 되었다.

남편은 연구팀이 실험하고 있는 발모제에 관해 설명했다. 숱 많은 머리카락이 미의 기준으로 여겨지는 현시점에서 탈모 환자는 엄청난 스트레스를 받는다. 그러나 탈모의 양상은 무척 다양하고 사람마다 원인도 달라 치료하기 힘들다. 돈을 들여 독한 약을 쓰고 피부과에서 온갖 치료를 받고 심지어 모발 이식까지 감행해도 탈모가 나아질 것이라 장담할 수 없다. 그러나 이 제품, 프로젝트명 '고르디우스 블랙'을 사용하면 쉽게 해결할 수 있다. 벌레는 두피의 주인이 남자든 여자든 늙었든 젊든 신경 쓰지 않는다. 탈모의 원인이 유전이든 스트레스 때문이든 항암 치료 때문이든 자가면역질환 때문이든 마찬가지다.

"해외에서는 장기이식용 유전자 조작 돼지를 연구하고 있대요. 그거랑 다를 게 없어요. 알레르기 검사 결과는 안정권이에요. 머리칼을 일일이 뽑거나 두피를 절개해야 하는 모발이식보다도 간편하고 통증도 없고 무엇보다 저렴하니 시장의 판도를 완전히 바꿔버릴 거예요. 반년 이상 복용해야 하는 피나스테리드◆나 두타스테리드◆◆보다도 짧은 시간 안에 효과를 볼 수 있죠. 무엇보다 두 약물은 여자에게 금지되었지만 고르디우스

◆ 테스토스테론이 DHT로 전환되는 걸 막아주는 탈모치료제.
◆◆ 오알파 환원 효소 억제제. 남성형 탈모증 치료에 사용한다.

블랙은 아니에요. 말했잖아요, 벌레는 남자든 여자든 나이가 적든 많든 사람을 가리지 않는다고요."

"하지만 벌레잖아요." 나는 회의적인 시선으로 남편을 바라보았다. "아무리 효과가 좋아 보여도 이건 그냥 벌레예요. 기생충이라고요."

"벌레는 이미 일상에서 널리 쓰이고 있는걸요! 딸기우유나 립스틱에 쓰이는 빨간색이 어디서 나왔겠어요? 벌레예요. 깍지벌레를 으깨서 추출한 코치닐 색소를 사용한 거죠. 몇몇 사람들은요, 그걸 알면서도 먹어요. 익숙하니까. 난 고르디우스 블랙도 그럴 수 있을 거라고 봐요. 한 번만 시장에 풀려서 성능을 인정받으면 사람들의 거부감도 줄어들 거예요. 심는 가발, 그 이상 그 이하도 아니게 될 거라고요."

남편은 절박한 얼굴로 날 붙들고 연구소로 향했다. 창문으로 들어온 아침 햇살이 수조의 파란색과 어우러지며 벌레가 검푸르게 물 들었다. 남편은 벌레가 가장 많은 수조로 향하더니 느닷없이 옷을 벗어 던지고는 알몸이 되어 수조 속에 들어갔다. 직원들이 보면 어쩌려고 이러느냐 성을 내도 남편은 웃기만 했다. 얽히고설킨 무수한 벌레 사이서 팔을 놀리며 헤엄치는 시늉을 했다.

"이것 봐요, 마치 수초 같잖아요. 우리가 징그럽다고 단정 지어서 그렇지, 사실은 매우 아름답고 효율적인 생물이에요.”

남편이 나를 향해 손을 뻗었다. 난 한참을 망설인 끝에 남편의 손을 잡았고 팔뚝을 수조 속에 담갔다. 팔을 스치고 가끔은 달라붙기도 하는 벌레의 감각에 모골이 송연했지만, 남편이 내 손을 잡고 있었다. 평소의 우유부단한 태도를 버린 채 무슨 일이 있어도 절대 날 놓아주지 않겠다는 듯이, 잡힌 손이 아플 정도로, 힘을 주어서.

나는 천천히 심호흡했다. 마음이 한결 가라앉자 비로소 남편의 말을 이해할 수 있었다. 남편의 어깨에 들러붙은 벌레는 정말 머리칼 그 자체였다. 촉촉하고 부드럽고 매끄러운, 관리를 잘 받은 머리칼처럼 보였다.

그렇게 생각하니 팔에 와 닿는 선득하며 부드러운 감각이 더는 불쾌하게 느껴지지 않았다.

물 밖으로 나온 남편이 옷을 입는 동안, 나는 구석진 자리서 잠든 돼지를 내려다보았다. 등에 박힌 검은 털은 그새 더 자랐고 아주 미약하게 꿈틀거렸다. 옷을 다 입은 남편이 내 곁에 다가왔다.

“벌레의 알이 강물이 아닌 동물의 빈 모낭 안에서 부화해 성충까지 자라게 하는 건 성공했어요. 모낭 안의 벌레에게 어떻게 영양을 공급할지는 계속 고민하고 있고요. 소비자의 거부감을 줄이기 위해서라도 샴푸나 린스 같은 형태로 만들어 볼까 생각하고는 있는데… 저 꿈틀거림을 제어하지 못한다면 그냥 벌레로 끝날 뿐이겠죠. 심는 가발 소리도 헛소리가 될 테고요. 죽여버리는 수도 있지만 벌레가 모낭을 붙드는 힘이 약해지는 게 문제예요.”

남편은 고개를 비스듬히 틀어 나를 내려다보았다.

“이제 어떡할래요? 아직도 나와 함께하고 싶어요? 더 붙잡거나 하지는 않을게요. 자기 원하는 대로 해요.”

나는 남편의 시선을 피하며 한국행과 이곳에 남는 것을 저울질했다. 그는 사람 머리에 가발 대신 벌레를 심으려 하는 미친 사람이었다. 정신머리가 제대로 박힌 사람이라면 당장 이 자리를 벗어나는 게 상책이겠지만… 그는 내게 작업을 건답시고 뜬금없이 촌충 이야기를 꺼내는 사람이었다. 아이러니한 점은, 내가 기생충 얘기로 달뜬 남편의 얼굴을 보며 조금씩 호감을 느꼈다는 것이었다. 무언가에 열중해 흥분하는 모습이 귀엽고 보기 좋았다.

그러니 나 역시 제정신일 리 없었다. 내가 연구소로 복귀하기까진 오랜 시간이 걸리지 않았다.

안색이 창백해진 연구원들이 힐끔힐끔 남편을 바라보았으나 신경 쓰지 않았다. 내가 그들의 야식을 챙겼다. 물과 커피와 콜라와 라면 따위를 챙겨주던 나는 벌레의 번식을 담당하는 연구원이 손을 다치면서 자연스레 벌레도 챙기게 되었다. 고무장갑을 일일이 벗고 끼는 게 번거로워 그냥 맨손으로 수조를 휘저었다. 매끄럽게 손가락을 휘감는 벌레는 마치 뱀을 연상케 했다. 너무 작아 눈과 입이 보이지 않는 실뱀. 그냥 머리카락처럼 보이기도 했다. 난 가끔 손끝을 세워 두피마사지를 하듯 엉킨 벌레를 풀어주곤 했다. 푸석한 내 머리칼과 다르게 벌레는 매끈하게 풀리면서 손가락 사이를 헤엄쳐 나갔다.

남편과 연구진은 벌레가 모낭 안에서도 섭취할 수 있는 액상 형태의 영양제와 알주머니를 보호하고 벌레를 가사 상태에 빠뜨리기 위한 마취제를 개발했다. 영양제와 마취제는 각각 샴푸를 연상케 하는 묽은 크림 형태의 점액과 혼합해 사용한다. 보석벌에게 영감을 얻었다고 남편은 말했다.

"보석벌은 자연계에서 이름난 신경외과 의사죠. 독침으로 바퀴벌레의 뇌를 헤집어서 자기 알을 지키는 것도 모자라 먹이 역할도 하게 만들어요. 보석벌 애벌레에게 먹힐 때의 바퀴벌레는 아무 미동도 없죠. 그저 산송장으로 기능할 뿐이에요."

남편은 지금의 기술력으로는 보석벌처럼 숙주 벌레의 행동을 정교하게 조작하는 건 힘들다고 이야기했다. 하지만 본사에서 고르디우스 블랙의 안정성을 인정받을 수준까지는 완성돼 있었다.

"모든 감각과 욕구를 지워버리고 코마 상태에 빠뜨리는 거예요. 오로지 머리카락으로만 기능하도록."

"그건 좀 불쌍하네요." 나는 이렇게 말했다가 스스로에게 조금 놀랐다. 대체 뭐가 불쌍하다는 걸까, 이 벌레는 숙주 곤충의 몸을 갉아 먹는 것도 모자라 숙주가 자살하도록 조종하는 기생충이다. 한낱 미물에 지나지 않는다. 그런데도 가엾고 안쓰러운 마음이 가시지 않았다. 남편은 내 마음을 이해한다는 듯 고개를 끄덕였다.

"그렇죠, 불쌍하죠. 벌레 고유의 생태는 모두 무시하고 겉모습만 써먹는 셈이니까요. 애들 처지에서는 우리가 보석벌처럼 보일 거예요. 그래도 어쩔 수 없어요, 이게 완성만 된다면 회사에서도 더는 파리채 같은 걸 쥐여주지 않겠죠. 그렇게 되면 당신도 좋아할 거잖아요, 그렇죠?"

내가 듣기에 이 모든 깃들은 남편의 바람일 뿐이었다. 그래도 난 고개를 끄덕였다.

5

망할, 양동이를 들다가 허리를 삐끗했다.

수조 물이 거의 찼으니 망정이지, 잘못하면 몇 날 며칠을 허비할 뻔했다. 나는 허리를 붙들고 쓰러지다시피 바닥에 눕는다. 마른 건빵을 입에 넣고 침으로 불려 부드럽게 만든 뒤 목으로 넘긴다. 마치 환자가 먹는 유동식 같다. 올케와 함께한 마지막 식사가 떠올라 나는 조금 웃고 만다.

올케와 함께한 마지막 날… 그러니까 불과 이틀, 혹은 사흘 혹은 나흘 전이었나. 우리는 마지막 만찬을 가졌다. 올케는 콧줄을 통해 유동식을 섭취했고, 나는 병원 침대 테이블에 물회를 올려놓고 먹었다. 남동생 부부의 횟집에서 제일 잘나가던 메뉴가 오징어 물회였다. 올케도 물회를 좋아해 식사 시간마다 자주 만들어 먹었다. 나는 한국으로 돌아온 뒤 냉면이나 미역국처럼 미끈한 식감의 음식은 전혀 못 먹게 되었지만, 그날은 무슨 일이 있어도 오징어 물회를 먹고 싶었고 그래서 먹었다. 물회맛은 걱정한 것보다 나쁘지 않았다. 적당히 시고 달고 매콤하고 상추와 깻잎은 신선하고 소라와 전복이 오독오독 씹히고 가늘게 썰린 오징어회는 일부러 오래 씹어 미끈한 식감을 죽였다. 올케는 내가 물회 먹는 모습을 보며 연신 침을 삼켰다. 꼴도 좋지, 나는 국물 한 방울 남기지 않고 모조리 먹어치웠다. 시원하게 트림을 뱉고 빈 용기를 치우지도 않은 채 그대로 내버려뒀다. 올케는 나를 의아한 눈으로 바라보았다. 내가 갑자기 왜 이러는지 이해가 가지 않는다는 얼굴이었다. 난 어느덧 어깨까지 자라난 올케의 머리칼을 향해 손을 뻗었다.

나는 시도 때도 없이 올케의 머리를 빗어주곤 했다. "이것 봐, 참 예쁘기도 하지. 이게 누구 머리래?" 그러면 올케는 창백한 낯빛에 어울리지 않는 상쾌한 미소를 짓곤 했다. 아주 가버린 그이가 내 검은 생머리를 참 좋아했다고, 다시 만나도 이쁜 모습으로 만날 수 있어 참 다행이라는 말을 해댔다. 내가 참 고맙다는 말도 했다. "언니 아니었으면 정말 내가 어쨌겠어요. 나한테도 이제 언니밖에 없어요."

그러니 자기는 먹고 싶어도 먹을 수 없는 물회를 내가 보란 듯이 대놓고 들이킨 그날, 올케는 많이 놀랐을 것이다. 평생 날 불쌍하고 정신이 나간 새언니 정도로 여겼지만 그 순간 알았을 것이었다. 나의 본성, 속 알맹이를.

난 마지막으로 올케의 머리칼을 빗겨주다가 귓가에 대고 조용히 속삭였다. 대답을 듣지 않고 짐을 챙겼고, 그대로 병실을 빠져나갔다.

아마 올케는 무슨 말인가 싶어 어안이 벙벙했을 테다. 조만간, 너무 시간이 흐르지 않은 시점에 내가 곁에 돌아오기를, 미안하다고, 장난이었다고 말해주길 기대했을 것이다. 어찌 되었든 단 둘뿐인 가족 아닌가.

나는 건빵을 마저 녹여 먹은 뒤 배낭을 향해 기어간다. 내용물이 새지 않도록 비닐로 몇 겹씩 싸맨 펌프식 용기 두 개를 꺼내 수조 옆에 차례차례 놓는다. 용기에 붙은 종이 라벨에는 어설픈 손글씨로 각각 이렇게 쓰여 있다. **고르디우스 블랙** 그리고 **영양제.**

검은 용기에는 우유 같은 희여멀건한 액체가, 하얀 용기에는 좀 더 투명하고 점성 낮은 액체가 담겼다. 남편은 이것들을 각각 '아기집'과 '맘마'라고 불렀다.

나는 한국에서 이것을 두 번 사용했고 두 번 다 효과가 좋았다.

효과가 좋으면 뭘 하나, 어차피 망해버렸는데.

2012년 한국에서 〈연가시〉라는 제목의 영화가 개봉했다. 제약 회사의 농간으로 세상에 풀려난 변종 연가시가 온갖 사건 사고를 야기하는 내용이었다. 나는 이 영화를 열 번도 더 넘게 보았다. 한국으로 돌아온 나는 반강제로 남동생 부부와 함께 살았는데, 기생충이라면 아주 칠색 팔색 하는 두 사람 때문에 몰래몰래 이른 아침이나 늦은 밤에 혼자 보러 갔다. 영화를 보며 나는 매번 울었다. 영화의 신파적인 요소 때문은 아니었다.

변종 연가시에 감염된 사람들은 매번 다양한 방법으로 죽었다. 강에 빠져 죽고 변기에 얼굴을 들이밀어 죽고 횟집 수조에 들어가 죽고. 하여간 어떤 방법으로든 죽어 나갔다. 죽으려고 난리를 쳤다. 숙주를 물로 이끌어 자살하게 만드는 기생충. 영화를 보고 나온 모두의 머릿속에 연가시는 그렇게 각인됐다. 연가시의 아름답고 신묘한 점은 모조리 빼놓고 오로지 그 점만 기억나게 만든 영화였다.

영영 못 써먹게 되었다고 생각하며 나는 울었다. 죽은 남편의 유골조차 받지 못한 나는 기억 속 그에게 말할 수밖에 없었다. 당신과 나를 미치게 만든 예쁜 것들이 정말 완전히 끝나버렸어.

아주 예전부터 고르디우스 블랙이 망했다는 사실을 알았으

면서도, 그때의 나는 뭐가 서러운지 매번 기억 속 남편에게 말
하곤 했다.

6

아르헨티나에서 보낸 마지막 여름.

동물 실험을 거듭한 끝에 드디어 사람에게 실험할 차례가 돌아왔다. 벌레를 산 채로 사용하는 약의 특성상 외부에서 피험자를 구하기 힘들거라는 판단으로 남편과 연구원은 본인들의 몸에 직접 시험하기로 했다. 내가 직접 5제곱센티미터의 넓이로 남편의 머리털을 뽑고 정성스레 아기집과 맘마를 발랐다. 첫 시도는 실패였다. 벌레는 모낭 안에서 부화했지만 손가락 반 마디 길이도 되기 전에 모두 죽고 말았다. 우리는 두피에 박힌 벌레 사체를 일일이 핀셋으로 뽑은 뒤 두피를 소독하고 다음을 준비했다. 아기집과 맘마에 들어가는 약물의 함량을 세심히 조정하며 계속 시도했고, 결국은 성공했다. 남편의 두피에서 무성하게 자라난 벌레는 겉보기에 머리칼과 다를 게 없어 보였다. 손으로 쓸어내리고 참빗으로 빗어도 벌레는 작은 입으로 모낭 안쪽을 꽉 붙들고서 놓지 않았다.

그 무렵 여성에게도 동일한 효과가 나오는지 실험해 봐야 한다는 얘기가 오갔다. 연구소에 여자라고는 나뿐이었으므로, 모두의 시선이 나에게 향했다. 남편은 반대했다. 억지로 우리 사정을 봐줄 필요가 없다고 했지만 나는 정말 괜찮았다.

"이젠 징그럽게 느껴지지도 않아요. 자기 말대로 그냥 부드러운 해초 만지는 느낌인걸."

고르디우스 블랙을 바른 그날은 정말 지독하게 더웠다. 들이마시는 공기가 뜨거워 폐가 후끈거렸다. 남편은 내 두피를 꾹꾹 누르며 벌레의 알이 빈 모낭에 확실히 들어가도록 마사지했다. 문득 보석벌이 떠올랐다. 남편은 지금 내 머리에 미친 짓이 기껍게 느껴지도록 만드는 신경독을 집어넣고 있다. 그러나 이상하리만큼 마음이 가벼웠다. 머리에 벌레를 심는 것 정도야, 남편의 말대로 가발처럼 평범하게 느껴졌다. 난 남편의 흥얼거림을 들으며 꾸벅꾸벅 졸았다.

일주일 뒤 나의 머리에서 작은 생명들이 깨어났다.

텅 비었던 정사각의 두피에 검은 것이 돋아나더니, 맘마를 먹으며 서서히 몸집과 길이를 불려나갔다. 남편은 고르디우스 블랙의 샘플과 정리한 연구 자료를 본사로 보냈다. 마지막 보고였다. 회사는 이 보고를 통해 고르디우스 블랙의 시장 가치를 검토할 것이었다.

"길어봤자 한 달이예요."

남편은 그렇게 말하며 내 머리칼을 쓸어내렸다.

"이 녀석들을 모조리 강에 풀어주든가, 본격적으로 발모제 개발에 착수하든가, 모두 한 달 안에 정해질 거예요."

남편이 내 머리칼에 코를 묻기에 나는 무슨 냄새가 나느냐 물었다.

"물 냄새가 나요. 신기하죠? 이 녀석들은 잠든 상태에서도 고향의 냄새를 풍기고 있어요."

기대와 불안 사이서 잠 못 이루던 어느 날, 연구소에 심각한 문제가 터졌다. 수조 속 물이 박테리아에 오염되고 만 것이다. 연구소를 통째로 소독해야 했다. 그나마 살아남은 벌레는 우리 집 수영장으로 옮겼다. 연구를 쉬는 중이라 다행이라며 남편은 수영장 위로 덮개를 씌웠다.

"걱정 마요, 소독 끝나는 대로 돌려놓을 테니까."

그날 나는 남편을 따라 연구소로 돌아가지 않았다. 이상하게 마음이 내키지 않았다.

햇빛이 무척 따가운 날이었다. 밖에 잠깐만 나와 있어도 온몸에서 땀이 주룩주룩 흘렀다. 나는 수영장 덮개를 반쯤 거둔 뒤 푸른 물 아래서 헤엄치는 벌레를 내려다봤다. 벌레는 저들마다 뭉쳐 사랑을 나누고 있었다. 계속 지켜보고 있으려니 정수리와 목덜미에 열이 올랐다. 물이라도 한잔 마시려고 몸을 일으킨 순간 눈앞이 아찔하게 흔들렸다. 대비할 틈도 없이 수영장으로 고꾸라졌다. 물보라가 일었다.

한여름의 수영장 물은 미지근했지만 가벼운 일사병을 해소하기엔 충분했다. 나는 물 밖으로 머리를 내밀고 한참을 콜록거렸다. 주변을 둘러보니 바닥에 붙어 있던 벌레들이 소란을 듣고 수면 가까이 올라와 있었다. 당장 수영장 밖으로 나가야 했지만, 피부에 와 닿는 벌레의 감촉이 부드러웠다. 비단결처럼 매끄러웠다. 나는 주변을 둘러보았다. 자동차 지나가는 소리조차 들리지 않는, 완연한 정적이 집 주변에 자리하고 있었다.

그냥 문득, 마음이 동해서, 아무도 보는 사람이 없으니까, 고작 이런 단순한 이유로 나는 귀신에 홀린 사람처럼 옷을 벗어 물 밖으로 내던진 뒤 개구리헤엄을 어설프게 흉내 내 물살을 갈랐다. 벌레는 내 피부를 부드럽게 매만지며 스쳐 갔다. 보이지 않는 입으로 내 피부를 맛보다가 떨어지기도 했다. 해초 속에서 헤엄치는 것 같기도 하고, 감촉이 훌륭한 비단 자락 사이를 가르는 것 같기도 했다. 기분이 좋았다. 즐거웠다. 벌레와 함께하는 처음이자 마지막 헤엄이 그렇게 정신없이 흘러갔다.

그날의 나는 남동생 부부가 설 연휴를 닷새나 앞두고 일찌감치 횟집 문을 닫았다는 사실을 알지 못했다.

일터로 돌아가는 남편을 배웅한 뒤 대문 잠그는 일을 깜박했다는 것도 몰랐다.

언젠가 가족끼리 나눈 술자리에서 남동생은 이렇게 말했다.

"회를 뜰 때 말이죠, 생각보다 기생충이 엄청나게 많이 나와요. 형님은 기생충 박사니 잘 아실 것 아녜요. 내장이고 살이고 아가미까지, 온갖 곳에 우글우글하다고요. 진짜 보일 때마다 빼도 빼도 끝이 없어요, 제가 다 죽겠다고요."

남동생의 입에서는 온갖 기생충의 이름이 저주처럼 이어졌다. 고래회충, 물개회충, 방어사상충, 동해긴촌충, 아감벌레, 기타 등등 어쩌고저쩌고. 남동생은 유명 횟집에서 일을 배우던 시절 기생충을 발견하지 못하고 음식을 내놓는 바람에 해고당한 직이 있었다. 그때부터 남동생은 벌레, 특히 길쭉한 형태의 기생충이라면 무엇이든 질색했다. 제대로 대처하려면 이름도 습성도 알고 있어야 한다며 기생충 백과사전을 찾아볼 정도였다.

그러니 대문을 열고 들어온 남동생과 올케가 수영장에서 한껏 너울대는 것의 정체를 몰라보기는 어려웠을 터였다.

수영장에 가득했던 그것이 내 머리카락이라고, 말도 안 되는 억지를 부렸다면 뭔가가 달라졌을까? 그러지 못해 나는 알몸으로 수영장에서 끌려 나왔다. 기겁한 올케는 내 몸에 붙은 벌레를 떨어트리고 짓밟았다. 남동생이 입고 있던 티셔츠를 벗어 황급히 내 몸을 가렸다. 괜찮냐고, 다치지 않았느냐고, 이게 대체 무슨 일이냐고 걱정하는 남동생과 올케 앞에서 나는 가슴이고 아래고 어디도 제대로 가리지 못한 채 황급히 말을 뱉었다.

"그만해, 그만 죽이라고! 대체 네가 뭐라고 얘들을 죽이고 난리야? 얘네들 다 좋은 애들이야. 사람에게 해도 안 끼치는 착한 벌레라고!"

우리는 벌레를 사이에 두고 목소리를 높였다. 남동생은 미쳤냐고, 제발 정신 좀 차리라고 화를 내다 급기야 이러면 안 된다며 울음을 터뜨렸다. 올케는 나와 눈도 마주치려 들지 않았다. 나는 쫓기듯 집으로 들어가 연구소에 전화했다. 남편이 필요했다. 나의 편이 되어줄 단 한 사람이 너무나 간절했다.

얼마 지나지 않아 남편이 돌아왔다. 남동생은 눈물범벅인 얼굴로 핏대를 올렸다.

누나가 많이 아프다고,

한국에 데려가서 돌보는 게 낫겠다고,

형님은 아직 일이 많이 남았으니 그냥 여기 계시라고, 우리가

알아서 하겠다고,

형님 탓도 있지 않느냐고, 이런 아무것도 없는 촌구석에 누나를 혼자 처박아 두고는 그런 억울한 표정 짓지 말라고.

"알몸으로 벌레 사이서 헤엄치고 있었다니까요! 저희 누나가 완전 제정신이었는데 그딴 미친 짓을 하고 있었다고요…!"

남동생의 마음을 이해한다. 우리는 서로에게 유일한 가족이고, 남동생은 나에게 은혜를 갚겠다며 벼르고 있었다. 낯선 타지에서 정신이 병든 누나를 고향으로 데려가 돌보겠다는 건, 남동생 부부에게 있어 매우 당연한 처사였다.

내가 이해할 수 없는 건 남편의 반응이다. 벌레로 발모제를 만들겠다던 호기는 어디로 갔는지 그는 남동생 앞에서 내내 머리를 조아렸다. 미안하다고, 모두 자기 잘못이라고 사과하면서도, 지금부터라도 나를 잘 돌보겠다는 말은 하지 않았다. 날 데려가지 말라고 애원하지 않았고, 내가 미쳤다는 남동생의 말을 부정하지도 정정하지도 않았다.

그러는 대신 남편은 나의 짐을 꾸렸다. 대벌레처럼 길쭉한 몸을 웅크린 채, 벌레를 심은 머리를 연신 까닥이며 옷가지와 물건을 가방에 쑤셔 넣었다. 내가 갑자기 왜 이러는 거냐고 화를 내도 시선 한 번 주지 않으면서.

내가 남동생 부부에게 붙들려 대문을 나서는 순간까지 남편은 끝내 고개 한 번을 들지 않았다.

당장 한국으로 돌아갈 항공권이 없었기에 남동생 부부와 나는 시내의 호텔에 자리를 잡았다. 남동생은 주변 약국을 돌아다니며 온갖 종류의 구충제를 구해 왔다. 비행기를 기다리는 이틀 동안 열아홉 종류의 구충제가 나의 식도를 넘어갔다. 다음 날 아침, 나는 베개 위에 떨어진 머리칼 수십 가닥을 발견했다. 말라비틀어진 벌레의 사체였다.

배신당한 걸 알았으면서도, 죽은 벌레를 본 순간 나는 남편에게 당장 알려야 한다고 생각했다. 내가 먹은 구충제의 종류와 성분을 적어서 알려야만 한다고, 무엇이 이 가늘고 부드러운 아이들을 죽였는지 찾아내야 한다고 생각했다. 영수증 뒷면에 몰래 적어놓은 깨알 같은 글자, 구겨지거나 지워지지 않도록 투명 테이프로 덧댄 메모를 나는 끝내 남편에게 전해주지 못했다.

환자의 동의 없이 정신 병원에 입원시키는 게 가능하던 시절이었다.

퇴원하고 며칠이 더 지난 뒤에야, 나는 남편이 아르헨티나에서 죽었다는 사실을 알게 되었다.

7

두 번째 밤이 지난다. 허리 통증은 저릿한 감각으로 줄었다. 모기의 날갯짓 소리가 안개처럼 주변에 깔렸다. 나는 어둠 속에서 가만히 누워 있다가 핸드폰을 꺼낸다. 수십 건의 읽지 않은 문자 메시지 내역을 흐린 눈으로 바라보다가 마음을 굳게 먹는다. 몸을 일으키고 담당의가 보낸 메시지를 누른다.

그의 말에 따르면 올케는 7시간하고 27분 전에 영면했다. 아주 평안한 모습으로 가셨다고. 시신은 영안실에 안치해 놓겠다는 안내가 적혀 있었다. 나는 답장을 망설인다. 병원이야 곧바로 가겠다는 대답을 바라겠지만 나는 그렇게 답할 수 없다. 전화를 걸지도 못한다. 평온하고 조용하게 갔다는 말에 속에서 천불이 올라오고 목이 멘다. 어떻게 그럴 수가 있나. 그렇게 편히 갈 수가 있나. 남동생도 그렇고 부부끼리 편히 죽는 방법을 터득한 게 분명하다.

병실에서 나가지 말았어야 했다는 후회가 밀려든다. 내 마지막 속삭임에 올케가 당황해하다가 제 머리를 쥐어뜯는 꼴을 봐야 했다. 난 분명 올케에게 이렇게 말했다. 네가 좋아하던 그 머리칼이 실은 네가 죽어라 밟아댔던 바로 그 벌레였다고. 다 죽어가는 암 환자가 검은 머리털이 날 리 있겠느냐고. 내 남동생이 지금 네 모습을 봤으면 뺨을 치고 욕했을 거라고.

"그동안 벌레가 올케 생명을 쪽쪽 빨아 먹고 있었던 거야. 그래서 올케가 이렇게 아프게 죽는 거지."

물론 일부는 거짓말이다. 인섹토 델 펠로를 비롯한 연가시목 벌레는 사람에게 기생하도록 진화하지 않았다. 촌충처럼 사람의 소화 기관에 머물 수도 없거니와, 톡소포자충처럼 뇌로 파고들지도 않는다. 남편의 말대로 심는 가발, 그 이상 그 이하도 아니다. 벌레가 인간에게 기생하는 것이 아니라 인간이 벌레를 철저히 이용한다.

나는 한참 동안 핸드폰을 노려본다. 이 모든 게 무슨 소용인가 싶다가도, 상기된 얼굴로 자신의 벌레 머리칼을 연신 쓸어내리는 올케를 떠올리니 절로 입꼬리가 올라간다. 남편의 꿈이 아주 부질없지는 않았다. 적어도 올케는 구원하지 않았던가. 영면했다는 단어를 뚫어져라 보는 사이 핸드폰 화면이 자동으로 꺼진다. 빛이 사라진 연구실에 적막과 어둠이 내려앉는다. 침묵 속에서 아주 희미하게 들리는 물소리에 나는 새삼스레 이곳이 어디인지 깨닫는다. 나는 강과 맞닿은 뒷문을 열어젖힌다. 날이 흐려 달은 보이지 않는다. 어슴푸레한 밤하늘 아래서 누런 강물이 끊임없이 흐르고 흘러간다. 진흙이 섞인 탓에 무척 혼탁하다. 어제보다 더욱 농밀해진 습기가 내 뺨에 닿는다.

남편은 이 물에 빠져 죽었다. 무릎까지 겨우 올라오는 이 얕은 물에 얼굴을 처박고 익사했다.

강가에 떠밀려 온 남편의 시신은 퉁퉁 불어 있었다. 살아 있는 모습을 마지막으로 목격한 이의 말에 따르면, 남편은 큰 키에 어울리지 않는 좁은 보폭으로 느릿느릿 다리를 건넜다고 한다. 한 손에는 맥주병이 다른 손에는 서류 가방이 들렸는데, 얼굴에 수심이 어렸으나 울상은 아니었고 무언가 중얼대는 것도 같았으나 외국어라 한마디도 알아들을 수 없었다고 그는 진술했다.

자살이었을까? 하지만 남편은 일주일 뒤 한국으로 돌아갈 예정이었다. 남편의 숙소에서 여러 국가를 경유하는 한국행 항공권이 발견됐다. 다니던 회사를 그만두긴 했으나 다른 업체에 취업이 약속된 상태였고 유서도 발견되지 않았다. 그렇다면 사고였을까? 부검 결과 남편의 시신에서는 알코올이 검출되었으나 미량이었고 발을 헛디뎠다기엔 강물은 너무 얕았다. 어린애도 이 정도 깊이의 물에서는 빠져 죽지 않는다.

특이점이 발견되기는 했다. 남편의 머리칼에 현지에서 서식하는 머리칼 벌레가 잔뜩 얽혀 있던 것이다. 어느 삼류 언론사는 '인섹토 델 펠로가 인간에게 기생한 유일한 사례'라며 호들갑을 떨었지만 허무맹랑하게 받아들여지며 금방 묻히고 말았다. 경찰은 끝내 남편의 사인을 찾아내지 못했다.

남동생 부부는 남편의 죽음을 진작에 알고 있었다. 하지만 나는 한 연구원이 내 행방을 수소문하다 내가 지내고 있던 남동생네 횟집에 찾아올 때까지도 이 사실을 듣지 못했다. 따져 묻자 나를 지키기 위해서였다는 변명만 돌아왔다.

"누나도 퇴원하고 그 인간 얘기는 꺼낸 적 없잖아. 난 당연히 누나가 그 인간 잊고 제대로 살아보려고 그러는 줄 알았지."

나는 아니라고 대답하지 못했다. 남동생의 말이 옳았다. 마음만 먹으면 남편에게 연락할 수 있었을 텐데 그러지 않았다. 날 찾아오지 않는 남편에게 화가 났을는지도 모른다. 병원에서 누적된 슬픔과 배신감이 전화번호를 누르려는 내 손을 방해했을는지도 모를 일이다.

연구원이 말하길 고르디우스 블랙은 다음 단계로 넘어가지 못했다고 한다. 결국 프로젝트는 폐기되었고 벌레는 모두 죽었건만, 남편은 계속 연구소에 남아서 일을 했다.

남편이 왜 한국으로 돌아오지 않았는지 묻자, 연구원은 고개를 절레절레 흔들었다.

"팀장님 딴에는 회사가 마음을 돌릴지도 모른다고 기대했을 거예요. 하지만 사실은 말이죠, 연구소에 있던 모두가 알고 있었어요. 깍지벌레를 쓰는 것과 별다를 게 없다지만 그건 가루 내서 쓰는 거잖아요. 색으로만 존재한다고요. 하지만 고르디우스는 아니었죠. 아무리 가늘고 시커멓고 머리카락처럼 보인다고 해도 결국은 벌레예요. 벌레의 원형을 그대로 갖다 쓰는 거라고요. 완제품이 시장에 나왔으면 열흘도 안 되어서 상품을 내려야 했을 거예요. 미친 짓이었죠. 알면서도 우린 매달렸던 거예요, 바보처럼."

연구원은 선심 쓰듯 이런 말도 덧붙였다.

"한국으로 돌아가자마자 사모님부터 찾아갈 거라고 하셨어요. 그때 붙잡지 못한 게 너무 미안하고 후회된다면서요."

그러나 남편은 나와 1만 9,070킬로미터나 떨어진 곳에서 죽었다.

시신은 현지에서 화장됐다. 유골과 얼마 안 되는 유품이 시부모님께 돌아갔다. 가족묘에 들어갔다는데, 위치를 알고 교통편도 알지만 난 한 번도 남편을 만나러 가지 않았다. 혹은 만나러 갔지만 기억에 남지 않았을 수도 있다. 남편의 부고를 들은 뒤부터 나는 기생벌의 독침에 뇌가 마비된 애벌레처럼 살아왔다. 기억과 시간이 뭉텅이로 잘려 나가고 뭉개지고 으깨졌다. 그렇게 수년이, 수십 년이, 마치 존재도 하지 않는 것처럼 통째로 사라졌다. 남동생의 은혜 갚기는 본인이 죽어서야 끝이 났고 환갑이 다 되어서야 나는 자유의 몸이 되었다.

시부모의 부고 소식을 들은 건 올케가 위암 선고를 받고 얼마 지나지 않아서였다. 장례식은 가지 않았다. 어차피 그들에게 나는 제 새끼 잡아먹은 기생충에 지나지 않았을 테니. 그나마 사이가 가까웠던 남편의 친척이 누런 종이로 싸인 소포를 보냈다. 남동생 부부의 집 주소와 나의 이름이 국제 배송 송장에 쓰여 있었다. 송장에 적힌 날짜로 미루어 남편이 죽기 직전에 포장한 것으로 보였다. 아마도 시부모는 소포를 평생 품에 안고 살았으리라.

난 올케의 병실 간이침대에서 소포를 뜯었다. 포장지 안에는 검고 하얀 펌프식 용기 두 개가 들어 있었다. 편지도 엽서도 메모도 어떠한 글귀도 없이 용기 두 개가 전부였다. 난 용기를 쓰레기통에 처박았다가 다시 꺼냈고 변기에 모조리 쏟아부으려다 결국 그만뒀다. 통 속에 든 희멀건한 액체를 보자마자 30년 전의 여름이 뇌리에 선명히 떠올랐다. 피부를 감싸던 매끄럽고 부드러운 촉감. 남편의 선하고 유약한 얼굴. 음정이 맞지 않는 흥얼거림. 서로 얽혀 짝짓기하는 벌레. 알몸으로 수조에 뛰어들던 남편의 열정. 반짝이던 두 눈.

남동생 앞에서 고개를 조아리던 모습도 자연스레 떠올랐다. 나를 변호하기는커녕 눈조차 마주치지 못하고 가방에 짐을 욱여넣던 모습도.

소포를 받고서 나는 남편의 마음을 짐작 비슷한 것이라도 하게 되었는데… 한마디로 정리하자면 타이밍이 좋지 않았다는 것이다. 남편은 덮개가 열린 수영장과 물이 떨어진 바닥, 화가 머리 끝까지 치솟은 남동생 부부와 수치심에 물든 나를 보자마자 무슨 일이 벌어졌는지 알아챘을 것이다. 본사로 넘어간 검토 중인 연구 자료를 생각했을 대고, 기생충을 끔찍히 싫어하는 남동생에게 자신의 연구를 설명했다가 어떤 반응이 돌아올지 예상했을 것이며, 연구에 관해 추궁당하거나 욕먹지 않으려면 무엇을 내줘야 할지 고민했을 것이다. 그리하여 남편은 혼자 결론을 내렸다. 고르디우스 블랙의 효율성을 설명하는 대신 자기보다 열 살도 더 어린 남자 새끼 앞에서 머리를 숙였다. 자기는 아닌 척, 평범한 척, 아내를 미친년으로 만들었다.

내가 이해해 줄 거라 생각했던 걸까?

남편은 왜 내게 고르디우스를 남긴 걸까. 나중에라도 다시 연구할 생각으로? 아니면 내가 화풀이로나마 모두 버려주길 바라서?

오래 고민한 뒤 마음을 먹었다. 이 이상 남편의 뜻대로 놀아날 생각은 없었다. 마취제에 수십 년간 담겨 있었지만 벌레의 알은 삶을 포기하지 않았다. 어설픈 방식으로나마 부화했고, 나의 두피에 찰싹 달라붙어 찰랑거렸다. 미미한 숨을 내쉬었다.

나는 아르헨티나행 항공권을 구매했다. 수십 시간을 들여 전 세계를 돌고 돌아, 벌레에 홀려 정신 병원에 몇 년간 갇혀 있던 사람답게, 이 아이들을 고향으로 돌려보내기 위하여.

나는 핸드폰을 내려놓는다. 길게 심호흡하며 할 일을 준비한다. 이게 제대로 먹힐지는 모르겠다. 그래도 몸을 움직여야 한다. 우선 대야에 강물과 고르디우스 블랙을 넣는다. 휘휘 저으며 알주머니 표면의 마취제를 씻은 다음, 거름망으로 알주머니를 거르고 대야의 물을 간다. 그리고 앞의 과정을 반복한다. 마취제로 미끈미끈하던 알주머니 표면이 깨끗해지면 모든 준비는 끝이 난다. 잘될지는 모르겠지만 해보는 수밖에. 나는 빈 수조에 알주머니와 강물을 넣는다. 마지막 차례는 알몸으로 수조 옆에 눕는 것이다. 며칠간 씻지 않았고 속옷도 갈아입지 않아 살이 접히는 부위와 사타구니에서 퀴퀴한 냄새가 풍긴다.

내 체취를 맡은 모기가 연구실로 들어와 나의 피를 영양분 삼아 수조에 알을 낳을 것이다.

알주머니 역시 부화해 유충이 수조를 가득 메울 터다.

나는 수천수만의 유충이 무사히 태어나길 바란다. 벌레의 유충도 장구벌레도 한 마리의 낙오 없이 성충이 되어주길 기도한다. 그렇게 벌레는 무사히 모기의 몸을 빌려 먼 곳으로 날아가고, 마지막 숙주의 위장에서 몸집을 키우다가 물가로 향할 것이다.

남편이 이걸 보면 뭐라고 말을 할까? 우리가 함께 일궈낸 걸 어떻게 망칠 수 있느냐고 소리를 지를까? 하지만 남편은 평생 화낸 적이 없고 마땅히 화내야 하는 상황에서도 마찬가지였다. 남동생 앞에서 그런 것처럼 내 잎에서도 미리를 조아릴 게 분명했다. 벌레의 귀향을 지켜볼 뿐 입도 벙긋하지 못할 터였다.

그런 비굴한 면모에도 불구하고 난 남편이 그리웠다.

구름이 걷히고 강 너머에서 서서히 붉은빛이 올라온다. 모기가 다녀간 자리마다 붉은 반점이 생긴다. 나는 한결 가벼워진 마음으로 뒷문으로 향한다. 망설임 없이 물에 발을 들이며 벌레가 숙주의 몸을 빠져나와 물속으로 향하는 모습을 상상한다.

남편이 죽은 물속에서 벌레들은 태초의 본능으로 서로를 찾아낸다. 사람의 두피가 아닌 물속을 헤엄치며, 무슨 일이 있어도 설사 죽는대도 서로를 놔주지 않겠다는 일념으로 맹렬하고 복잡하게 얽히고설키며 사랑을 나눈다.

나는 어둑한 강물 속에 몸을 담그며 계속해서 벌레를 상상한다. 한여름의 수초처럼 미지근한 벌레들이 내 몸과 머리카락에 마구 얽힌다. 나는 기생말벌에게 뇌가 찔린 거미, 애벌레에게 눈을 점령당한 달팽이, 따개비에게 조종당해 정체성을 잃어버린 바닷게, 곰팡이에 몸을 빼앗긴 개미처럼 벌레에게 기꺼이 내 몸을 내주고픈 마음이다. 그렇게 한없이 물장구치다 힘이 다해 가라앉고 싶지만… 아니지, 말도 안 되는 소리지. 너희는 그런 식으로 기생하지 않는다. 인간에게 털끝만큼의 해도 끼치지 못한다.

너희를 가득 모아 입에 넣어 삼킨대도, 내가 원하는 방식대로 남편과 재회하지 못할 것이다.

그럼에도 나는 벌레를 기다린다. 고르디우스의 매듭처럼 얽혀버린 우리의 추억을 반추하면서.

머리까지 물에 담그자 두피가 간지럽다. 흙먼지로 뿌연 물속에서 눈을 뜰 엄두가 나지 않아, 나는 그저 숨을 멈춘 채 팔과 다리를 길게 내뻗는다. 흙바닥에 엉덩이를 붙이며 다시 상상한다. 고향의 물을 만나 기력을 되찾은 벌레들이 내 두피에서 빠져나와 자유롭게 헤엄치는 모습을.

숨이 다해 일어나려던 찰나, 무언가가 내 팔을 슬쩍 어루만지고 지나갔다.

Take Care
of
Yourself

후루룩
쩝쩝
맛있는

3일째

양희 씨는 분명 들었다. 보선 씨의 비명을.

새된 비명이란 말이 어울리는 높고 가느다란 비명이었다.

양희 씨는 문 쪽을 바라봤다. 양희 씨가 마지막 피험자이기에 대기실에는 장식용 화분과 양희 씨 말고는 아무도 없었다. 잘못 들은 게 아닐까? 양희 씨는 소파에서 일어나 복도로 이어지는 문에 귀를 댔다. 인기척이 없었다. 문을 열어 고개만 내밀어 보니, 조금 전까지 분주히 돌아다니던 방호복 차림의 연구소 직원들이 아무도 보이지 않았다. 형광등 불빛이 불길하게 깜박댔다.

으스스 소름이 돋아 팔을 쓸어내리는데 다시 비명이 들렸다.

꺄아아아아.

양희 씨는 황급히 문을 닫아 잠갔다.

이게 대체 무슨 일이야.

재빨리 대기실을 훑어보지만 전화기가 있을 리 없었다. 스마트폰은 기밀 유지 조항 때문에 입소 첫날 연구소로 향하는 버스에서 걷어 갔다. 연구소 밖으로 도망칠 방법이라고는 복도로 나가 비상계단이나 엘리베이터를 찾든가, 대기실 창문을 깨고 밖으로 뛰어내리는 수밖에 없었다. 후자는 당연히 말도 안 되었다. 양희 씨는 화성 탐사극의 주인공은커녕 조연도 못 될 소시민 중의 소시민이었다. 여기가 5층이 아니라 2층이라도 어떡하냐며 발만 동동 구를 게 분명했다.

아니, 잠깐만, 일단 진정하자. 이렇게 탈출 방법만 궁리할 게 아니라 느닷없이 비명을 지르는 보선 씨를 걱정하는 게 먼저 아닐까? 양희 씨는 보선 씨와 약속했다. 이번 일정이 끝나면 시내에서 밥도 먹고 영화도 한 편 보자고 말이다. 이런 상황에서 도망칠 생각만 하는 건 썸 타는 상대에게 예의가 아니다. 양희 씨는 용기를 내 문 앞에 섰다. 조용히 문고리를 돌려 복도로 나갔고, 발뒤꿈치를 들며 맨바닥을 살금살금 걸었다. 그러나 열 걸음도 못 떼어 옆방에서 튀어나온 직원에게 팔이 붙들렸다. 엄마야. 직원은 방호복도 모자라 고글과 마스크까지 쓰고 있어 얼굴이 거의 보이지 않았다. 담담한 전자 음성이 들렸다.

"여기서는 이 작업을 수행하기 어렵습니다. 즉시 자리로 돌아가시기 바랍니다."

양희 씨는 얌전히 돌아갈 수 없었다. 직원의 등 뒤, 살짝 열린 문틈 너머로 바닥에 쓰러진 누군가의 오른손이 보였기 때문이다. 엄지손가락과 손목 사이에 눈에 익은 우주선 모양의 타투가 박혀 있었다. 고개를 더 틀자 이번에는 바닥에 축 늘어진 보선 씨의 얼굴이 보였다. 입에서 흘러나온 게거품이 수염처럼 인중과 입술 아래를 적셨다.

보선 씨의 것보다 더욱 높은 비명이 절로 튀어나왔다. 양희 씨는 직원에게 붙들린 팔을 빼기 위해 온몸을 비틀면서 살려달라 소리 질렀다. 그러다 어디를 잘못 잡았는지, 방호복의 목덜미 부분이 부욱 찢어져 버렸다. 너덜너덜한 폴리프로필렌 섬유 사이로 직원의 창백한 회색 목과 어깨가 보이더니… 이내 등줄기에 따끔한 통증이 올라왔다. 몸이 절로 고꾸라지며 바닥에 널브러졌다. 입에서 올라오는 게거품을 삼키려 노력했지만 소용없었다. 이미 눈앞이 어두워지고 있었다.

양희 씨는 직원의 밋밋한 입술에서 흘러나오는 외국어의 정체를 헤아리며 울었다. 영어, 아니고. 일본어도 중국어도 프랑스어도 스페인어도 아니고. 그러면 대체 뭐란 말인가.

언니도 그래, 대체 나한테 무슨 억하심정이 있다고 이딴 알바를 소개해 준 거야? 그냥 평범한 임상이랬잖아, 피만 뽑으면 그만이라며. 근데 이게 대체 뭐야, 다단계야? 사이비? 그것도 아니면, 뭐 장기매매 인신매매 어쩌고저쩌고 그런 거야?

머릿속 사촌 언니는 대답이 없었다. 직원의 창백한 손이 양희 씨의 얼굴 위로 내려오더니 눈을 감겨주었다. 양희 씨는 울면서 직원의 친절을 받아들였다. 그렇게 정신을 아주 놓아버리고 끝없는 무의식의 세계로… 맵고 달고 짜고 기름진 냄새가 가득한 어딘가의 세계로… 그렇게… 양희 씨는 그렇게….

1일째

양희 씨는 소파에 삐딱하게 앉아 눈을 사방으로 굴렸다.

랍아강 제약 연구소의 로비는 사람들로 북적였다…기에는 생각보다 한산했다. 약 스무 명 남짓 있었는데 대부분 중장년으로 양희 씨 또래는 거의 보이지 않았다. 다들 긴장한 얼굴로 주변을 살피기 바빴는데, 텅 빈 안내 데스크와 꺼진 키오스크까지 더해지니 그렇게나 을씨년스러울 수가 없었다. 양희 씨는 입도 가리지 않고 하품을 흘렸다.

10시 정각이 되자 로비 출입문이 활짝 열리고는 괘종시계의 노래하는 뻐꾸기처럼 방호복을 입은 이들이 쏟아져 나왔다. 양희 씨는 드라마 속 엑스트라 캐릭터를 보는 마음으로 방호복

무리를 바라봤다. 강릉역에서 지금의 연구소까지 사람들을 싣고 온 셔틀버스에서 운전기사는 이렇게 안내했다. 연구소 직원이 방호복을 입고 있어도 놀라지 말라고, 이 임상은 감염 우려가 없지만 직원들의 신원을 보호하기 위해 얼굴을 노출할 수 없는 입장이라고.

방호복 무리 중 제일 눈에 띄는 이는 형광 노란색 방호복을 입은 사람이었다. 그는 주변을 둘러보고는 어깨에 맨 휴대용 스피커의 전원을 켰다. 무심하고 어색한 발음이 로비에 쩌렁쩌렁 울려 퍼졌다.

"안녕하세요 여러분. 저는 이 임상 시험을 진행하는 랍아강 제약 회사의 선임 연구원 피블 최 박사입니다. 앞으로 2박 3일 동안 즐거운 시간 보내시길 바랍니다."

박사의 말이 끝나자 옆에 서 있던 직원들이 박수를 쳤다. 양희 씨와 다른 피험자도 엉겁결에 박수를 쳤다.

"우리는 바빠서 통역을 구할 수 없어 통역을 고용해야 했습니다. 저희는 한국어를 이해하므로 걱정하실 필요가 없습니다. 직원이 숙소까지 모셔다 드립니다. 일정과 안내 사항은 호텔에 전달되었으니 직접 확인해 주세요."

직원의 안내에 따라 양희 씨와 피험자들은 연구소를 나와 별관으로 들어섰다. 별관은 '호텔'이란 말이 오역으로 느껴지지 않을 만큼 잘 꾸며진 곳이었다. 하얗다 못해 투명한 저 대리석 바닥과 기둥을 좀 보라지, 천장에 달린 풍등 모양의 조명 장식은 또 어떻고. 로비 곳곳에 자리한 화초는 절정에 이른 초록을 뽐냈고 질서정연하게 배치된 소파와 흔들의자는 보는 것만으로 만족감을 선사했다.

별관은 원래 연구소 직원이 거주하는 일종의 기숙사였지만 이번 임상을 위해 리모델링했다고 한다. 양희 씨가 배정받은 방은 305호로 퀸사이즈 침대가 떡하니 놓인 원룸 형태의 방이었다. 엄마와 함께 호캉스 갔던 시내의 3성급 호텔과 비슷한 수준이지만 창문 너머로 펼쳐진 풍경은 5성급 뺨쳤다. 커튼을 끝까지 걷고 나니 강원도의 울창한 가을 산자락이 한눈에 내다보였다. 단풍철은 아직 멀었건만 이미 나무 몇 그루에 발갛게 물이 들었다. 산바람이 내려오는지 이파리와 가지가 한데 뭉쳐 살랑거렸다. 양희 씨는 옷도 갈아입지 않고 그대로 퀸사이즈 침대에 몸을 내던졌디. 갓 세탁했는지 파삭파삭한 이불이 온몸을 간지럽혔다.

추석 연휴를 이렇게 느긋하게 보내도 된다니 양희 씨는 믿기지 않았다. 자기 대신 시골집에서 전 부치며 노동하고 있을 외사촌 언니에게 절이라도 하고 싶었다.

이번 임상 시험은 동맥경화 및 혈전 제거에 관련한 신약을 테스트하는 자리였다. 시험 대상자는 29세에서 55세 사이의 성인으로, 해당 질환과 관련된 병력이 한 가지 이상 존재해야 하지만 양희 씨는 특별 케이스로 선정되었다. 양희 씨의 외가는 예로부터 심혈관계 질환 때문에 골머리를 앓았다. 타고난 체질이 그러했다. 아무리 건강을 챙기고 운동을 해도 외가의 혈액 내 콜레스테롤 수치는 기름진 고기와 술, 담배를 즐기는 사람과 비슷하거나 더 높게 나오기 일쑤였다.

증조 외할아버지는 30대 초반에 뇌졸중으로 돌아가셨다.

외고모할머니는 스무 살 때 다리 동맥에 생긴 혈전 때문에 오른발을 잘라 냈다.

외할아버지는 다발성 동맥경화 때문에 지금까지 투병 중이다.

이런 유전적 특성 탓에 양희 씨는 앞서 임상에 참여한 외사촌 언니의 추천으로 별 어려움 없이 시험에 참가하게 되었다. 언니는 복잡하게 생각할 것 없다고 말했다. 호텔처럼 잘 꾸며놓은 숙소에서 2박 3일간 놀고먹으면서 3시간에 한 번씩 피를 뽑기만 하면 되는, 말 그대로 꿀 빠는 알바라면서 목소리를 높였다.

"무엇보다 거기가 있지, 식사가 기가 막혀. 난 무슨 호텔 뷔페인 줄 알았어. 한 끼에 20만 원, 30만 원 하는 그런 데 있잖아."

"그래봤자 구내식당 수준이 거기서 거기지. 결혼식 뷔페보다 조금 나은 수준 아니야?"

"약속하는데 네가 지금껏 다녀온 어떤 호텔도 거기 정도로는 안 나와. 정말이라니까?"

외사촌 언니의 말은 거짓도 과언도 아니었다. 검진 뒤에 이어진 점심 식사 자리에서 양희 씨는 할 말을 잃고 비틀댔다. 다른 피험자도 놀랐는지 저마다 수군대며 시선만 주고받았다.

구내식당은 호텔 레스토랑 수준의 산해진미로 가득했다. 갓 쪄 내 따끈하게 김이 오르는 대게 다리부터 시작해 그릴 자국이 선명한 양갈비와 꽃등심 스테이크, 짚불로 구워 겉면이 파삭하게 그을린 삼겹살과 목살, 윤기가 자르르 흐르는 소갈비찜, 도미찜, 해물찜. 양식과 한식이 마주 보게 배치되었는데 코너를 돌면 일식과 중식이 차례로 이어졌다. 세상에, 양희 씨는 지금껏 살면서 저렇게 큰 꽃게는 처음 보았다. 훈제 연어도 참치만큼 컸는데 생참치는 그보다 더 컸다. 미사일만 했다.

직원들은 담당 구역에 따라 색이 다른 앞치마를 두르고 음식을 준비했다. 양이 너무 많아 피험자 전원이 다 먹지도 못할 수준이었다. 입에서 침이 줄줄 흘렀지만 양희 씨의 머리는 이성적으로 굴러갔다. 피험자 대다수가 동맥경화와 혈전에 시달리는데 그들에게 이런 고열량, 고지방 식단을 내주다니, 이 사람들이 미쳤나? 연구진의 의도가 전혀 이해되지 않았다.

스리슬쩍 나타난 피블 최 박사가 모두를 안심시켰다.

"음식도 검사의 일부입니다. 이 모든 것이 검사 과정에 포함됩니다. 음식으로 인해 건강이 악화될 경우, 저희가 조치를 취하고 해당 사례를 집중적으로 다룰 예정이니 걱정하지 마시고 즐겁게 참여하세요."

담당자가 저렇게까지 말하는데 방법이 있나. 양희 씨를 포함한 피험자 모두는 너 나 할 것 없이 피블 최 박사의 말에 홀라당 넘어가 버렸다. 저마다 기대감에 차오른 얼굴로 접시를 들고 취향대로 음식을 쌓아 올렸다. 양희 씨는 찰나의 자제력을 발휘해 샐러드 코너로 발을 돌렸지만… 정신을 차려보니 식탁에는 대게 껍데기만 수북이 쌓였다. 어쩔 도리가 없었다. 갓 쪄 낸 대게 속살이 너무 부드럽고 달고 입안에서 살살 녹기에 차마 한 그릇만 먹고 끝낼 수 없었다.

한식, 양식, 중식, 일식이 끝나니 이제 디저트 차례였다. 양심의 가책을 완전히 벗어던진 양희 씨는 산양유가 듬뿍 들어간 스콘에 살구잼과 클로티드 크림을 듬뿍 발라 먹었고, 입가심으로 크림과 딸기잼을 넣은 홍차를 즐겼다. 의료진을 향한 의심은 그릴 위 스테이크처럼 먹어치운 지 오래였다. 한껏 여유로운 기분으로 식사를 마친 뒤에는 별관을 나와 연구소 주변을 산책했다. 너른 산이 연구소 대지를 둘러쌌기에 주변 공기가 도심지와 비교도 되지 않을 만큼 맑고 청명했다. 피 뽑는 시간과 취침 시간을 빼면 모두 자유 시간이라는 점도 마음에 들었다.

산책을 끝내고 돌아가니, 이번에는 별관에서 유명 제과점의 로고가 찍힌 종이봉투를 나눠 주고 있었다. 점심을 워낙 거하게 먹어 조절해야 한다는 걸 알면서도 양희 씨는 고소하고 달콤한 냄새에 굴복하고 말았다. 봉투에는 마카롱 한 세트와 진하게 내린 블랙커피가 담겨 있었다. 황홀한 미소가 별관 로비를 가득 메웠다.

그날 밤, 양희 씨는 침대 위에서 반성회를 가졌다.

숙소에 갖춰진 볼펜과 메모지로 오늘 먹은 것들을 정리하려는데, 내일 먹고 싶은 것이 슬금슬금 메모지 구석을 차지했다. 오늘 하루 좀 달게 먹었다고 맵고 짠 게 땡겼다. 따로 문의하면 만들어 주려나, 로 생각이 점점 기울기에 양희 씨는 반성회를 포기하고 베개에 머리를 묻었다. 무슨 솜이 들었는지 궁금해 죽을 정도로 베개는 푹신하다 못해 구름을 베는 것처럼 안락했다. 몰래 훔쳐 가고 싶을 정도로 천국이 따로 없었다. 물어보면 브랜드라도 알려주지 않을까. 그런저런 생각을 하다가 양희 씨는 설핏 잠이 들었고… 얕은 잠 너머에서 양희 씨는 베개를 날개 삼아 하늘을 날고 있었는데… 손에 들린 건 파스타였고… 그러니까 날면서 파스타를 먹고 있었는데… 시뻘건 양념과 버무려진 것이 칼칼짭짭달달하여 매우 맛이 좋았고… 건더기가 매우 쫄깃하고 감칠맛이 넘쳐서… 행복한 맛… 즐거운 맛… 미식의 향연이로다….

양희 씨는 잠에서 깨자마자 메모지에 크게 적었다. 파스타. 해물 파스타. 내일은 기필코 무슨 일이 있어도 파스타, 무조건 파스타.

2일째

둘째 날부터 문제의 신약이 배급되었다. 사탕처럼 생긴 동그란 알약으로 박사님 가라사대 식후 30분 내에 씹지 말고 입안에서 천천히 녹여 먹으라신다. 하기야 씹어 먹기엔 이빨 부러지게 생겨먹었다.

보선 씨는 삭은 플라스틱 컵에 든 약이 화성처럼 보인다고 말했다.

"이것 봐요. 보통 약이라면 유선형이나 동글납작한 태블릿형으로 만드는데 이건 행성처럼 동그랗잖아요. 게다가 화성처럼 주황색이고 군데군데 얼룩도 졌죠. 연구팀에서 노린 거 아닐까요?"

양희 씨는 심드렁하게 마지막 파스타 면발을 칵테일 새우와 함께 포크로 찍어 감아올렸다.

"글쎄요. 제 눈에는 그냥 오렌지 맛 사탕처럼 보이는데요. 그쪽이야 곧 있으면 화성 착륙 1주기라서 그렇게 느끼는 걸 수도 있겠죠."

"맞아요, 역시 양희 씨라니까. 저 그때 야간 근무조라 화성 착륙하는 거 생방으로 못 봤거든요. 나중에 찾아봤어요. 국내 중계 영상으로 한 번, 해외 리액션 영상으로 한 번요." 보선 씨는 화성 알약을 입에 털어 넣은 뒤 보란 듯이 웃음을 흘렸다. "진짜 오렌지 맛이네요. 무슨 약을 사탕처럼 만들어 놨대요?"

양희 씨는 대답도 않고 면발부터 후루룩 들이켰다. 시간이 지나 면발이 불어버린 게 아쉬웠지만 계속 시답잖은 얘기나 나눌 바에야 맛이 다소 떨어진 파스타를 먹는 게 더 나았다.

보선 씨와는 아침 조회 시간에 만났다. 오지랖 넓은 어느 아저씨 덕분에 피험자들끼리 아침부터 생뚱맞게 자기소개를 나누게 되었는데, 짜 맞추기라도 한 것처럼 각자 사는 곳과 직업이 달랐다. 그런 와중에 서울 살지만 본가는 강아시라고 이야기하는 양희 씨의 말에 보선 씨가 대뜸 손을 들었던 것이다. "저 강아시 살아요! 호수 공원 근처!"

보선 씨와 양희 씨는 둘 다 피험자 집단에서 젊은 축에 속했다. 각자 외사촌 언니와 삼촌이라는 혈육의 추천으로 참여하게 되었다는 점도 비슷했다. 고작 그런 이유로 보선 씨는 양희 씨를 동향의 또래로 인식하고 강아지처럼 엉기기 시작했다. 아침도 일부러 같은 테이블에 앉고 먹는 내내 말을 걸며 이런저런 이야기를 늘어놓았다. 솔직히 생긴 건… 나쁘지 않지, 보선 씨가…. 몸 곳곳에 자리한 문신조차 반듯한 얼굴과 옷 입은 차림새와 어우러지니 뭔가 연예인 보는 기분이고… 잘난 척하거나 함부로 으스대지 않는 것도 마음에 들었지만… 아무래도 휴양 겸 들른 임상 시험장에서 타인과 종일 얼굴 마주하며 기력을 빼고 싶지는 않은 터라, 양희 씨는 괜히 보선 씨 앞에서 퉁명스레 굴게 되었다. 그래도 얼굴이 잘난 건 잘난 터라, 양희 씨는 알약을 입안에서 굴리는 보선 씨를 훔쳐보았다. 문득 탐사선이 화성에 착륙하던 역사적인 순간이 뇌리에 스쳤다.

미국항공우주국은 화성 착륙 장면을 4K 화질로 유튜브에서 생중계했다. 잇따른 사망 사고를 겪은 뒤에야 재개된 화성 탐사였다. 신형 우주복을 입은 우주비행사가 차례차례 너른 오렌지색 대지 위로 발을 올린다. 보이는 것이라곤 돌과 흙뿐인 그곳에 성조기라는 지구의 물건이 꽂힌다. 항공우주국 직원의 환호성이 너무 커 양희 씨는 노트북 불륨을 줄여야 했다.

탐사대는 화성에서 지구로 돌아오는 길에도 영화 같은 사건을 남겼다. 대기권에 돌입하다가 난데없이 낙하 장비가 고장 나버린 것이다. 얼굴이 파랗게 질린 탐사대원들은 끙끙대며 장비를 수리했다. 다행히 비극은 없었다. 탐사대 전원 생존으로 화성 탐사는 성공적인 시작을 알렸다.

양희 씨는 그날의 탐사대원들을 생각하며 입안에 약을 털어넣었다. 끈적거리는 오렌지 맛이 이상하게 불쾌했다.

맞은편에 앉아 있던 보선 씨가 입을 열었다.

"있잖아요, 이번에 화성 착륙 1주년 기념해서 〈마션〉이 재개봉한대요. 저번에는 놓쳐서 이번에는 극장에서 꼭 보고 싶거든요. 이번 임상 끝나면 같이 보러 가요."

알약이 목에 턱 걸린 기분이었다. "…저희 이름 튼 지 이제 1시간 됐는데요? 근데 영화요? 제가 왜요?"

"그러네, 아직 1시간밖에 안 되었네. 그러면 오늘 하루 같이 놀고 나서 결정해 줘요."

이야, 이 능구렁이 녀석 좀 보시게나. 완전 뺀질뺀질 작업을 거네. 양희 씨는 싫다며 고개부터 젓고 보았지만 이상하게 불쾌하지는 않았다. 오히려 가슴 한구석이 간질간질한 게 죽은 줄 알았던 연애 세포가 살아나는 것 같기도 하고, 기분이 말랑말랑 이상했다. 보선 씨는 고개를 갸웃하더니 타협안을 내놓았다.

"그러면 하루 말고 일단 2시간만. 그러고 결정해도 되잖아요.

어차피 우리 시간도 많으니까, 응? 2시간만 놀아줘요."

거절할 명확한 핑계가 더는 생각나지 않았다. 양희 씨는 머릿속에 타이머를 맞췄다. 더도 말고 덜도 말고 딱 2시간.

문제는 산골 한복판에서 다 큰 성인 한 쌍의 놀거리라는 게 산책밖에 없다는 점이었다.

두 사람은 연구소 산책로를 걸으며 이야기를 나눴다. 엉망진창이었다. 양희 씨와 보선 씨는 취향도 취미도 전혀 달랐다. 양희 씨는 포근한 집에서 맥주를 마시며 범죄 다큐멘터리를 즐겨 봤고 보선 씨는 틈날 때마다 밖으로 나가 영화관에서 블록버스터 영화와 팝콘과 콜라를 즐겼다. 먹는 취향도 달랐다. 양희 씨가 해물을 선호한다면 보선 씨는 불에 구운 고기를 좋아했다. 이러니 대화가 제대로 이어질 리가 있나, 결국 둘은 공통된 주제를 꺼낼 수밖에 없었다. 이를테면 심혈관계 질환으로 죽거나 죽어가거나 죽기 직전까지 내몰렸던 친인척 얘기라거나.

양희 씨가 힌숨을 내쉬었다.

"우리 엄마는 오이와 상추를 그렇게 먹어대는데도 콜레스테롤 수치가 정상인의 두 배 수준이에요. 병원 가면 항상 운동해라 소리밖에 안 한대요. 근데 엄마가 운동이라면 칠색 팔색 난리 치는 성격이라, 맨날 운동도 안 하면서 수치가 너무 높아 어떡하지, 어떡하지, 이러고 앉아 있어요. 어이가 없어서 참."

“그래도 운동시켜야 해. 그거 진짜 중요해요.” 보선 씨가 고개를 끄덕였다. “저희 큰아버지 취미가 등산인데, 발목이 부러져서 오래 쉬는 동안 갑자기 심근경색이 생겨서 어억! 하고 넘어가신 거 있죠. 다행히 목숨은 건졌는데 자리에서 일어나지를 못하세요. 덕분에 집안은 풍비박산 났지, 치료비는 배로 깨졌지, 사촌 만날 때마다 얼굴이 흙빛이야, 흙빛.”

“그거 진짜 힘들겠네요. 보선 씨는 뭐 대책 같은 거 있어요? 전 아직 약은 좀 그래서 피하고 있긴 한데.”

“서른도 안 됐는데 무슨 고혈압약이에요, 보험이나 들어놨어요. 특약 왕창 넣어서. 근데 그러면 뭘 하나, 보험금 받는대도 몸이 엉망일텐데. 치료비나 겨우 까먹고 말겠죠.”

입을 삐쭉 내민 보선 씨는 말과 달리 완전히 체념한 눈치는 아니었다. 그저 이 몹쓸 몸뚱이에 혈전이라는 시한폭탄이 설치되는 바람에 짜증이 났을 뿐이었다. 양희 씨는 어쩐지 그 마음을 이해할 수 있을 것 같았다. 곱게 죽으면 다행이지, 반신불수가 되어 병원에서 자리보전하는 삶이라니 생각만으로 머리에 열이 올랐다.

그건 그렇고 정말 이목구비가 괜찮게 생겼군. 양희 씨는 멍하니 보선 씨의 옆얼굴을 바라보다 입을 열었다.

“보선 씨 집안이랑 저희 집안 피가 섞이면 아주 볼만하겠네요. 외모는 기대되는데 혈전 더하기 혈전이라서 원.”

농담으로 꺼낸 말에 보선 씨가 느닷없이 얼굴을 붉혔다.

“그거 내가 그린 라이트라는 말이죠?”

“…저 요즘에도 그린 라이트라고 말하는 사람 처음 봐요. 아저씨, 아줌마도 그런 말 안 써요.”

양희 씨는 그렇게 말하면서도 그린 라이트인지 레드 라이트인지 꼭 집어 말하지 않았다. 2시간이 훌쩍 지났는데 시간 다 되었다 말하지도 않았다. 양희 씨와 보선 씨는 애매모호한 관계답게 애매모호한 거리를 두며 푸짐한 점심 식사도 모자라 저녁까지 함께 즐긴 뒤 별관 엘리베이터로 향했다. 보선 씨의 숙소는 4층에 있어 한 층 더 올라가야 했다. 엘리베이터가 3층에 이르기 직전 보선 씨가 그답지 않게 우물쭈물했다.

“내일 어떡해요, 우리? 같이 영화 볼 거예요?”

양희 씨는 엘리베이터 문이 열리자마자 “어쩌긴요. 그냥 같이 영화 보고 밥 먹고 놀면 되죠”라고 밀하고는 복도로 뛰어 나갔다. 나름 이성적으로 행동했다고 생각했건만, 숙소로 돌아오자마자 어깨가 멋대로 들썩거리며 춤을 춰댔다. 양희 씨는 혼자 덩실덩실 흔들흔들하다 침대에 드러누웠고 발을 굴렸다. 와, 진짜 미쳤다. 미쳤어.

평소라면 하지도 않을 짓을 저질러 버렸다. 신약의 부작용일까, 아니면 초호화 식단이 뇌의 쾌락 중추를 건드리는 바람에 자제력을 몽땅 잃어버린 걸까. 양희 씨는 침대에 바로 누워 숨을 골랐다. 내일이면 임상과 함께 추석 연휴도 끝난다. 좁아터진 곰팡이 월세방의 현실로 돌아가야 한다는 뜻이었다. 그러니 얼굴 잘난 놈이랑 영화 보고 밥 먹고 수다 떠는 것 정도는 스스로에게 허락해도 되지 않을까. 뒷일이 어떻게 될지는 몰라도.

일단 내일의 설렘은 내일 즐기기로 하고, 양희 씨는 오늘 이 파삭거리는 침구를 원 없이 즐기기로 마음먹었다. 이불과 베개를 한데 끌어모아 얼굴에 비비고 있으려니 보선 씨의 경박하면서도 어딘지 모르게 부드러운 목소리가 침구와 양희 씨를 한데 감싸안았다. 혈당 스파이크를 닮은 나른함에 양희 씨는 속수무책 휩쓸리고 말았다.

그리고 느닷없이 사이렌이 울렸다.

양희 씨는 침으로 젖은 베개에서 얼굴을 뗐다. 무거운 눈꺼풀을 들어 올리니 잠들기 직전만 해도 노란빛이던 스탠드 조명이 핏빛으로 물들어 있었다. TV 옆 아날로그 시계가 자정 직전이라고 알려주었다. 임상 일정은 매일 아침 7시, 섬세한 선율의 피아노 소나타와 함께 시작된다. 그러나 지금 고막에 파고드는 이

소리는 어떻게 들어도 소나타와 거리가 멀었다.

무슨 일인가 싶어 복도로 나가려는데 사이렌 소리에 이어 피블 최 박사의 음성이 나왔다.

"늦게 깨워서 죄송합니다. 진료 일정이 변경되어 사이렌을 켜야 합니다. 지금부터 전화 주시는 분들은 짐을 챙겨 로비로 내려오세요." 박사는 열 명의 이름을 말했다. **"다시 한번 말씀드리지만, 전화를 받으시면 모든 소지품을 객실로 가지고 오시고 로비로 내려가시기 바랍니다."**

최 박사가 말한 이름 중에 고양희와 박보선은 없었다. 양희 씨는 불안한 마음으로 침대에 앉아, 문 너머의 여행 가방 끄는 소리와 발소리에 집중했다. 누군가는 이 시간에 뭐 하는 짓이냐 항의했고 누군가는 대놓고 욕을 뱉으며 불만을 터뜨렸다. 발소리가 잦아들 무렵 노크 소리가 들렸다. 체인 록을 걸고 문을 반만 열어보니 방호복 차림의 직원이 서 있었다. 그가 종이봉투 하나를 대뜸 내밀었다.

"불편을 드려 죄송합니다. 이건 의사의 보증이며 어젯밤 소음에 대한 임상 시험의 일환입니다. 제가 떠난 후에 꼭 식사를 하세요."

"잠깐만요, 아까 호명된 사람들은 어디로 간 거예요?"

"그들은 이 임상 시험에서 제외되었습니다. 우리가 원하는

수준에 도달하지 못했습니다. 정말 집에 가고 싶습니다."

"네? 집이요?"

"제가 잘못 말했어요. 사실 내가 집으로 가는 게 아니라, 그들이 집으로 가는 거였어요. 신체 검사 결과가 저희 기준에 맞지 않아서 임상 시험에서 탈락한 거예요. 통역하는 데 문제 있나요? 내일 마지막 시간은 오전 7시가 아니라 오전 9시에 시작합니다. 아침 식사는 제공되지 않습니다. 필요한 모든 것을 챙긴 후, 짐을 챙겨 로비로 내려가세요. 나중에 봐요."

종이봉투 안에는 설탕 시럽으로 번들거리는 도넛 하나가 들어 있었다. 잘 자던 사람을 갑자기 깨워놓고 사과의 표시로 내놓을 게 못 되었다. 이 시간에 야식은 무슨 야식이야, 칼로리만 쳐도 밥 한 공기는 되겠는데. 그러나 도넛은 갓 튀겼는지 따끈했고 설탕 냄새는 기가 막혔고 시험의 일환이란 말도 있어 양희 씨는 스스로를 설득했다. 얼른 해치우고 다시 잠이나 자자.

그렇게 크게 베어 문 도넛은… 빌어먹을, 입에서 살살 녹는 것이 죽여주게 맛있었고… 날카로운 시럽의 단맛과 대비되는 말랑촉촉따끈부들부들한 반죽의 조합이 환상적이었으며… 정신을 차리고 보니 양희 씨는 손가락에 묻은 설탕 시럽까지 빨고 있었다. 이게 자다 깬 것에 대한 보상이라면 새벽 2시든 3시든 일어날 자신이 있었다. 양희 씨는 만물에 감사하는 마음으로

손을 모아 침대에 누웠다. 다시 한번 사이렌이 울리기를 기대하
면서.

3일째

"짜증 나 죽겠어요."

양희 씨는 별관 로비에서 보선 씨와 마주치자마자 불만을 터뜨렸다.

"미친 거 아니냐고요, 밤중에 그 난리를 피워놓고 상한 걸 주는 게 말이 돼요?"

"양희 씨도?"

"그러면 보선 씨도요?"

보선 씨는 부쩍 핼쑥해진 얼굴로 고개를 끄덕였다.

"도넛 말하는 거잖아요. 나도 어제 그거 먹고 1시간도 안 되어서 신호가 오더니, 어휴." 보선 씨는 더 말하고 싶지 않은지

혀를 내밀며 어깨만 으쓱였다. 더 듣지 않아도 충분했다. 보선 씨도 양희 씨와 비슷한 비극을 겪었을 테다. 도넛을 먹고, 속이 불편해 일어나고, 새벽 내내 변기에 앉아 자다 깨다 하며 속을 비우고 변기물을 내리기를 반복하는, 악몽보다 더한 비극.

양희 씨는 항의라도 하기 위해 주변을 둘러보았다. 방호복은 보이지 않고 보선 씨보다 더 파리한 얼굴로 화장실에서 나오는 백발의 피험자만 눈에 들어왔다.

"진짜 미쳤나 봐. 사람은 좀 가리고 아프게 해야지. 대체 음식 관리를 어떻게 한 거래요?"

"잠깐."

보선 씨가 성난 양희 씨를 붙들었다. 그의 시선을 따라가니 임상 첫날처럼 직원들을 거느린 채 로비로 들어서는 피블 최 박사가 보였다. 박사는 로비 한가운데 서서 휴대용 스피커의 전원을 켰다.

"지난 2박 3일 동안 저희 체험에 참여해 주서서 진심으로 감사드립니다. 이제 마지막 달력만 남았습니다. 직원과 함께 연구소 본관으로 이동합시다."

그러나 피험자들은 순순히 박사의 말에 따르지 않았다. 얼굴이 불쾌하게 달아오른 중년 남성이 번쩍 손을 들었다.

"이봐요, 댁이 준 도넛 때문에 아침까지 난리도 아니었다고요. 상한 음식을 주면 어쩌자는 겁니까!"

남은 피험자들은 조용히 시선을 주고받았다. 설마 그쪽도? 라는 무언의 질문이 담겨 있었다.

박사는 뒤숭숭한 분위기를 눈치채고 대답했다. **"그건 하제를 해서 그렇습니다."**

보선 씨가 양희 씨에게 속삭였다. "하제가 뭐예요?"

"변비약 넣었대요, 도넛에."

"최종 혈액 검사는 정확한 결과를 위해 공복 상태에서 합 니다."

다른 피험자가 입을 열었다.

"하지만 사전에 고지하지 않았잖아요. 어젯밤에 얼마나 심란 했는지 아느냐고요. 구급차 불러야 하는 줄 알았다니까요? 로 비로 전화해도 받지도 않고, 대체 뭐 하자는 거예요?"

"이런 부분에서 미흡한 부분이 있었다는 점은 인정합니다. 가이드에 제대로 설명이 되어 있지 않은 것 같습니다. 죄송합니 다. 계속해서 수당에 20퍼센트가량 금액을 추가하는 방향으로 가고 싶습니다. 괜찮겠습니까?"

진심이 담겨 있는지는 모르겠지만 어쨌든 죄송하다는 사과, 그보다 더 매력적으로 다가오는 20퍼센트의 추가 수당. 피험자 들은 너 나 할 것 없이 입을 다물었다. 박사는 양손을 맞잡고 가벼운 어조로 전자 음성을 출력했다.

"일이 수월하게 해결되어 정말 기쁩니다. 그러면 먼저 가보겠습니다. 연구소에서 뵙시다."

직원을 따라 본관으로 향하는 길에 보선 씨가 양희 씨의 귓가에 대고 속삭였다.

"여기… 수상하지 않아요?"

양희 씨도 덩달아 목소리를 낮췄다.

"수상하죠."

"말도 안 하고 약 먹이는 데는 여기가 처음이에요. 갑자기 무서워질라고 해. 소름 돋았잖아요."

"임상이 여기가 처음이 아니에요?"

"체질이 이렇다 보니 여기저기 불려 나갔어요. 근데 여기만큼 널널한 곳은 처음이에요. 다른 임상은 죄다 첫날부터 병실에 집어넣고 외출도 금지, 간식도 금지, 심지어 화장실 가는 것도 시간 기록하고 가야 한다니까요. 식단이야 당연히 병원 밥이고요. 근데 여기는 스테이크며 갈비찜이며 정신 나갔나 싶잖아요. 제일 걱정인 건 과연 신약이 효과가 있을까 하는 거죠. 사흘 동안 쌓인 지방과 염분이 제대로 배출될지 의문스럽기도 하고요."

"저도 짜증은 나는데 믿어야지 어쩌겠어요." 양희 씨는 한숨을 푹 내쉬었다. "언니는 괜찮아 보였거든요. 혈색도 좋아졌고

저혈압도 사라졌고요. 그쪽 삼촌도 멀쩡해졌다면서요."

보선 씨가 고개를 저으며 더욱 목소리를 낮췄다.

"실은요, 이것까지는 말 안 하려고 했는데, 삼촌이 다단계에 빠져서 크게 망한 적이 있어요. 신용불량에 파산 신청까지 하고 나서는 한참 방황하다가, 이번에 임상 받고 오더니 참 좋았다면서 추천을 해준 곳이 바로 여기예요."

"그러면 이게 임상이 아니라 그냥 다단계 업체에서 쇼하는 거라고요? 돈 쓸 법한 사람만 골라낸 뒤 변비약 먹여서 기운 빼게 만들고 협박한다거나?"

"그런 게 아니면 좋겠다, 라는 거죠. 다단계가 진짜 이만큼 공을 들일까 싶긴 한데 사람 일이란 게 모르는 거잖아요."

보선 씨의 말은 허무맹랑했지만, 곰곰히 생각하니 일리가 있었다. 양희 씨가 사전에 알아본 임상 시험은 보선 씨의 경험대로 사람을 좁은 케이지에 햄스터처럼 가두는 짓과 비슷했다. 그에 비하면 이곳은 소수정예의 식도락 호캉스에 가까웠다. 임상이라기엔 친절이 과한 면이 있었다.

그렇게 생각하니 연구소가 달리 보였다. 휘황찬란한 별관의 로비도, 전신 방보혹을 입은 직원도, 별관과 연구소를 잇는 연결 통로의 바닥 타일마저 수상하게 느껴졌다. 말간 얼굴의 외사촌 언니를 생각하면 설마, 하는 마음이 앞섰지만 돌이켜 보면 언니 앞으로 갚는 걸 깜박해 쌓인 빚이 많았다. 5,000원, 1만 원, 크게는 몇십만 원까지. 총액을 계산하니 언니가 대놓고 엿먹여도 할 말이 없겠다고 양희 씨는 생각했다.

연구소에 도착하자 직원은 피험자에게서 여행 가방을 받아 갔다. 셔틀버스에 미리 실어놓겠다는 것이었다. 양희 씨는 내키지 않았지만 보선 씨가 아무렇지 않게 가방을 내주는 걸 보고 자기 가방도 직원에게 건넸다.

"이럴 때는 일단 하라는 대로 해줘야 의심을 덜 사요." 보선 씨는 짐짓 진지한 얼굴을 지어 보였다. "걱정 마요. 뭔 일이 있어도 내가 옆에 있잖아요."

키도 체격도 평균보다 떨어지고 내세울 건 얼굴이 전부면서 그렇게 말하니 픽이나 믿음직스럽겠다. 그래도 양희 씨는 보선 씨의 말이 기껍게 느껴졌다. 되지도 않는 허세라도 듣고 나니 가슴 한구석이 뜨뜻해졌다.

다단계가 아니라고 믿고 싶은 임상의 마지막 단계는 채혈과 면담이었다. 양희 씨와 보선 씨를 포함한 피험자들은 5층 대기실에 앉아 자기 순서가 오기를 기다렸다. 겉보기에 대기실은 무척 평범했지만 화분과 곰 인형, 소파, 천장의 형광등까지 다단계 업체에서 강매할 만한 물건의 폭은 넓고 깊었으므로 양희 씨는 긴장의 끈을 놓지 않았다.

얼마 지나지 않아 직원이 피험자를 호명하기 시작했다. 사람들이 하나둘 대기실을 빠져나갔다. 시간이 얼마나 지났을까, 여덟 번째 피험자가 문을 나서자 대기실에는 보선 씨와 양희 씨 단둘만 남게 되었다. 양희 씨는 어쩐지 어색하고 긴장되어 손을 쥐었다 펴기를 반복했다. 보선 씨가 양희 씨 옆에 밀착하며 물었다.

"잠깐 손잡아도 돼요?"

양희 씨는 대답 대신 입을 동그랗게 벌렸다. 보선 씨는 변명하듯 말을 덧붙였다.

"아까 괜히 그런 얘기를 했나 봐. 엄청 긴장했잖아요, 지금."

어린애도 아니고 그 정도에 겁을 먹겠냐마는, 양희 씨의 손은 이미 보선 씨를 향해 펼쳐져 있었다. 보선 씨가 양희 씨의 손을 잡고 위아래로 흔들었다. 저혈압답게 미지근하고 서늘한 손이었다. 그의 손목에 새겨진 우주선 타투가 눈에 띄었다.

"어디 우주선이에요? 모델이 따로 있어요?"

"그냥 인터넷에서 파는 거 붙인 거예요. 사실 타투 스티커거든요. 긁으면 떨어져요."

"여기저기 문신이 많더만, 그게 다 스티커라고요."

"반절만. 몽땅 새기기엔 내가 겁이 많아서요." 보선 씨는 양희 씨가 손톱 끝으로 손목의 우주선을 건드리든 말든 신경도 쓰지 않았다. "영화 말이에요, 어제 보니까 〈마션〉은 영 내키지 않는 눈치더만 〈화성침공〉 알아요? 그건 괜찮으려나."

그건 또 무슨 영화냐고 물어보려는 찰나, 문이 열리며 직원이 보선 씨의 이름과 번호를 불렀다. 보선 씨가 장난스레 혀를 내밀었다.

"나중에 마저 얘기해요. 그리고 다단계는 걱정말아요. 진짜 다단계면 내가 소리 지를게. 나 목청 좋아요, 복도 끝에서도 다 들릴걸요?"

혼자 남은 양희 씨는 가만히 있으려 했으나 들썩대는 어깨는 어쩔 도리가 없었다. 〈화성침공〉이 썸이라 불릴 단계에 어울리는 영화인지는 차치하고, 어차피 남은 시간은 많았다. 돌아가는 셔틀버스에서 다른 영화를 골라도 된다.

바로 그때 양희 씨의 몸이 주뼛 튀어 올랐다.

목 뒤에 으스스 소름이 돋았다. 잘못 들은 건가 싶었지만 그럴 리 없다. 양희 씨는 분명 들었다.

보선 씨의 비명을.

***

차라리 다단계가 나았지.

양희 씨는 소파에서 힘겹게 몸을 일으키며 생각했다. 차라리 다단계라면, 리클라이너 소파나 거대한 화분을 구매하라 강요하는 자리였다면, 빚더미에 나앉을지언정 집으로 돌아갈 수는 있을 텐데.

눈앞이 어질어질했다. 손발은 쥐가 난 것처럼 저릿저릿하고 몸은 중심을 잡지 못하고 좌우로 기우뚱거렸다. 소파를 짚은 팔에 힘이 빠져 넘어지려던 찰나, 누군가가 양희 씨의 어깨를 붙들어 바로 앉도록 도와주었다. 고개를 돌려 상대를 확인하자마자 기력없는 성대에 비명이 맺혔다. 콘크리트처럼 거칠고 생기없는 회색 피부, 머리털 한 가닥 보이지 않는 동그란 머리통, 우주가 담긴 것처럼 끝없이 깊고 검은 커다란 두 눈과 그 아래 뚫린 조막만 한 콧구멍까지.

어떻게 봐도 숱한 SF 영화에서나 보아오던 외계의 손님이었다.

엄마야 씨발.

양희 씨는 차라리 기절하고 싶었다. 기절해서 고통 없이 해부되어 죽고 싶었다. 외계인은 그럴 틈을 내주지 않았다. 앙상하게 마른 몸에 걸맞은 앙상한 손가락으로 양희 씨의 자세를 고쳐준 뒤 담요를 덮어줬고, 발 받침대를 놔주기까지 했다. 소파 옆 작은 테이블의 인센스 스틱에 불을 붙인 건 덤이었다. 부드러운 바닐라 향이 양희 씨의 코끝을 간지럽혔다.

양희 씨는 숨을 멈추고 주변을 둘러보았다. 소파 하나와 벽걸이 TV 하나로 꽉 차는 좁은 방이었다. 방호복 상의를 허리에 묶은 외계인은 열심히 리모컨 버튼을 눌러댔다. 오랜 인고의 시간이 지나고 TV에 불이 들어왔다. 외계인이 한숨을 쉬기도 한다는 걸 양희 씨는 그때 처음 알게 되었다.

리모컨을 내려놓은 외계인이 허리춤의 기계를 조작했다. 전자 음성이 흘러나왔다. **"좋은 시간 보내세요."**

그리고 문이 잠기는 소리가 들렸다.

서서히 밝아지는 화면처럼 양희 씨의 몸에도 기력이 돌아왔다. 여기 더 있다가는 큰일나겠다는 생각에 몸을 일으키려는데, 화면에 방호복 차림의 피블 최 박사가 나타났다.

"안녕하세요, 여러분. 이번 시험을 담당한 피블 최입니다. 2박 3일의 힘든 일정을 이렇게나 잘 따라와 주셔서 감사할 따름입니다. 저희는 앞서 마지막 채혈을 진행한 뒤 면담에 들어가겠다고 말씀드렸습니다만, 채혈은 진행되지 않습니다. 대신 이번 임상 시험의 모든 것을 담은 다큐멘터리 한 편을 보여드릴 예정입니다. 부디 재미있게 봐주시고 여러분의 건강 상태를 생각해 잘 결정해 주시기 바랍니다. 그러면 이제 다큐멘터리를 시작하겠습니다."

말이 끝나기 무섭게 최 박사가 사라지고 조명이 꺼졌다. 적막
만 남은 캄캄한 방 안에서, 눈이 부시게 아름다운 은하수가 양
희 씨의 눈앞을 가득 메웠다. 국적을 따질 필요조차 없어진 외
계의 언어가 내레이션으로 깔렸다. 모건 프리먼처럼 중후하고
농밀한 목소리였다. 화면 하단에 한국어 자막이 올라왔다.

우주. 우주는 이루 말할 수 없이 경이로운 곳입니다!
빅뱅에서 시작된 우리의 너른 우주는 수많은 행성과 문명으로 말
미암아 여기저기서 다채로운 빛을 뽐내고 있습니다. 저희는 오늘,
여러분께 지구 밖의 새로운 문명과 문화를 소개하고자 합니다.

양희 씨는 다큐멘터리를 무시하고 문으로 향했다. 예상대로
문고리는 굳게 고정되어 있었다. 아무리 기를 쓰고 당기고 밀어
봐도 소용이 없었다. 진이 빠져 숨을 돌리는 사이, 다큐멘터리
는 은하수 한복판에서 태양이 두 개인 어느 행성에 도착해 있
었다. 외계 행성의 대기를 뚫고 바다를 건넌 카메라가 어느 한
적한 들판에 이르러 멈춰 섰다. 지구와 닮았지만 지구와 전혀
닮지 않은 곳이었다. 은색 잔디와 촉수 달린 나무, 꽃 대신 들판
을 메운 색색의 버섯, 강하게 내리쬐는 두 개의 태양, 그리고 아
이들. 방금 본 외계인을 3분의 1 크기로 축소한 듯한 아이 서넛

이 달팽이를 닮은 생물과 함께 들판 위를 뛰놀았다. 어른 외계인 여럿이 피크닉 테이블 주변에 모여 앉아 오묘한 얼굴로 아이들을 내다보았다.

이곳이 바로 저희의 행성, 우리의 고향, 랍-곷입니다. 지구인의 성대로는 발음하기 힘든 지명이지요. 지구와 700광년 남짓 떨어진 머나먼 곳이지만, 랍-곷에는 지구의 흔적이 여실히 남아 있습니다. 지구가 우리에게 선사한 최고의 기쁨이자 활력소이지요. 그게 무엇이느냐고요? 지금 보여드리죠.

들판 너머에서 한 외계인이 손수레에 바구니 따위를 실어 왔다. 그 외계인은 척 보기에도 피곤해 죽겠다는 얼굴로 바구니에서 뚜껑 덮은 접시를 꺼내 피크닉 테이블 위에 올려놓았다. 접시 안에는 김이 모락모락 피어오르는 파스타 한 대접이 들어 있었다. 붉은 양념이 다른 재료와 함께 묻어 있는 모양새가 무척이나 맛이 좋아 보였다. 밤새 속을 비운 탓인지, 양희 씨의 침샘이 침을 뿜어냈다. 내레이션이 경쾌한 목소리로 파스타의 진짜 명칭을 알려줬다.

저희 행성의 소울 푸드, 한 번이라도 맛보는 순간 누구든 절대 헤

어날 수 없다고 알려진 랍-곳 최고의 진미, 바로 '지구인 혈관 볶음'
입니다.

화목하고 평화로운 분위기 속에서 어른 외계인과 아이 외계
인이 음식을 즐긴다. 어른 외계인은 우아하게 파스타를…, 아니
면발을…, 아니 지구인 혈관을…, 정확히는 동맥과 정맥과 모세
혈관을… 긴 손가락으로 돌돌 말아 쪼글쪼글한 입안으로 호로
록 빨아 넘겼다. 아이 외계인은 입가에 양념을 묻히며 정신없이
먹어댔다.

활기찬 배경음악에 맞춰 양희 씨는 문으로 달려들었다. 필사
적으로 문고리를 돌리고 어깨로 문과 벽을 밀쳐봤지만 소용이
없었다. 양희 씨는 문틈으로 정신없이 소리를 질러댔다.

"거기 아무도 없어요?! 여기 사람이 갇혔어요! 제발 살려주세
요! 도와주세요!"

영상이 멈추고 머리 위 스피커에서 최 박사의 음성이 흘러나
왔다.

"고양희 씨, 진정하고 자리로 돌아가시면 됩니다."

"제발요! 정말 아무도 없어요? 당장 문 열어줘요, 살려줘요!"

**"계속 폭동을 일으키면 다시 전기를 통할 수밖에 없습니다.
진정되면 자리로 돌아가십시오."**

전기라는 말에 허리가 벌써부터 쿡쿡 쑤셨다. 양희 씨는 덜덜 떨며 소파로 돌아갔다. 눈물을 닦고 스피커를 노려보았다.

"아주 잘했어요. 지금 동영상을 재생해도 되겠습니까?"

"동영상을 안 보면 어쩔 건데요. 어차피 죽일 거잖아요."

"오해입니다. 저희의 목적은 당신을 죽이는 것이 아닙니다. 오히려 더 진지하고 의미 있는 교류를 하고 싶습니다."

교류하고 싶다면서 당신네가 사람 혈관이나 먹는 걸 보여줘? 양희 씨는 그렇게 말하고픈 마음을 꾹 참고 고개를 저었다.

"제가 그쪽 말을 어떻게 믿어요."

"영상을 끝까지 시청해 주세요. 그러면 우리의 입장을 이해하게 될 것입니다."

멈춰 있던 다큐멘터리가 다시 재생되었다. 화면 너머로 외계인은 문제의 음식을 즐겼다. 정신없이 혈관을 빨아들이다가 유리컵에 든 물인지 술인지 모를 액체로 목을 축이고 다시 지구인 혈관에 집중했다. 텅 빈 접시를 바닥에 내려놓자, 달팽이기 쏜살같이 달려와 남은 양념과 찌꺼기를 말끔히 먹어치웠다. 양희 씨는 눈을 질끈 감고 도리질 쳤다.

지구인 혈관 볶음은 한때 랍-곳에서 제일로 사랑받는 음식이었습니다. 지구인 혈관 특유의 쫄깃한 식감과 톡 쏘는 양념이 한데 어우러지니 누구든 좋아하지 않을 도리가 없었습니다. 금세기 최고의 히트작이었지요. 나이, 인종 상관없이 모두가 즐기고 사랑했던 이 지구인 혈관 볶음은 언제, 어디서, 어떻게 랍-곳인의 마음을 사로잡은 것일까요? 지금부터 함께 알아봅시다.

외계인 가족의 일상이 사라지고 짙은 남색의 우주가 펼쳐졌다. 실사에서 애니메이션으로 바뀐 다큐멘터리는 데포르메가 단순한 원반형 우주선 한 척을 화면에 띄웠다. 작은 창문을 비집고 안으로 들어가니 동글동글한 외계인 캐릭터 여럿이 함교에서 업무를 보고 있었다. 카메라는 삼각형 선장모를 쓴 외계인을 클로즈업했다. 얼굴에 주름이 자글자글했다.

바야흐로 지구력 기준 60여 년 전, 우리의 위대한 캡틴 앞보-그 선장은 지구에서 지구인 샘플을 채집해 랍-곳으로 돌아가는 길이었습니다. 일정대로라면 지구력 기준 30일 후에 도착할 예정이었지만, 안타깝게도 불행한 사고가 일어나고 말았습니다.

갑작스러운 굉음과 함께 탐사선이 요동쳤다. 함교 곳곳에서 불똥이 튀고 파이프에서 수증기가 뿜어져 나왔다. 항해사가 한눈을 팔다 빚어진 참극이었다. 탐사선의 상태는 끔찍하다는 말로도 부족할 수준이었다. 소행성과 부딪힌 부위가 연료 탱크와 가까워 상당한 양의 연료가 우주로 새어 나갔고, 통신 장비도 망가져 신호가 잡히지 않았다. 우주라는 망망대해 한복판에서 조난당하고 만 것이다.

선장은 급한 대로 조난 캡슐에 현재 좌표와 구조 메시지를 담아 쏘아 보냈다. 운이 좋다면 며칠 안에 구조대가 도착할 것이고, 그렇지 않다면 그들은 너른 우주의 한 줌 먼지로 남게 될 것이었다.

애석하게도 이 작은 탐사선에 행운의 여신은 찾아오지 않았다.

화면에 자막이 떠올랐다.

조난 107일째(지구력 기준)

탐사선의 식량이 모두 바닥났다.

선장은 고심 끝에 특단의 조치를 취했다. 냉동고에 보관해 둔 지구인 샘플을 섭취하자는 것이었다. 승무원 모두가 난감해 했다.

그 당시 지구는 달에 착륙한 지 얼마 되지 않은 4등급 행성이었습니다. 곳곳에서 무의미한 전쟁이 일어나는 야만스러운 행성이었지요. 랍-곶인은 지구인과 교류가 절대 불가능하다 판단했고 지구인을 연구용으로 채집하고 사육했습니다. 그러니 지구인을 섭취하자는 말은 지구식으로 말하자면 배가 고프니 썩어가는 쥐의 주검을 먹자는 뜻과 같았습니다. 그렇지만 선장에겐 모든 승무원의 안녕과 건강을 지킬 책임이 있습니다. 선장은 힘든 결정을 내렸습니다.

선장은 조리장과 함께 냉동된 지구인 샘플을 조리대에 올렸다. 서양 카툰풍으로 그려진 샘플은 금발의 백인 남성으로 이름은 존 하버트, 미국 출신이었다. 조리대 위에서 그는 알몸 차림이었다. 제작진의 의도는 모호하나 존의 성기는 무척 디테일하게 표현되었다.

선장은 신께 기도를 올린 뒤 조리대로 다가섰다. 조리장이 고개를 저으며 뒷걸음질 쳤다.

앛보-그 선장은 고향에서 요리를 잘하기로 이름난 사람이었습니다. 명절이 되면 자신이 직접 오오즈넘-릿을 잡아 조리하기도 했지요.

선장은 레이저 식칼을 집어 들고 내레이션에 걸맞은 손놀림으로 존 하버트(47세)의 복부를 갈랐다.

이어진 내용은 유쾌하고 잔인한 성인용 애니메이션과 비슷했다. 선장은 우선 지구인의 복부에서 내장을 꺼내고 관절을 분리했다. 각 부위의 살점을 조금씩 뜯어 맛을 보고, 심장과 연결된 대동맥을 맛보기에 이르자 눈을 반짝 빛냈다. 조리장은 질색했다. 대놓고 싫어죽겠다는 티를 내며 손사래쳤다. 그러나 선장의 강압에 못 이겨 대동맥 일부를 입에 담았고 얼마 지나지 않아 마음을 고쳐먹었다. 그들은 지구인의 몸에서 혈관을 모조리 뜯어내 가열한 뒤 고향에서 즐겨 먹는 양념을 곁들여 굶주린 선원들에게 내어놓았다. 그들은 하나같이 비슷한 반응을 보였다. 고개를 저으며 반항했고, 어쩔 수 없이 입에 넣어봤다가, 한참을 오물거린 뒤 눈을 빛냈다. 접시에 수북하던 지구인 혈관이 금세 동났다.

일주일 뒤 탐사선은 지나가던 상선에 구조되었습니다. 선장은 단 한 명의 선원도 희생시키지 않았다는 공로로 훈장을 받았고, 그의 무용담과 함께 탐사선의 모든 선원을 살린 신묘한 음식 이야기가 세간을 떠돌았죠. 야만인 취급받던 지구인의 새로운 가치가 드러나는 순간이었습니다.

양희 씨는 어느새 발 받침대에 두 발을 올려놓고 있었다.

다큐멘터리는 애니메이션에서 실사의 영역으로 돌아왔다. 몰래 촬영했는지 형편없는 화질이었지만 간이 천막 아래 모인 외계인 몇몇이 무얼 먹고 있는지는 확연했다. 가늘게 찢어진 눈꼬리 하며 광대까지 올라간 입꼬리까지, '맛있다'는 감흥은 외계인이나 지구인이나 비슷한 모양이었다.

탐사선을 살린 신묘한 음식 이야기는 행성 전역으로 퍼져나갔고 실험용 지구인을 불법 도축하는 일이 번번히 일어났습니다. 결국 정부는 관련 법 개정과 함께 축산업 종사자에 한해 식용 지구인 사육과 도축을 허용하게 됩니다. 그렇게 1세대 지구인 목장, '아츠보기재-오드'가 문을 열었습니다.

문제의 목장은 스노볼 속에 수용 시설을 집어넣은 생김새였다. 거대한 유리구 안에 무미건조한 건물 여러 채가 자리했는데, 건물의 철문이 열리자 머리를 짧게 깎은 수백의 인간이 앞마당으로 우루루 쏟아져 나왔다. 동공은 죄다 풀렸고 제대로 걷거나 움직이지 못하는 꼬락서니에 양희 씨는 좀비를 떠올렸다. 그들이 목장 앞마당에서 하는 짓은 단순했다. 바닥에 드러누워 잠을 자거나, 걷거나, 흙을 퍼먹거나, 맨바닥에 몸을 겹치며 교미했다. 양희 씨는 메슥대는 속을 부여잡았다. 외계인이 왜 하제를 먹였는지 알 것 같았다. 토하고 싶은데 위에 든 게 없어 신물만 올라왔다.

아츠보기재-오드 목장이 문을 열고 반년도 지나지 않아 랍-곳 전역에는 이와 유사한 목장 수십 곳이 들어섰습니다. 하지만 지구인을 자유롭게 방목하여 사육하는 1세대 방식으로는 급증하는 수요를 감당할 수 없었습니다. 그리하여 저희는 지구인의 본고장 지구의 사육 방식을 벤치마킹하게 되었습니다. 2세대 지구인 목장이 탄생한 겁니다.

화면이 스노볼 속 수용 시설에서 더욱 무미건조한 풍경으로 바뀌었다. 벽 하나 없이 통째로 뚫린 것이 목장이라기보다는 창고에 가깝게 보였다. 그 넓은 공간에 침대만 가득했다. 펫 숍 진열장처럼 얼 개 딘위로 층층이 쌓아 올린 침내에는 나양한 인종과 성별의 인간들이 누워 있었다. 모두 알몸이었고, 눈을 감고 있었으며, 입과 사타구니에 굵은 고무관이 연결되어 있었다. 저 모습이 무엇을 뜻하는지 양희 씨는 더 생각하고 싶지 않아 고개를 돌렸다. 내레이션의 유쾌한 목소리가 이어졌다.

지구인을 가사 상태에 빠뜨린 뒤, 영양분과 성장 촉진제를 주입하는 방식은 사육 업계에 새로운 패러다임으로 자리 잡았습니다. 폭발적인 수요를 감당할 유일한 방법이었지요. 지구인 혈관의 공급이 원활히 이루어지며 지구인 혈관 볶음은 명실상부한 랍-곶의 소울 푸드로 자리 잡게 됩니다. 지구인 혈관 볶음을 판매하는 식당은 한때 수만 곳에 이르렀습니다. 다양한 맛과 식감을 가진 지구인 혈관 볶음이 개발됐지요.

양희 씨는 외계 행성에도 맛집 프로그램이 있다는 사실을 알고 싶지 않았다.

손님이 보는 앞에서 살아 있는 지구인을 도축해 신선한 혈관만 빼내 요리하는 식당이 있다는 것도 정말 알고 싶지 않았다.

하지만 이런 영광은 오래가지 못했습니다. 지구 기준으로 작년 10월 10일, 랍-곶의 식문화를 파멸로 이끄는 비극적인 사건이 벌어졌기 때문이죠. 바로 지구의 화성 진출입니다.

내레이션의 목소리가 어두워지니 시뻘건 주황색 대지를 배경으로 삼각형 모양 그래프가 떠올랐다. 친절하게도, 지구인이 알아보기 쉽게 아라비아 숫자가 박힌 그래프였다. 맨 위의 꼭짓점부터 순서대로 1부터 5까지의 단계가 나뉘어 있었다.

저희의 꾸준한 사전 교섭과 방해 공작에도 불구하고 지구는 화성을 정복하면서 한 개의 위성과 한 개의 행성을 개척하게 되었습니다. 국제은하영맹은 이와 같은 사실을 파악하고 지구를 4등급에서 3등급으로 격상시켰습니다. 국제은하연맹은 3등급 이상의 행성인을 사육하고 도축하는 행위를 엄격히 금지하고 있습니다. 랍-곶은 연맹의 일원으로서 이러한 지침을 따를 의무가 있습니다.

화면이 폐쇄된 공장의 전경을 보여주었다. 문을 닫고 폐업한 식당, 홀로그램 깃발을 휘날리며 시위하는 축산업자, 바닥에 나앉아 엉엉 우는 외계인과 살처분된 지구인의 모습도 보여주었다. 양희 씨는 입안에 감도는 위액의 시큼함과 기묘한 연민 사이서 흔들렸다.

이내 화면이 까맣게 물들었다.

내레이션의 목소리는 암울하다 못해 바닥을 기어다녔다.

결국 지구의 잘못된 판단으로 랍-곶의 수많은 지구인 목장과 전문 식당이 문을 닫고 말았습니다. 불법으로 지구인을 납치하고 도살하다 적발하는 일이 늘면서 랍-곶 정부는 지구인에게 위해를 가할

경우 관용 없이 처벌하겠다는 뜻을 밝혔습니다. 한 시대를 풍미했던 랍-곳의 찬란한 지구인 혈관 식문화가 황혼조차 맞이하지 못하고 허무하게 끝나버린 겁니다.

그러나 지구인 혈관 볶음은 현재에 이르러 뜻밖의 국면을 맞이하게 됩니다. 누구도 생각하지 못한, 새로운 돌파구가 마련된 겁니다. 이제 여러분께 밉지-브-락 변호사를 소개하겠습니다.

시커먼 화면 중앙에 한 줄기 빛이 스미더니 서서히 한 외계인이 암막을 뚫고 모습을 드러냈다. 진회색 정장에 뿔테 안경을 걸치고 손목에는 명품 시계를 찬 늙은 외계인이었다. 밉지-브-락 변호사는 아주 당당한 태도로 카메라를 향해 우아하게 인사했다. 그가 입을 열자 양희 씨는 지금껏 이어진 내레이션의 주인공이 누군지 알게 되었다.

안녕하십니까 여러분. 저는 밉지-브-락이라고 합니다. 랍-아강 축산 회사의 법무팀에서 일하고 있지요. 저희 법무진은 지구 3등급 사태 이후 국제은하연맹의 관련 법규를 세밀하게 분석하였습니다. 그 결과 3등급 행성인의 사육과 도축은 엄격하게 금지되어 있지만, 행성 간 교류와 물물교환은 가능하다는 사실을 밝혀냈지요. 그러한 사실로 말미암아 저희 랍-아강은 새로운 형태의 축산업을 고안하고자 합니다. 바로 연구팀에서 개발한 인공 혈관과 지구 현 지인의 혈관을 교환하는 것입니다. 그래요, 지금 이 영상을 보는 당신의 몸에서 생생히 살아 움직이는 그 혈관을 말하는 겁니다.

양희 씨가 마른침을 삼키며 자신의 양팔을 붙들었다. 화면 속 외계인은 자신만만한 얼굴로 액정 너머의 누군가를, 양희 씨를 바라보았다.

당신은 2박 3일간 진행된 검사를 통해 선별된 우수한 품질의 지구인입니다. 또한 저희가 꼭 모셔야 할 귀한 고객이기도 하지요. 저희가 교환을 제안하는 이 인공 혈관은 인간의 체세포를 직접 배양해 만든 제품입니다. 노폐물이 엉기는 걸 방지하는 내벽 코팅 기술이 적용되었고 주기적으로 콜레스테롤 분해 효소를 방출해 혈전을 예방해 줍니다. 인공 혈관을 이식할 시 동맥경화증 환자의 경우 기대 수명이 10년기량 늘이난디는 연구 결과도 있습니다.

변호사 옆에 작은 화면이 떠올랐다. 노폐물 때문에 두꺼워진 혈관 벽에 혈전이 쌓이다가 결국 혈류가 완전히 멈춰버리는, 동맥경화와 혈전의 환장의 컬래버레이션을 보여주는 애니메이션이었다. 변호사가 손짓하자 병든 혈관은 그들의 연분홍색 인공

혈관으로 바뀌었다. 적혈구가 아우토반을 내달리는 것처럼 인
공 혈관을 빠르게 질주했다.

이러한 고무적인 연구 결과를 바탕으로 저희 랍-아강은 여러분께
더욱 안전하고 밝은 미래를 약속드리고자 합니다. 자아, 생각해 보
세요! 이대로 집에 돌아가 혈관이 막혀 죽을 날만 기다리실 건가
요? 아니면 혈관을 교환해 더 나은 삶을 살아가실 건가요? 결정
을 내리기 전에 당신의 몸 안에서 힘겹게 산소를 옮기고 있을 적혈
구를 생각해 보세요. 지금 이 시간에도 당신을 위해 열심히 일하
고 있는 심장과 간과 폐, 신장, 위를 생각해 보세요. 그리고 이 장기
들을 모두 돌보기 위해 과로하고 있는 당신의 혈관을 생각해 보세
요. 당신은 당신의 혈관을 제대로 이해하고 아끼고 있습니까? 당신
의 생명을 위협하고 독이 되는 그 혈관이, 랍-곳에서는 억만금을
주고도 사기 힘든 고급 식재료라는 사실을 제대로 인지하고 있습
니까?

당신의 혈관은 지방과 노폐물이 덕지덕지 낀 쓰레기가 아닙니다!
다른 방식으로 훌륭히 활용될 수 있어요!

이제 결정의 시간입니다. 무엇을 선택하든 저희는 당신의 생각을
존중하지만, 무엇이 옳고 그른지 알아챘을 거라 믿습니다.

지구에게 축복을, 그리고 이 영상을 보며 함께해 준 당신께 무한한

감사를 표하며.

지금까지 시청해 주셔서 감사합니다.

영상이 끝나자 숨 돌릴 틈도 없이 문이 열렸다. 리모컨 조작에 난항을 겪던 외계인이 양희 씨를 향해 고개를 까닥였다.

"박사님과의 면담 시간입니다."

다리는 여전히 후들거렸고 목구멍은 계속해서 올라오는 신물 탓에 화끈거렸지만, 양희 씨는 악을 쓰고 인내하며 외계인의 뒤를 따랐다. 안내받은 사무실은 좁아터진 시청각실과 비교도 안 될 만큼 넓었다. 큼직한 창문으로 들어온 가을 햇살이 사무실 한쪽과 소파를 따뜻하게 데웠다. 반면 의자에 앉아 있는 피블 최 박사의 낯빛은 더할 나위 없이 칙칙한 회색이었다.

박사라고 이름 붙여진 외계인이 양희 씨를 보며 눈웃음을 지었다.

"영상을 보러 온 인간들은 대부분 그런 표정을 지었습니다. 혼란스럽고 두렵고 때로는 놀라 기절합니다. 저희도 이 영상을 보여주는 게 불편하고 지겹습니다. 하지만 사업자 등록증을 취득할 때 고객에게 동영상 가이드를 보여줘야 한다는 정부 권고가 있습니다."

양희 씨는 소파에 앉아 길게 심호흡했다.

“…정확히 당신 정체가 뭐예요?”

“저는 이 시험을 조직한 랍-아강의 평범한 영업 팀장입니다. 나와 부하들은 지구인이 혈관을 교환하도록 설득하는 일을 맡고 있습니다.”

박사라 불릴 명분이 없어진 영업 팀장은 작은 보냉 가방을 꺼내 테이블에 올렸다. 보란 듯이 뜸을 들이며 지퍼를 내렸다. 가방 안에는 국수 면발처럼 뒤엉킨 푸르고 붉은 인간의 혈관이 들어 있었다.

“우리의 제안을 수락하면 당신은 이 혈관을 이식받게 됩니다. 고통 없습니다. 후유증 없습니다. 수술 시간도 짧다. 1시간. 당신에게 반환하기로 합의한 보수가 있습니다만.” 영업 팀장은 보냉 가방의 지퍼를 올렸다. **“몸의 혈관을 이 혈관으로 바꾼다는 전제하에 보수를 내줄 것입니다.”**

“애초에 이만한 기술력이 있다면 그냥 이걸 팔면 되는 거 아네요?”

“우리는 또한 이 혈관을 팔려고 했습니다. 그러나 이 혈관에는 치명적인 단점이 있다. 맛의 근원인 지방과 노폐물이 축적되지 않는다는 것입니다. 새로운 연구 시설을 준비할 자금이 모자랍니다. 무엇보다 사람들이 천연 제품을 좋아합니다. 인공 혈관보다 수백 배, 수천 배 비싸도 상관없습니다.”

자연산 석청을 구하겠답시고 적금까지 깨버린 할아버지가 생각났다. 과연 자연산 좋아하는 건 지구인도 외계인도 마찬가지구나 싶었지만, 문제는 그 자연산이 양희 씨의 몸속에 들어 있다는 것이었다. 그리고 양희 씨는 친절하기 그지없는 동영상 가이드 덕분에 외계인이 어떻게 지구인 몸에서 혈관을 빼내는지를 모두 보고 말았다. 차라리 다단계였다면, 아니면 사이비든 인신매매 업자였다면, 당신 혈관을 식재료로 쓰기 위해 인공 혈관과 맞바꿔 달라는 말을 듣지 않아도 되었을 텐데.

양희 씨의 불안을 눈치챘는지 영업 팀장이 고개를 길게 내밀었다.

"잘 들으십시오. 이것은 결코 나쁜 거래가 아닙니다. 우리는 매우 합법적인 사업체로, 당신에게 위해를 가하고 싶어도 그럴 수 없습니다. 교환 자격이 정지돼요. 무엇보다." 영업 팀장이 검지를 들어올렸다. **"당신 파트너도 교환을 고려 중입니다. 수술을 준비하고 있어요."**

"지금 보선 씨 말하는 거예요?" 양희 씨는 자기도 모르게 목소리를 높였다. "지금 보선 씨 어디 있어요? 무사해요?"

"감전만 있을 뿐 건강합니다. 앞서 말했듯, 우리는 당신을 다치게 하고 싶지 않았습니다. 그러니 당신과 박보선 씨의 미래를 생각하십시오. 우리의 테스트 결과에 따르면 귀하와 귀하의 파

트너는 20년 이내에 심혈관 문제가 발생할 확률이 86퍼센트나 됩니다. 고양희 씨가 수락한다면 박보선 씨도 수술을 받을 것이라고 저희는 기대합니다. 지구인은 100세 시대라고 하지 않습니까. 둘이서 오래오래 행복하게 잘 살아야 하지 않겠습니까."

보냉 상자 옆으로 태블릿 PC 한 대와 봉투가 올라왔다. 태블릿 PC에는 굴림체로 쓰인 혈관 교환 계약서가, 봉투에는 영화 예매권 두 장이 들어 있었다. 언제 어디서 어떻게 둘의 대화를 엿들었는지 양희 씨는 상상도 하고 싶지 않았다.

영업 팀장은 원하는 만큼 오래오래 계약서를 살펴보라고 이야기했다. 어차피 할당량은 채웠다면서. 그러나 초조할 때 다리를 떠는 버릇은 지구인이나 외계인이나 마찬가지인 모양이었다.

"만약 제가 이 제안을 거절한다면요?"

"거절해도 이해됩니다. 이 경우 기억 상실 절차를 거친 뒤 보상금의 일부를 받게 됩니다."

"수술을 받든 안 받든, 기억은 지울 거죠?"

영업 팀장은 대답 없이 어깨를 으쓱였다. 그러니까 결국은, 싫다고 거절해도 수술을 강제한 뒤 기억을 지울지도 모른다는 뜻이었다.

양희 씨는 자신의 손목을 내려다보았다. 얇은 피부 아래 실타래처럼 얽힌 푸르른 정맥이 눈에 들어왔다. 그보다 더 깊은 곳에는 동맥이 있다. 지난 며칠간 좋다고 먹어치운 대게 살과 달콤한 디저트만큼의 지방과 콜레스테롤이 양희 씨의 피를 혼탁하게 만들었을 터였다. 인공 혈관으로 교체하면 사흘간의 방종을 만회할 수 있다. 과거에도 미래에도 이보다 더 좋은 거래는 없을 터다.

이미 발목이 잘린 사람을 보지 않았나. 이른 나이에 쓰러져 예순이 다 되도록 침대에서 일어나지 못하는 사람을 알고 있지 않는가.

86퍼센트.

지구인 혈관 볶음을 정신없이 먹어치우던 어린 외계인의 미소가 양희 씨의 눈앞에 어른거렸다.

양희 씨는 오래도록 자신의 손목을 형광등 불빛에 비춰 보았다.

"부탁 하나만 더 들어주면 생각해 볼게요."

영업 팀장이 흥미롭다는 듯 고개를 기울였다.

* * *

양희 씨는 연구소 밖으로 나가자마자 깊게 숨을 들이쉬었다. 주변 숲의 피톤치드가 폐 깊은 곳까지 스며드는 것 같았다. 내

년 설에도 시골로 끌려가는 대신 이런 한적한 동네에서 호캉스를 누리고 싶건만, 아무래도 힘들겠지. 한숨만 푹푹 나오던 참에 손에 든 쇼핑백에 시선이 갔다. 그래도 이곳에서 얻은 게 돈과 휴식만은 아니니 다행이라면 다행이었다.

버스에 올라타니 뒷자리에서 보선 씨가 손짓하는 게 보였다. 양희 씨는 수거함에서 핸드폰을 찾은 뒤 보선 씨의 옆으로 향했다. 보선 씨가 쇼핑백을 발견하자마자 눈을 크게 떴다.

"그게 뭐예요? 못 보던 건데."

"베개요." 양희 씨가 보란 듯이 베개를 꺼내 흔들었다. "설마 설마 했는데 진짜 줄 거라고는 생각도 못 했어요."

채혈이 끝나고 이어진 면담 자리에서, 양희 씨는 베개가 어느 브랜드 거냐고 소심하게 물어봤다. 방호복 차림의 박사는 잠시 고민한 뒤 직원을 시켜 쇼핑백에 베개를 담아 건넸다. "선물입니다." 베개는 건조기에서 갓 꺼낸 것처럼 부드럽고 포근하고 파스락거렸다. 어릴 적의 애착 인형처럼 마음을 진정시키는 힘을 가지고 있었다.

양희 씨는 베개를 머리 뒤에 두고 온몸의 힘을 뺐다. 뒷목부터 정수리부터 느껴지는 편안함에 절로 황홀한 신음이 흘러나왔다.

"진짜 이거 하나로도 여기서 피를 1리터는 뽑은 보람이 있다니까요."

보선 씨가 옆에서 입술을 삐죽였다.

"그럼 나는, 날 만난 건 보람이 못 되어요?"

"애도 아니고 뭘 질투를 하고 있어요."

양희 씨는 쇼핑백에서 다른 베개를 더 꺼내 보선 씨에게 건넸다.

"그럴 줄 알고 하나 더 달라 했어요. 진짜 주더라고요."

"양희 씨⋯." 보선 씨는 얼굴을 붉히며 베개를 끌어안았다. "고마워요. 나도 사실 이 베개 탐났거든요. 말도 못 꺼냈지만."

"근데 보선 씨는 이거 못 받았어요?"

양희 씨가 주머니에서 영화 예매권을 꺼내 건넸다. 보선 씨는 고개를 저으며 예매권의 앞면과 뒷면을 고루 살폈다.

"이거 지역 영화관과 연계된 거라서 강릉 시내에서밖에 못 쓴다네요?"

"거참 너무하네, 전 지방에서 몰려왔을 텐데 이런 거는 돈을 좀 팍팍 써야지."

운전기사가 오기를 기다리는 내내 두 사람은 무슨 영화를 볼지 이야기를 나누었다. 〈마션〉과 〈애드 아스트라〉는 기차표 시간과 애매하게 맞물렸고 〈화성침공〉은 포스터 속 외계인을 보자마자 이상하게 신물이 올라왔다. 보선 씨는 그게 다 아침을 거른 탓이라고 이야기했다.

"종일 빈속이었잖아, 영화 말고 일단 밥부터 먹어야겠어요. 뭐 먹고 싶은 거 없어요?"

그 말을 듣는 순간 양희 씨의 뇌리에 파스타 같기도 하고 아구찜 같기도 한 무언가가 떠올랐다. 붉고 푸른 면발에 향신료 가득한 양념이 한데 어우러진… 입안에서 쫄깃쫄깃 오동통통 씹히는… 생긴 것은 무척 맛깔나지만, 생각하면 생각할수록 이상하게 입이 바싹 말라버리는 무언가가….

그게 뭐였지?

반면 다른 음식을 생각하니 금세 입에 침이 돌았다.

"곱창 먹죠? 밥도 볶아 먹고."

"저희 이틀 동안 기름진 것만 꼬박 챙겨 먹었는데요?"

"오늘은 안 먹었잖아요. 곱이 가득한 곱창을 후루룩 먹고 싶어서 그래요. 아니면 대창도 괜찮고요."

얼마 지나지 않아 운전기사가 버스에 올라탔다. 양희 씨는 안전벨트를 매다 말고 잠시 생각에 잠겼다.

"국수라면 몰라도 곱창을 후루룩 먹지는 않죠."

"난 괜찮은데? 양희 씨라면 진짜 후루룩 먹을 것 같아서."

보선 씨는 그렇게 말하며 양희 씨를 향해 오른손을 펼쳐 보였다.

"강릉역에 도착할 때까지만요."

자세히 보니 보선 씨의 오른 손목이 이상하게 비어 있었다. 그뿐만이 아니었다. 뭔가 피부에 빈구석이 많다고 해야 하나, 사람을 신경 쓰게 만드는 이질감이… 느껴졌지만… 아무래도 더 신경 쓰고 싶지 않았다. 그보다는 보선 씨의 손을 잡는 게 먼저였다.

어느덧 버스는 연구소를 빠져나와 굽이진 도로로 들어섰다. 맞잡은 손에서 보선 씨의 맥박이 미미하게 느껴졌다. 양희 씨는 곧 입안에 들어찰 파스타 면발의…, 아니 푸르고 붉은 돼지 혈관의…, 아니 아니, 곱창의 기름지고 질깃한 맛을 상상하며 보선 씨의 손을 힘주어 잡았다. 포화지방과 염분과 정제탄수화물이 한데 어울린 즐거운 점심 식사가 양희 씨와 보선 씨를 기다리고 있었다.

Take Care
of
Yourself

관장님의
마지막
한
모금

❝좋은 술은 한 모금만 마셔도 진가를 알아볼 수 있어야 합니다. 한 잔도 아닌 한 모금, 그거면 충분해요. 좋은 술은 한 모금만으로 사람의 마음을 뒤흔들고 함락하고 애원하게 만듭니다. 아주 위험하죠. 그래서 그런 술은 일생에 단 한 번밖에 만들 수 없어요. 모름지기 술도가라면 그 한 번을 위해 영혼을 바쳐야 합니다. 최고의 한 모금을 위해서요.**❞**

박복자 명인(남생 우리술 체험관 관장, 《월간 우리술》 3월 호 중에서)

채선영 선생님의 전화를 받았을 때 나는 동네 천변의 벚나무 아래서 술친구들과 두견주를 마시고 있었다. 진달래를 넣어 빚은 두견주는 은은한 단맛과 꽃향기가 꽃놀이와 함께하기에 안성맞춤이었다. 하지만 핸드폰 너머로 선생님의 담담한 목소리를 듣자마자 나는 술잔을 내려놓을 수밖에 없었다.

"형님이, 아니 관장님이… 영면하셨다. 방금 가셨어."

나는 조용히 탄식을 흘렸다. 채 선생님의 시누이이자 남생소주 명인인 박복자 관장님은 내게 가족보다 더 가까운 분이었다. 우리술 체험관 37기 수강생 중 나를 제일로 아꼈던 관장님은 자식이 있었다면 나를 며느리 삼았을 거라고 말씀하시곤 했다. 대학 때문에 서울로 돌아간 내게 과일이며 직접 빚은 술을 철마다 보내주시기도 했다.

그러니 가슴이 미어지고 눈물이 나야 마땅한데, 잠깐의 탄식 후 얼굴에 떠오른 건 울상이 아닌 희미한 미소였다.

"선생님이 직접 송별주를 빚으실 건가요?"

"그래. 형님이 가시기 전에 부탁하셨다. 가족 중에서 제대로 배운 건 나뿐이었으니 방법이 없지."

"저도… 참석해도 될까요?"

"어차피 내가 오지 말라고 해도 올 생각이었잖니. 당장 도와달라 부탁할 사람도 너밖에 없어."

나는 그 길로 집으로 가서 짐을 꾸렸다. 검은색 정장, 갈아입을 옷가지, 속옷, 세면도구를 가방에 넣은 뒤 마지막 준비물을 떠올리고 잠시 망설였다. 그것까지 챙기는 건 너무 속 보이는 짓이 아닐까. 그래도 나중에 후회하느니 지금 챙겨놓는 게 훗날을 위해 나을 것 같았다. 나는 찬장 깊숙이 박아둔 500밀리미터 용량의 유리병을 꺼내 들었다. 주류박람회에서 구매한 술 전용 공병으로, 병목부터 몸체까지 매끄럽게 떨어지는 곡선이 무척 아름다웠다. 투명한 유리 표면을 보고 있자니 목구멍에 열이 오르고 침이 고였다. 늦게 올라온 취기로 위가 후끈거렸다.

이만큼은 챙길 수 있겠지?

나는 관장님께 용서를 구하며 마른 수건으로 유리병을 감싸 가방에 넣었다.

***

박복자 관장은 경상북도 남생의 3대째 소주를 빚는 술도가에서 태어났다. 부친도 명인, 부친의 부친도 명인, 그야말로 남생소주 명인 집안이었다. 전 대통령이 즐겨 찾을 정도로 명성이 높고 술맛도 깊은 곳이지만, 박복자 관장은 선대 관장인 부친이 돌아가신 뒤 양조장을 정리하고 선산 옆 고택을 우리술 체험관으로 개조했다. 술은 판매하지 않고 우리술 교육으로만 운영되는 공간이었다. 회계사였던 남동생에게는 부관장을, 양조장 시절부터 옆에 착 달라붙어 일을 도운 동서에게는 '채 선생'이라는 호칭을 붙여 옆에 뒀다.

박복자 관장은 여러모로 전통주 업계에서 눈에 띄는 괴짜였다. 일단 사람부터가 화려했다. 예순이 넘어서도 머리를 붉거나 푸르게 물들였고 무채색은 결코 몸에 걸치지 않을 정도로 화사하고 쨍한 색감을 사랑했다. 박복자 관장의 열정은 남생소주에도 깃들었다. 질 좋은 쌀, 물, 통밀 누룩이라는 남생소주를 구성하는 세 가지 재료 안에서 끊임없이 변주를 시도하며 거리낌없이 새로운 맛을 찾았다. 안남미 같은 장립종 쌀로 전통 소주를 만들 수 있을까? 천연탄산수를 처음부터 사용하면 어떤 맛이 날까? 회의적인 전통주 업계에 박복자 관장은 신묘한 맛과 향으로 그 답을 내놓았다.

박복자 관장은 술병 디자인에도 진심이었다. 체험관에서 사용하는 술병은 매 분기마다 형태와 재질이 달라졌고 언젠가는 남생 지역의 도공과 손을 잡고 이른바 '아방가르드하고 센세이셔널한' 디자인의 한정판 소주를 내 친척과 지인에게 선물한 적도 있었다.

팔지도 못할 것에 돈을 수백 수천씩 들인다며 선생님은 속상

해했지만, 나는 관장님의 정신 나간 열정이 언제나 좋았다. 참고로 그 아방가르드 뭐시기 소주는 나도 한 병 가지고 있다. 술병이 워낙 무거워 술을 따르는 일만도 이만저만 고역이 아니지만 관장님의 술답게 맛은 좋다. 디자인에 어울리는 무척 화려하면서도 입이 즐거워지는 맛이다.

양조장이 체험관으로 바뀌고 술을 팔지 않게 되면서 일반인이 관장님의 술을 맛볼 수 있는 방법은 두 가지뿐이었다. 1년에 두 번 열리는 유료 시음회에 당첨되거나 체험관에서 진행하는 우리술 수업을 등록하는 것이다. 나는 시음회에 세 번 연속 떨어진 뒤 휴학계를 내고 남생으로 내려갔다. 수강생 중 나이도 제일 어린 데다 술 빚는 일은 초짜였지만, 앳되고 순한 생김새에 어르신께 먼저 나서서 애교를 부리는 성격이라 나는 체험관에서 제법 이쁨을 받았다. 무엇이든 가리지 않고 잘 받아먹는 성격도 적응하는 데 한몫했을 것이다. 어느 날은 한 수강생이 가져온 뱀술을 얻어 마신 적도 있었다. 살무사로 담근 뱀술이었는데 향이 강렬하고 목넘김이 톡 쏘는 게 몇 잔이고 술술 들어갔다. 관장님이 날 눈여겨본 것도 당연한 일이었다.

수업 마지막 날, 뒤풀이 후 서울로 돌아갈 채비를 하는 나를 관장님이 따로 불러냈다. 보여줄 게 있다고 하셨다. 뒤풀이 때 남은 안주라도 챙겨 주시려나 싶었는데 관장님이 나를 데려간

곳은 주방이 아닌 체험관 옆 술 창고였다. 성인 몸통만 한 시커 먼 술독이 가득 들어찬 곳이었다. 관장님은 제일 작은 술독을 열어 표주박으로 술을 폈다. 민들레를 닮은 노란 수색이 무척 아름다웠다. 은은한 풀내가 코끝을 어루만졌다.

"이건 우리 아버지의 마지막 술이다. 내가 지금껏 빚은 술 중 에서 제일 으뜸가는 놈이지. 그런데 말이다, 이 술엔 특별한 사 정이 담겨 있거든."

관장님은 누가 들을세라 작은 목소리로 내게 이야기를 들려 줬다. 너무나 허무맹랑해서 소름이 돋았지만 계속 듣다 보니 그 럴싸한 이야기였다. 이 정도로 술에 미쳐 있어야 남생소주로 명 인이 되는구나 싶었다.

"이렇게 귀한 술을 제가 마셔도 될까요? 양도 얼마 없어 보이 던데요."

"내가 널 얼마나 귀하게 여기는데 당연히 이 정도는 내줄 수 있지. 그렇지만 다른 사람에겐 비밀이야. 널리 알려지면 난리 난다."

나는 문제의 술을 건네받았다. 고민 끝에 조심스레 홀짝이 자, 머릿속이 큰 굉음과 함께 오색찬란한 빛깔로 폭발해 버렸다. 눈앞에 전기가 마구 튀며 반짝거렸다. 단순히 술맛이 좋다든가 목 넘김이 깔끔하다든가 향이 짙다든가 하는 감상으로는 결코 설명할 수 없고 설명해서도 안 되는 것이 혓바닥을 부드럽게 어루만지고는 목구멍으로 스르르 넘어가 버리고 말았다. 입안에 남은 잔향이 꿈결만 같았다. 나는 표주박에 담긴 술을 허겁지겁 마저 넘기고는 관장님 앞에서 무릎을 꿇었다. 치맛자락을 붙들며 한 잔만 더 달라고 애원했지만 관장님은 단호했다.

"나중에. 때가 되면 묵은 술 말고 새 술을 마시게 해 주마."

그리고 오늘에 이르러, 나는 박복자 관장의 장례식에 참석하기 위해 남생에 내려왔다.

빈소는 의외로 체험관이 아닌 남생 근처의 허름한 장례식장에 꾸려졌다. 제일 넓은 자리를 빌렸는데도 빈소는 조문객으로 발 디딜 곳이 없었다. 대부분 인근 양조장 관계자나 남생시의 높으신 분들이었지만 간혹 다른 지방의 술 명인이 보이기도 했다.

"제가 박 명인께 얼마나 큰 은혜를 입었던지요. 그분께 수학해서 모자라나마 술쟁이 노릇을 하고 있는데 이리 허망하게 가실 줄 알았으면 진작 술이라도 들고 찾아뵀었을걸 그럽디다. 참 아쉽습니다. 아쉬워요."

양조장을 운영하는 조문객은 약속이라도 한 듯 근조 화환 대신 자기네 술을 한 궤짝씩 놓고 갔다. 솔송주, 과하주, 이강주, 옥로주… 제값 주고 사 먹으려면 적금을 깨야 할 수준의 명주들이었다. 선생님과 부관장님은 핼쑥한 얼굴로 술값은 아끼겠다며 조용히 웃었다.

남들 다 하는 삼일장이었다. 비닐 깔린 식탁, 상조 회사의 로고가 붙은 종이 수저 꽂이, 나무젓가락, 칼칼한 육개장, 고소한 수육. 겉으로 보기엔 평범했지만 자세히 보면 절대 평범하지 않았다. 입관 차례가 되어 들어간 참관실은 휑덩그렁했다. 장례 지도사는 빈 철제 침대 위에 삼베옷을 깔고 염하는 시늉을 하더니, 텅 빈 나무관에 삼베옷을 집어넣고 그대로 관뚜껑을 닫아버렸다. 참관객들은 모두 침착하게 굴었다. 누구도 말을 얹거나 눈물 흘리지 않았다. 관장님의 동생인 부관장님도 먼 곳만 보며 침묵을 지켰다.

자정이 넘어 빈소가 잠잠해질 무렵, 잘 곳을 헤아리던 내게 선생님이 말을 걸었다.

"우리 더 늦기 전에 누룩 좀 뒤집고 와야겠다."

내가 박씨 일가의 내밀한 속사정에 발을 들일 자격이 충분하다는 뜻이었다.

우리 둘은 옷도 갈아입지 않고 양조장 뒤편의 샛길을 올랐다. 누룩방은 선산 중턱에 자리했다. 황토로 벽을 세우고 짚으로 지붕을 얹은 초가집인데, 여름 한철 누룩을 띄우고 남은 계절은 성묘 때나 들른다고 했다. 선산의 맑고 영험한 기운이 누룩에 들러붙어 소주 맛을 한층 돋워준다며, 관장님은 지난겨울 내게 말씀하셨다.

그 시절 관장님은 정정하셨다. 자궁암 말기를 선고받은 사람처럼 보이지 않았다.

선생님은 누룩방 툇마루에서 꾸벅 졸던 친척 아저씨를 내려보내고 가방에서 분무기를 꺼내 나와 당신의 온몸에 대고 쐈다. 알싸한 알코올 냄새가 사방에 진동했다. 우리는 비닐 덧신과 위생모와 니트릴 장갑으로 무장하고 툇마루에 올랐다. 선생님이 방문을 활짝 열어젖혔다. 알전구에 불이 올라왔다.

관장님은 동글납작한 누룩에 둘러싸인 채 방 한가운데에 누워 계셨다.

뜨끈한 구들장 위에서 관장님은 쭈글쭈글한 건포도마냥 연보라색으로 말라가고 있었다. 의사가 자꾸 살 빼라 잔소리한다고 짜증 내던 풍채는 온데간데없었다. 그래도 얼굴이 평온했다. 곤히 잠든 사람처럼 보였다. 지금이라도 벌떡 일어나 이 누룩이 얼마나 귀한 줄 아냐며 자랑을 늘어놓을 것 같은데, 당신은 나와 선생님 앞에서 아무 말씀이 없으셨다. 자세히 보니 배와 가슴이 훤히 열려 있었다. 부패를 막기 위해 내장을 모두 들어낸 것이다.

정말 영영 가시고 말았다.

뒤늦은 눈물이 터져 나왔다. 나는 울면서 절을 올렸다. 한 번, 두 번, 그리고 묵념.

본인이 자궁암에 걸렸으며 예후가 좋지 않다는 걸 알았을 때, 관장님은 당신의 부친께서 그러하셨듯 항암과 연명 치료를 거부하고 오늘을 준비했다. 돌아가시기 사흘 전에는 갑자기 눈을 부릅뜨고는 모두에게 말했다고 한다. "누룩, 누룩 빚어라. 당장." 그래야 자신이 죽자마자 누룩과 함께 발효 단계로 들어갈 수 있다는 것이다. 선생님은 오늘내일하는 관장님을 병실에 두고 체험관으로 돌아갔다. 가진 것 중 제일 품질 좋은 통밀을 불리고 빻고 밟아서 누룩을 빚었다. 며칠 동안 체험관에서 자고 있던 누룩은 오늘에서야 관장님을 만난 참이었다.

선생님이 빼곡히 들어찬 누룩을 일일이 뒤집는 동안, 나는 관장님의 몸을 살피며 썩거나 무른 부위가 있는지 확인했다. 메마른 피부 위로 은은한 과실 향이 맴돌았다. 선생님은 이 앙상한 몸뚱이가 관장님의 열정을 그대로 보여준다고 말씀하셨다.

"형님이 살아 계실 적에 자두를 워낙 좋아하셨잖니. 자기 술에도 자두 맛이 나면 좋겠다며 시도 때도 없이 자두를 찾아 드셨어. 돌아가시기 한 달 전부터는 자두청 섞인 물만 드셨고."

다행히 관장님의 몸은 삭거나 흠난 곳 없이 말끔했다. 우리는 관장님께 다시 절을 올리고 장례식장으로 돌아갔다. 선생님은 빈소에 들어서자마자 떡부터 집어 먹는 나를 보고는 조용히 미소 지었다. 내가 겁을 먹고 달아날까 봐 걱정했다면서.

"형님이야 네가 도와줄 거라 굳게 믿으셨지만 난 아니었어. 남들에게 보이기 좋은 모습은 아니잖니."

"관장님의 마지막 술을 두고 어떻게 도망가겠어요? 당연히 술값은 해야죠."

사흘 뒤, 빈 관이 화장터에 들어가며 당장의 장례는 일단락 났다.

나는 남생에 남았다. 어차피 가망도 없는 공무원을 준비한답시고 시간만 까먹고 있었다. 체험관 일을 도우며 장례 때 남은 술을 흥청망청 퍼마시는 난잡한 술꾼의 귀감을 보일 생각이었지만, 당장 다음 날부터 나의 기대는 처참히 무너지고 말았다. 체험관 주차장에 관광버스며 승용차가 누룩방의 누룩처럼 가득 들어찼다. 체험실에 자리한 수강생 수는 그보다 더했다. 다들 새 술을 만든다는 설렘과 관장님을 애도하는 마음이 반반씩 섞인 얼굴로 담소를 나누고 있었다.

선생님은 얼이 빠진 나를 발견하고는 수업용 누룩부터 한 아름 안겼다.

"형님께서 가시기 전에 한 명이라도 더 보겠다고 강의 정원을 늘리셨거든. 아무튼 술값은 한다고 했지? 사십구재까지 잘 부탁한다."

선생님의 차고 시원한 막걸리 한 잔이 고팠지만 시간은 나의 편이 아니었다. 나는 술값을 위해 누룩째 체험관으로 끌려갔다.

***

술도가 집안에서 나고 자랐어도 술 빚는 일을 물려받을 의무는 없다. 그러나 며느리는 사정이 다르다고 선생님은 말씀하셨다.

"남편이란 작자가 술 냄새만 맡아도 취하니 방법이 있나. 내가 시집왔을 때만 해도 시댁 일에 나 몰라라 할 수 없는 시대였어. 내가 손 하나는 야무져서 다행이다 싶었지."

부관장님이 사무실에서 키보드를 두드리며 체험관을 홍보하고 재정을 관리할 때, 선생님은 관장님과 함께 체험관에서 누룩을 띄우고 술을 빚고 수강생을 가르쳤다. 서당 개 3년이면 풍월을 읊는다고, 술도가 며느리 20년이면 명인 못지않은 양조 실력을 가지게 된다. 관장님이 영영 떠나고 없는 지금도 체험관의 술맛을 잊지 못한 사람들은 새 술을 만들기 위해, 또는 관장님의 술을 한 방울이라도 얻어 마시려는 심산으로 체험관을 찾았다. 수강생 가르치랴 관장님 유품을 정리하랴, 선생님은 숨 돌릴 틈도 없이 일하셨다.

나 역시 바쁘기는 마찬가지였다. 수업에 쓸 누룩을 분쇄하고 쌀을 씻어 불리고 발효용 플라스틱 술통을 일일이 소독하고 중간중간 누룩방에 들어가 온도와 습도를 확인하고 누룩과 관장님을 뒤집고 뒤집고 또 뒤집었다. 만취하는 밤보다 피로에 곯아떨어지는 밤이 더 많았다.

그래도 고생 끝에 낙이 왔다. 열흘이 지났을 무렵 신묘한 일이 일어났다. 샛노란 솜털이 누룩과 관장님 표면에 돋아난 것이다. 누룩방이 화사한 노란빛으로 가득 물들었다. 선생님은 노란색 누룩 곰팡이를 작은어른께 선보였다. 선대 명인의 동생인 작은어른은 간경화로 간의 절반을 들어낸 탓에 언제나 얼굴이 누렇게 질려 있었다. 작은어른이 누룩 앞에서 깊게 숨을 들이마셨다. 이내 주름지고 검버섯 난 얼굴 위로 순진무구한 미소가 떠올랐다.

"죽기 전에는 두 번 다시 못 마실 줄 알았더만, 우리 복자가 큰일을 했다, 큰 결심을 했어. 이리 와봐라, 그 애가 나한테 맡긴 게 있다."

작은어른을 따라 인근 고택에 들어가니 그늘진 곳에 신줏단지처럼 모셔진 쌀 포대가 눈에 들어왔다. 선생님은 생쌀을 한 움큼 쥐어 맛을 보고는 환희에 찬 신음을 흘렸다.

"이리 와서 봐라. 이거 정말 귀한 쌀이야. 억만금을 줘도 못 구하는 거다."

양조는 신출내기인 내가 봐도 쌀의 상태는 굉장했다. 한 톨 한 톨의 표면이 갈라지거나 깨진 자국 없이 갓 구워 낸 도자기처럼 매끄러웠다. 손안에서 자르르 흘러내리는 감촉이 황홀했다.

우리는 그 쌀로 고두밥을 지었다. 시험 삼아 막걸리를 담글 생각이었지만 한 입 맛보자마자 모든 계획이 어그러졌다. 밥이 달았다. 쌀 특유의 달큰함과 감칠맛이 입안에서 한데 뒤섞여 혀 끝에서 녹아내렸다. 나와 선생님은 단 과자에 집착하는 어린애처럼 고두밥을 먹어치웠다. 반찬도 없이 쌀 한 되가 우리 뱃속으로 홀랑 들어갔다.

어느덧 누룩 숙성이 막바지에 이르렀다. 고운 민들레색 털 담요가 관장님과 누룩을 뒤덮었다. 구수한 냄새가 온 사방에 진동했다. 볕이 잘 드는 어느 날, 나와 선생님과 부관장님은 누룩방 앞에 돗자리를 깔았다. 본래는 잡균을 살균하고 발효력을 높이기 위해 누룩을 잘게 빻은 뒤 햇볕과 밤이슬에 며칠간 노출시키는 법제 과정을 거쳐야 하지만, 박씨 일가의 신묘한 금색 효모가 들러붙으면 하루이틀 말리기만 해도 충분하다고 선생님은 말씀하셨다. 우리는 누룩방에서 누룩을 모조리 꺼내 돗

자리에 늘어놓았다. 관장님도 양지바른 곳에 모셨다. 노란 효모 포자가 꽃가루처럼 포실포실 공기에 날렸다. 흰 나비가 민들레 같은 관장님의 몸 위에서 잠시 쉬다 갔다.

누룩 옆에서 우리는 관장님의 쌀로 빚은 막걸리를 한 잔씩 나눠 마셨다. 달큼한 고소함이 자잘한 탄산과 어우러져 맛이 아주 좋았다. 고작 한 모금에 취한 부관장님은 머리를 꾸벅꾸벅 주억대며 당신의 아버지, 선대의 이야기를 늘어놨다.

"아버지 돌아가셨을 때 있지… 물론 돌아가실 줄은 진작 알 았지, 알았지만… 사람이 갑자기 노가리처럼 말라버리니까… 병원에서도 가망이 없다 하고…. 어머니는 그게 다 술 때문이다, 술이 사람을 버려났다 했는데 아주 틀린 말은 아니었어…. 어머 니도 누님도 양조장 거든다고 워낙 고생하셨지…. 어머니는 무 릎 나가고 누님도 허리 때문에 만날 앓고 약 드시고…. 그래서 아버지가, 자기가 죽으면 양조장 문 닫으라 그러신 거지…. 죽 기 직전에야 그럴 마음이 드신 게야…. 그레놓고 땅고집 심보는 못 버린다고, 양조장의 마지막 술은… 자기로 빚어달라 그러셨 어…. 나는 차마 손도 못 대겠는데 누님이 그걸 혼자 다 했다, 처 음부터 끝까지… 누룩 띄우고 고두밥 만들고 술독 소독하고…. 근데 갑자기 비가 억수처럼 쏟아져서 누룩이며 아버지며 모두 망칠 뻔했지…. 그거 수습하다 누님이 뱃속의 애를 버렸다, 애를 버렸어…. 매부도 참 야속하지 그런 일로 이혼을 다 하고…. 근데 그 고생 끝에 나온 술이 말이다… 너도 마셔봤으니 여기 있는 게 아니겠니? 난 그걸 마시면서 울었다…. 누님도 울었어, 숨도 못 쉬고 꺼이꺼이…. 슬퍼서 운 것만은 아니었지… 이제 와 생각하면 누님도 그때 결심을 한 거야, 자기도 죽으면 아버지처럼 술이 되고 싶다고…. 그래서 항암도 내가 지어 준 한약도 죄다 내팽개치고…. 지금 봐라, 누님이 참 곱다… 새색시처럼 화사한 게 정말 이쁘다, 우리 누님…. 그래도 난 누님이 더 살아줬음 했다…. 내 곁에서 더 살아줬음 했어…."

우리는 따스한 햇빛과 밤이슬을 관장님과 함께 맞았다. 동이 트고 대지가 눈을 뜨자 선생님이 먼저 자리에서 일어났다. 곤히 주무시는 부관장님을 가만두고 누룩방 뒤편에서 손수레를 끌고 나왔다.

"이제 독 안으로 모시자꾸나."

우리는 손수레에 관장님과 누룩을 실어 체험관으로 내려갔다. 쌀은 진작 불려놨다. 물기를 머금은 쌀알이 늦봄의 햇살을 받아 아름답게 반짝였다. 선생님이 부엌의 재래식 아궁이 앞에서 불을 지피는 동안, 나는 물기 뺀 쌀을 시루에 넓게 펼쳤다. 뒤늦게 내려온 부관장님이 가마에 시루 얹는 일을 도왔다.

이제 누룩과 관장님을 빻을 차례다.

나는 막걸리로 목을 축이고 창고에 있던 돌절구를 돌려가며 체험실로 옮겼다. 허리까지 올라오는 크기라 버거웠지만 많은 양의 누룩을 빻기에 이만한 것이 없다. 공이는 부관장님이 맡았다. 술은 못 마셔도 공이질은 내가 제일간다며 부관장님은 의기양양한 목소리로 말했다. 빈말이 아니었는지 힘찬 공이질에 황금빛 누룩이 경쾌하게 부서졌다. 많던 누룩이 그새 동났다. 다음은 관장님 차례였다. 노랗게 물든 관장님을 바라보던 부관장님이 고개를 저으며 공이를 내려놓았다. 나 역시 손가락 하나 까딱하지 못했다.

때마침 부엌에서 불을 지키다 돌아온 선생님이 관장님 앞에서 쩔쩔매는 우리를 발견했다.

"당신 마음 알아. 어떻게 맨정신으로 가족을 절단 내겠어. 그래도 늦장 부리면 효모 죽고 술도 망하고, 형님이 단단히 화내실 거야. 얼른 끝냅시다, 우리."

선생님은 빈 쌀포대를 작업대에 올린 뒤 관장님을 눕혔다. 잠시 고개를 숙여 묵례했고, 이내 홍두깨를 써서 관절을 하나하나 분리했다. 먼저 오른팔이 떨어졌고 다음으로 한껏 오므라든 왼팔이 떨어졌다. 양팔이 사라지니 나머지는 수월했다. 관장님의 신체가 빨간 대야 안에 차곡차곡 쌓였다.

부관장님은 여전히 망설이는 눈치였다. 공이질 시늉도 못 내고 계속 먼 곳만 보았다.

결국 내가 손을 들었다.

"제가 할게요. 관장님께 뭐라도 해드리고 싶어요."

부관장님은 고민 끝에 내게 공이를 넘겼다. 선생님이 절구에 관장님의 오른 다리를 넣었다. 나는 숨을 크게 들이쉬고 배와 다리에 힘을 줬다. 관장님께 작별을 고하며 있는 힘껏 공이를 내려찍었다. 누룩을 빻을 때와 다른 소리가 공이를 타고 올라왔다. 오도독 오도독 뼈가 부서지는 소리였다. 관장님의 몸은 잘 말린 육포 같아서 누룩처럼 잘게 부수기 힘들었다. 절로 몸에 열이 올랐다. 땀이 비 오듯 줄줄 흐르고 양팔에 경련이 일었다. 그래도 왼팔을 부술 무렵에는 요령이 생겼다.

공이질 한 번에 관장님의 손이 부서졌다. 공이질 두 번에 관장님의 어깨 살이 짓이겨졌다. 공이질 세 번에 으스러진 뼈와 살이 민들레색 효모와 뒤섞이며 오묘한 냄새를 뿜어냈다. 공이질 네 번에 나는 재채기했다. 에취! 효모가 사방으로 흩어졌다.

마침내 관장님의 머리가 남았다. 얼굴까지 뒤덮은 효모 때문에 생전의 이목구비는 희미해졌지만, 납작한 뒷머리는 관장님을 떠올리게 만드는 구석이 있었다. 선생님은 관장님의 머리를 금두꺼비 모시듯 연신 쓰다듬었다.

"이렇게 보내드리면 또 언제 봐요, 우리 형님. 그래도 좋은 곳

가시겠지요. 내가 맛있게 잘 빚어드릴게. 나중 가서 봅시다."

부관장님이 내게 손짓했다.

"공이 이리 줘라. 누님 마지막은 내가 보내드려야겠다."

선생님이 절구에 관장님의 머리를 넣었다. 부관장님은 힘주어 공이를 내리찍었다. 까드득 우드득 관장님의 소리가 체험실에 울려 퍼졌다.

관장님은 현세의 모습을 완전히 잃고 분쇄된 누룩과 함께 스테인리스 볼에 모셔졌다.

고두밥 익는 냄새가 체험실까지 무르익었다.

이쯤 되니 체험실은 눈물바다였다. 선생님도 훌쩍대고 부관장님도 훌쩍대고 나도 훌쩍댔다. 우리는 울면서 고두밥을 가마에서 꺼내 체에 넓게 펼친 뒤 선풍기로 식혔다. 누룩 내 나는 바람이 머리칼을 흔들어 놓았다. 관장님이 술 깨라며 내 머리를 흐트러뜨리는 것만 같았다. 여기 와서 술다운 술은 마시지도 못했다고요. 나는 눈물을 닦으며 마음속으로 볼멘소리를 했다.

누룩과 관장님과 고두밥을 한데 뒤섞어 술독에 넣은 다음 선산의 약수를 끼얹는 것으로 오늘의 작업이 일단락 났다. 우리는 술독 앞에 나란히 서서 절을 올렸다.

봄꽃이 지고 초목이 맹렬히 자라는 여름이 왔다. 관장님의 술은 하루가 다르게 익어갔다. 나와 선생님은 생전의 관장님을 모시듯 술독을 모셨다. 하루에 두 번, 소독한 주걱으로 술독을 휘저었고 다른 균이 들어가지 않았는지 검사했다. 우리가 고품질의 탄수화물, 덧술을 넣으면 관장님, 술은 즐거운 냄새와 보글보글 가스 빠지는 소리로 화답했다. 날이 갈수록 쌀의 단내가 짙어졌다. 기분 좋은 알코올 냄새가 코끝을 간지럽혔다. 은은한 자두향이 피어올랐다.

나는 가방에 넣어둔 유리병을 꺼내 체험관 주방에 가져다 놓았다.

그렇게 49일째 낮이 밝았다.

***

해가 지기 무섭게 관장님의 일가친척이 체험관으로 몰려들었다. 검은색 옷을 갖춰 입은 그들은 하나같이 밀폐 용기며 보자기를 씌운 광주리 따위를 들고 있었다. 체험관의 플라스틱 테이블 위로 안주상이 차려졌다. 들기름 냄새가 고소한 부추전과 새콤한 김치전, 지방층과 살코기 비율이 절묘한 수육, 방금 무쳐서 야채가 파릇파릇한 홍어무침 등등. 박씨 일가는 나무젓가락과 종이 접시를 나눠 주는 나의 입안으로 안주를 쑤셔 넣다시피 했다. 갓 지져서 뜨끈할 때, 갓 무쳐서 아삭할 때 먹어야 한다면서.

관장님이 돌아가시고 49일이 되던 날, 선생님은 추모의 장을 마련했다. 관장님의 술을 증류하기 전 탁주 형태로나마 맛보기 위해 준비된 자리였다. 작은어른이 말씀하시길 선대가 돌아가셨을 적에는 온 마을 사람을 불러다 잔치를 벌였다고 한다. 탁주를 각자 한 잔씩 내줬는데 잔치에 온 사람이 얼마나 많았던지 가족 마실 술도 모자랐다고 했다.

"물론 그때는 송장 들어갔다는 말은 안 했다. 누가 맨정신으로 그런 술을 마시려 하겠냐."

그 말을 들은 어느 할머니가 그럼 여기 있는 사람들은 죄다 정신이 나간 거냐고 웃음을 터뜨렸다. 할머니의 폭소가 방아쇠라도 되듯 주변 사람들이 낄낄대며 웃기 시작했다. 아직 술은 한 잔도 돌리지 않았는데 모두 알딸딸하게 취한 꼴이었다. 체험관 실내에 소주가 에어로졸 형태로 떠다니기라도 하는 듯이 난리기 났다. 나도 그들의 웃음에 중독되어 입꼬리를 올렸다.

얼마 지나지 않아 선생님과 부관장님이 손수레에 술독을 싣고 나타났다. 성인 남성이 서너 명은 족히 들어가고도 남을 거대한 술독을 보며 모두들 입을 다물었다. 선생님이 수업 때 사용하는 마이크를 쥐었다.

"모두 아시겠지만 오늘은 맛보기고, 나머지는 제수용으로 증

류할 거예요. 그러니 많이는 못 드리는 거 유념하시고. 탁주용
으로 만든 게 아니라서 좀 시큼털털합니다. 그건 이해를 해주셔
요. 알았죠?"

부관장님은 술독의 뚜껑을 열어젖히고는 표주박으로 술을
한 바퀴 휘저어 퍼냈다. 숙성이 덜 된 술 특유의 시큼한 냄새 뒤
로 고소하면서도 산미 넘치는 과실 향이 따라붙었다. 이틀 전
말린 자두를 추가로 집어넣은 선생님의 혜안 덕에 술에는 자두
의 향이 생생히 살아 있었다. 부관장님은 퍼낸 술을 삼베 덮은
양동이 위로 쏟아부었다. 황금을 닮은 샛노란 탁주가 쪼르르
소리를 내며 삼베 아래로 여과됐다. 우리는 새벽녘 이슬을 핥아
먹는 절박함으로 탁주가 고이는 소리에 집중했다. 너무나 귀하
고 귀해서 맨 귀로 듣기가 송구할 정도였다.

첫 잔은 작은어른의 몫이었다.

작은어른은 간에 좋다는 미나리즙 두 포를 연달아 마신 뒤,
선생님에게서 양은 막걸릿잔을 받아들었다. 진득한 황금색 탁
주를 천천히 입에 담았고 되새김질한 뒤, 한 모금 한 모금 천천
히 나눠 삼켰다. 이내 작은어른의 눈시울이 붉어졌다.

"술 하나는 귀신같이 빚던 애가 죽어서도 귀신같이 술이 되
었어."

작은어른의 흐느낌을 시작으로 다른 이들도 차례차례 탁주

를 받아 갔다. 모두 한 모금 넘기자마자 안주는 나 몰라라 하고
는 시뻘게진 얼굴로 눈물부터 흘렸다. 심지어 술 못하는 부관장
님도 연달아 두 잔을 넘기고는 눈물 콧물 다 쏟으며 오열했다.
어디선가 곡소리가 흘러 퍼졌다. 아이고, 아이고, 이제 가면 언
제 오나, 아이고 복자야 우리 복자야.

사람들이 바닥에 납작 엎드려 울었다. 소리를 지르고 주먹으
로 땅을 치고 침을 흘리면서 울었다. 그러고도 손에 쥔 막걸릿
잔은 절대 놓지 않았다. 울면서 마셨고 마시다가 울었다. 관장님
의 귀한 술에 눈물이 한 방울 두 방울 섞였다.

마침내 나의 차례가 돌아왔다. 선생님은 막걸릿잔이 가득 넘
칠 때까지 탁주를 따랐다.

"그동안 고생 많았고, 내 몫까지 담았으니 눈치 보지 말고 양
껏 마셔라. 넌 그럴 자격이 있어."

선생님의 말씀에도 불구하고 나는 탁주 앞에서 망설였다. 자
제할 자신이 없었다. 선대의 소주를 치음 마셨을 때처럼 단숨에
들이킬까 봐, 이 귀한 술을 싸구려 술마냥 목구멍으로 호로록
넘기게 될까 두려워 겁이 났다. 체험관 한편에 자리한 관장님의
사진에 눈이 갔다. 명인이 되셨을 때 촬영한 사진이었다. 명인
인증서와 꽃다발을 품에 안은 관장님과 눈이 마주치는 순간 나
는 떠올렸다. 새 술을 마시게 해 주겠다는 관장님의 약속을, 어

린애처럼 들떠 있던 관장님의 미소를.

겁을 먹고 자시고 말고, 관장님의 노고를 위해서라도 일단 마시고 취하고 즐기고 봐야 했다.

나는 관장님을 생각하며 탁주를 들이켰다.

한 모금 넘기기도 전에 눈앞이 혼미해졌다. 술이 다디달았다. 너무 달아 뇌가 형체도 없이 녹아내릴 지경이었다. 술은 내 잇몸과 이빨과 혓바닥을 가볍게 쓸어내리며 춤을 추고는, 입안에 머금어 맛을 음미할 새도 없이 스르륵 목구멍 너머로 달아나버렸다. 갓 짜낸 꿀처럼 달콤하면서도 갓 피어난 꽃처럼 상큼한 잔향이 내 입과 비강을 콕콕 찌르며 괴롭혔다. 술은 식도를 타고 내려와 위장으로 향하는 내내 몇 마디 말로 설명하기 힘든 감각을 선사했다. 상쾌하고 묵직했으며 쓰고 달았다. 소화 기관에 불이라도 붙은 듯 뜨거웠고 얼음을 바가지로 삼킨 것처럼 싸늘했다. 입에 고인 침이 턱끝까지 흘러내렸다. 이것을, 이 한 모금을, 단순히 술이라는 정의 안에 묶어놔도 되는가? 감히 그럴 수 있단 말인가?

다음 한 모금에는 다리가 풀렸다. 손이 덜덜 떨렸다. 자칫 잘못했다가는 잔을 놓칠 것만 같아 나는 온몸에 힘을 주고 필사적으로 버텼다. 허겁지겁 남은 술을 들이켜려다가 마음을 다잡으며 자제했다. 눈물이 끊임없이 흘러내렸다. 그제야 나는 체험관에 흐르는 곡소리의 뜻을 이해했다. 죽은 관장님을 기리고 애도하는 마음만이 담긴 게 아니었다. 이 술 한 모금이 너무도 아쉬워서, 안타까워서 사람들은 땅을 치고 울었다. 다른 누가 마음먹기 전까지는 이 술을 영영 맛볼 방법이 없다는 것을 알아서 울었다. 과연 명인을 두 명이나 배출한 술도가 집안다웠다.

선생님은 차마 말을 잇지 못하는 나를 안고 어르며 달랬다. 관장님은 더 좋은 데 가셨다고, 이제 더는 아프지 않을 거라고 코를 들이켜며 말씀하셨다. 나는 그런 게 아니라고 말하고 싶었다. 내가 이 집안 사람들처럼 술에 단단히 미친년이란 걸 방금 깨달았다고, 그게 너무나 환멸 나고 소름 끼치는데 이 한 모금이 너무도 아쉽고 더 마시고픈 마음이 도무지 사라지지를 않아서, 그게 너무 끔찍해서 우는 거라고 솔직하게 털어놓고 싶었다. 그러나 흐느낌을 억누르고 나온 말이 이 모양 이 꼴이었다.

"술이 너무 맛있어요, 선생님. 관장님은 진짜 최고예요, 너무 끝내주고 좋아요. 술독에 들어가서 죽어버리고 싶어요."

그 밤 우리는 함께 취했다. 한 잔의 술에 몸과 마음과 영혼을 모두 내주고 바닥을 기며 울었다.

이게 바로 관장님의 술이었다.

술에 자기 인생도 모자라 몸뚱이까지 통째로 바친 박복자 명인의 술이었다.

***

나는 지금 병원 대기실에서 내 이름이 불리기를 기다리고 있다.

오후에 우리술 6회 차 수업이 잡혀 있어 의사 소견만 듣고 체험관으로 돌아가야 한다.

나와 선생님이 관장님을 술로 빚은 것이 벌써 30년 전 일이다.

선생님은 딱 지금 내 나이에 체험관 일을 내려놓고 차기 관장으로 나를 지목했다. 품평회에 출품한 나의 첫 소주가 호평을 받고 얼마 지나지 않았을 때였다. 의외로 박씨 일가는 순순히 내게 체험관을 넘겼다. 그들에겐 피로 이어진 끈끈한 가족애보다 제대로 만든 술 한 모금이 더 중요했던 모양이다.

지금 내 옆에는 무티야가 앉아 있다. 잔뜩 겁먹었지만 애써 강한 척한다. 불쌍하기도 하지.

무티야는 작년에 체험관에 들어온 새 식구다. 필리핀 출신이고, 고향의 부모님이 코코넛 술을 빚는다고 했다. 술도가 집안의 고명딸이라 그런지 아니면 천생 술꾼이라 그런지, 무티야는 친구들과 관광차 남생에 왔다가 내가 빚은 소주에 홀딱 반하고 말았다. 지금은 필리핀에서 잘 다니던 대학도 그만두고 한국으로 아주 넘어와 내 밑에서 소주 빚는 방법을 배우고 있다.

나는 무티야가 마음에 든다. 일머리가 좋고 입맛도 예민한 데다 선생님처럼 손이 야무진 것이 혼자서 다섯 사람 몫을 거뜬히 해낸다. 무엇보다 허리가 아주 꼿꼿하다. 할머니가 올해 여든이시라는데, 그 나이에도 허리가 어린애처럼 유연하다고 한다. 요통 때문에 진통제와 파스를 달고 사는 나로서는 질투가 나지 않을 수 없다.

그렇기에 증상을 알아채는 데 시간이 오래 걸렸다.

체험관 한복판에서 허리를 삐끗해 쓰러진 날, 동네 정형외과 원장은 엑스레이를 찍어보고는 물리치료나 신경주사 대신 대학 병원 추천서를 내어줬다. 그렇게 넘어가 CT와 MRI를 찍은 게 바로 일주일 전이다. 오늘은 검사 결과를 듣는 날이다.

몸이 예전 같지 않다는 건 진작 알았다. 만성피로야 그러려니 해도 술이 잘 먹히지 않았다. 적은 양을 마셔도 숙취가 심했고, 토악질이 멈추지 않았다. 이쯤 되니 눈치 없는 나라도 모른 척하기 힘들었다. 몸에 분명 문제가 생긴 것이다. 그러고도 차일피일 병원행을 미루다가 이렇게 되었으니 어떤 면에서는 자업자득이었다.

유일한 불만이라면 내 술을 내가 못 마신다는 점이겠다.

내 술을 빚을 사람도 문제다. 선생님께 맡길 수는 없다. 팔순을 넘기셨다고 하기에 믿기지 않을 만큼 정정하지만, 나는 선생님이 관장님의 술을 빚으며 성정에 맞지 않게 고생했다는 사실을 알고 있다. 그토록 정성을 다해 빚은 관장님의 뼈와 살을 단 한 모금도 입에 담지 않았다는 것만 보아도 알 수 있다.

사십구재 다음 날, 선생님은 새벽부터 가마에 불을 올려 남은 술을 증류했다. 소줏고리에서 관장님의 정수가 가뭄 끝 단비처럼 촉촉하게 떨어졌다. 옆에서 거들던 나는 숙취에도 불구하고 침부터 흘렸다. 숙성이 덜 된 탁주도 정신이 혼미해질 만큼 아찔했는데, 그걸 증류하고 농축한 소주라면 얼마나 기가 막힐까.

아궁이 불을 살피던 선생님이 말씀하셨다.

"나는 아무래도 형님처럼은 못 하겠지 싶다. 그냥 죽으면 어디 양지바른 데 묻히고 내가 빚은 술로 가끔 대접이나 받으면서 살고 싶지, 형님처럼 힘들게는 못 하겠다. 하지만 너는… 아니겠지."

차마 이어지지 못한 나머지 말을 나는 단번에 알아들었다.

선생님은 내가 나중 가서 어떤 결정을 내릴지 진작 알고 계셨다. 알면서도 나를 말리거나 내쫓는 대신, 관장님의 체험관을 맡겼다.

나는 핸드폰을 들여다보는 척하며 무티야를 훔쳐본다. 이 아이라면 설득할 수 있겠다는 생각이 든다. 무티야는 나만큼 술을 좋아하고 나만큼 맛있게 빚는다. 무티야가 고향에서 심심풀이로 만들었다는 코코넛 술을 마시고 얼마나 놀랐던지. 술 빚는 재능이란 게 정말 있구나, 나는 수십 년을 고생한 끝에 터득한 경지를 이 스물세 살 먹은 여자애가 뛰어넘었구나 싶었다.

부엌 찬장에 관장님의 술이 한 병 남아 있다.

민들레색으로 곱게 빛나는, 이 세상 최고의 술이다.

한 잔 먹이고 잘 타이르면 무티야도 나의 바람을 단숨에 이해할 터다. 아주 먼 옛날, 관장님께 설득당해 코가 꿰어버린 나처럼. 무티야라면 마시는 이에게 비명과 오열을, 쾌감과 황홀경을 선사하는 끔찍하고도 달콤한 한 모금이 되고픈 나의 마음을 충분히 이해할 터다.

마침내 간호사가 내 이름을 부른다. 나는 무티야와 함께 자리에서 일어난다. 진료실로 향하며 나의 술에 어떤 재료를 넣을지 고민해 본다. 과일은 좀 질렸고, 아주 순수하고 깔끔히게 만들어 보고 싶다. 쌀과 누룩, 신선한 물만 사용해서. 동네 사람들을 죄다 초대할 수 있을 만큼 양을 늘릴 수는 없을까? 솔직히 관장님의 술은 양이 너무 적었다. 간에 기별도 안 갔다.

벌써부터 입에 침이 고인다. 독한 술을 들이켠 것처럼 식도와 위가 후끈후끈 열을 낸다.

　나는 스스로 맛보지 못할 술을 끔찍이 욕망하면서 진료실 문
고리를 잡아 돌렸다.

보석의

마음

1

곧 다음 역에 도착한다는 전철의 안내 음성이 들렸다.

나는 당신의 책을 가방에 집어넣었다. 자리에서 일어서니 전철 내부를 비스듬히 비추던 여름 햇살이 얼굴 위로 쏟아졌다. 잠을 설친 탓일까, 끔찍하게 눈이 부셨다. 나는 햇살을 등지고서 핸드폰 지도 앱을 실행했다. 역에서 당신의 집까지 길리는 시간은 10분. 전철이 역에 도착하자 시간은 9분으로 줄어들었다.

밖으로 나오자마자 욕지거리가 치밀었다. 햇살이 너무 강했다. 분명 집을 나올 때만 해도 25도 언저리였는데 지금은 33도까지 올랐다. 몇 걸음 떼기도 전에 땀이 뚝뚝 떨어졌다. 정수리가 타는 듯 뜨거웠다. 당신의 빌라 앞에 서자 입이 바싹 마르며 현기증이 밀려들었다. 어젯밤부터 머릿속을 흠뻑 적시던 분노의 호르몬이 피로와 더위에 잠시 주춤한 탓일 수도 있겠다. 나는 분유 먹던 힘까지 쥐어짜 계단을 올라갔다. 한 층, 두 층, 그리고 302호. 가까스로 숨을 고르며 눈앞의 초인종을 눌렀다.

현관 앞에서 마주한 당신은 예상과 달리 노인의 얼굴을 하고 있었다.

숱이 듬성듬성한 흰 머리칼과 주름이 고랑처럼 깊이 팬 피부, 요란한 검버섯 때문에 눈을 어디에 둬야 할지 알 수 없었다. 땀으로 흠뻑 젖은 나를 당신은 화색 도는 얼굴로 맞이했다. 대뜸 거실로 데려가 앉히고는 냉장고에서 갓 꺼낸 주스를 유리컵에 담아 대접했다.

"여기까지 오느라 고생 많이 했죠? 일단 들어요."

당신의 집은 소름 끼치도록 말끔하고 단정한 구석이 있었다. 볼만한 것이라고는 거실의 통유리창뿐이었다. 짙푸른 하늘 너머로 시커먼 빛깔의 구름이 서서히 다가오고 있었다.

주스는 아주 달고 시원했다. 더위로 지친 몸과 마음이 조금은 여유를 되찾았다. 감사의 말을 전해야 마땅하지만 난 입도 벙긋하지 않았다. 더 늦기 전에 여기 찾아온 이유를 털어놓아야 했다.

나는 당신의 책을 꺼내 소파 테이블에 내려놓았다.

"메일에선 얘기 안 했지만 내가 보기에 이건 세상에 존재해 선 안 되는 쓰레기예요."

당신의 책, 표지에 흰 연꽃이 자리한 당신의 로맨스 소설은 불쏘시개로 쓰여야 마땅했다. 불치병에 걸린 시골 여자와 허우대 멀쩡한 도시 남자가 운명적인 사랑을 나눈다는 내용의 널리고 널린 신파극. 전개는 느려터졌고 난잡하고 쓸데없는 비문과 미사여구가 책을 가득 메웠다. 제목도 끔찍했다. 『이 반짝임을 당신께』? 대체 누가 이따위 제목을 지었나 했는데 당신 면상을 보자마자 납득이 갔다. 하기야 노인네 취향이란 게 참 뻔하고 뻔했다.

하지만 이 책이 진짜 그렇고 그런 소설이었다면 내가 여기 올 일도 없었다.

"말해봐요, 뭔 생각으로 이걸 쓴 거예요? 무슨 생각으로 세상에 풀어놨냐고요. 인터넷에서 개나 소나 이 책으로 지랄하는 거 몰라요? '그들' 보기에 미안하지도 않아요?"

"목소리 좀 낮춥시다. 안사람이 지금 낮잠 잘 시간이라."

"그럼 그 안사람도 불러와요. 댁이 한 짓은 보여줘야지."

당신은 내 도발에 호락호락 넘어가지 않았다. 그저 조용히 미소 지으며 당신의 책을 향해 고개를 기울일 뿐이었다.

"이 표지는 기억나네. 우리끼리 돌려보자고 몇 권만 만든 거라 표지도 내지도 죄다 엉망이었죠. 대체 어디서 구했어요?"

"이모 거였어요. 그렇지만 않았어도 진작 불태웠을 거예요."

"잠깐만, 내 정신 좀 봐. 잠깐만 있어봐요." 당신은 내 이모가 누구냐 묻는 대신 한 손을 펼쳐 보이며 주방으로 사라져 버렸다. 얼마 지나지 않아 당신은 탐스러운 복숭아 한 바구니를 들고 거실로 돌아왔다.

"냉장고에서 꺼내 놓고 잊고 있었어요. 같이 먹으려고 했는데."

태연자약하게 복숭아에 과도를 꽂는 당신을 보고 있으려니 헛웃음이 터져 나왔다. 사람을 무시하는 것도 정도껏이지, 난 당신이 보는 앞에서 대놓고 바구니를 쳐 바닥에 넘어뜨렸다. 그런데도 당신은 복숭아를 깎는 손길을 멈추지 않았다. 오히려 포크로 한 조각을 찍어 내게 건넸다.

"보아하니 며칠 굶은 꼴이라 그래요. 우린 앞날이 많이 남았잖아요. 먹을 수 있을 때 열심히 먹어둬야죠. 무슨 말인지 알죠?"

나는 당신의 노쇠한 얼굴을 힘껏 노려보았다. 탄력을 잃은 피부와 주름, 검버섯, 흰머리. 엄마와 이모는 끝내 가지지 못했던 노화의 증거.

우리의 앞날이 많이 남았다는 말의 의미를 나는 알고 있다.

문득 어린 시절이 떠올랐다. 엄마와 이모 그리고 나. 10평 남짓의 좁고 낡아빠진 빌라에서 셋이 모여 살던 시절이.

마지막 소풍이 떠오르는 것도 당연한 일이었다.

2

아마 봄이었겠지 싶다.

토끼풀과 냉이꽃, 제비꽃 따위의 알록달록한 들꽃이 지천에 깔리고 노랑나비와 방아깨비가 이리저리 돌아다니며 다섯 살 어린아이의 호기심을 자극하는 봄.

엄마의 무릎이 휠체어 각도에 딱 맞게 구부러지던 시절이었다. 우리는 어린이날을 맞이해 집 근처 공원으로 봄나들이를 나갔다. 엄마와 내가 입은 옷은 개나리색의 화사한 원피스. 엄마의 친구가 보내준 옷이었다. 나는 원피스에 풀물이 들든 말든 신경도 쓰지 않고 풀밭에 털썩 주저앉아 토끼풀 반지를 엮었다. 엄마에게 귀여운 꽃반지를 선물하고 싶었다.

지금 생각해도 엄마는 머리부터 발끝까지 이상한 사람이었지만, 그 시절 특히 이목을 끌었던 건 엄마의 손이었다. 돌덩이처럼 딱딱하고 냉장고 속 우유처럼 차가운 데다 움직일 때마다 끼익끼익 유리 긁히는 소리가 나던 엄마의 손. 엄마는 손목 돌리는 것도 힘들어했는데 그날 내가 끼워준 꽃반지는 이리저리 돌려 보기 바빴다.

"이것 좀 봐봐, 진짜 끝내준다! 어디 갖다 팔아도 되겠어. 우리 선아는 천재가 분명하다니까?"

우리 선아. 엄마는 항상 내 이름 앞에 '우리'라는 말을 덧붙이곤 했다. 그리고 그 '우리'에 속한 또 다른 누군가, 엄마의 휠체어 손잡이를 잡고 있던 이모는 냉랭한 목소리로 대꾸했다.

"그래. 잘 만들었네."

이모의 얼굴은 언제나처럼 차가웠다. 웃음기 하나 보이지 않았다.

엄마는 이모의 멀쩡한 손을 건너보고는 내게 부탁했다.

"우리 귀염둥이 선아, 이모 반지도 하나 만들어 주자. 엄마랑 이모랑 나란히 커플링 삼게."

내키지 않아도 엄마의 부탁이니까, 어린 나는 꽃반지를 하나 더 만들어 이모의 손가락에 끼웠다. 매사에 호들갑을 떠는 엄마와 달리 이모는 심드렁했다. "고마워." 이 한마디로 끝이었다.

엄마는 그날의 꽃반지를 코팅한 뒤 액자에 담았다. 안방 벽면을 가득 메운 내 사진들과 나란히 걸린 꽃반지는 납작하게 눌린 탓인지 볼썽사나웠지만, 괜찮았다. 일부러 형광등 불빛이 반사되는 위치에 걸어달라고 내가 떼를 썼으니까. 그러니 종일 침대에 누워 있는 엄마의 눈에는 나의 볼품없는 꽃반지가 희끗하게 보였을 것이다.

엄마는 내가 태어나기 전부터 아팠다. 신체 곳곳이 서서히 굳어가는 병을 앓았는데, 손가락과 발가락 같은 말단부터 시작해 팔다리를 거쳐 결국 심장까지 굳어버리는 불치병이었다. 내가 기억하는 엄마는 항상 휠체어 아니면 침대에 누워 있었다. 걷고 뛰고 춤을 추고 나를 업어주는 엄마는 상상 속에서나 존재했다.

그렇다면 이모는 어떤 사람이었나. 이모는 자신의 자매와 조카를 돌보는 사람이었다. 이모는 매일 엄마의 몸을 닦아주고 대소변을 받고 밥을 먹이고 텔레비전 채널을 바꾸고 엄마의 끝없는 수다에 가끔 짧게나마 대꾸했다. 동시에 매일 내가 먹을 밥을 차리고 준비물을 챙겨주고 학부모 모임에 참가했다. 무척 성가시고 힘들었을 텐데 이모의 표정은 한결같았다. 무정 무감. 희로애락이 전혀 묻어나지 않는 로봇의 얼굴.

그런 특이한 점을 모두 제거해도 우리 가족은 절대 평범하지 않았다. 내게는 아빠가 없었다. 삼촌과 고모는 물론 할머니와 할아버지도 없었다. 오로지 엄마와 이모뿐이었다. 내가 당연하게 여겼던 가족의 모습은 유치원과 초등학교를 거치며 당연하지 않은 것이 되었다. 초등학교 3학년 때 여름 방학 숙제로 가족 신문 만들기가 나온 적이 있었다. 선생님은 학급 게시판에 전시할 거라며 이왕이면 가족사진도 넣으면 좋겠다고 말했다. "반 친구들에게 가족을 소개하는 자리니까 더욱 신경 써야겠지?"

난 정말이지 그 숙제가 너무너무 싫었다. 주말에 부모님과 놀이공원을 갔다느니 할머니, 할아버지 집에서 수박을 먹었다느니 하는 반 친구들 사이서 나는 할 말이 별로 없었다. 엄마는 내내 아팠고, 이모는 로봇 같았다. 이런 와중에 가족 신문이라니. 다른 애들과 비교당할 걸 생각하니 머리가 쭈뼛 서고 눈물이 날 것 같았다. 엄마는 싫다는 나를 열심히 설득했다.

"신문은 만들자. 만들기만 하고 선생님께 내지는 않는 거야. 엄마랑 이모랑 우리 선아랑만 돌려보는 거지. 엄마는 우리 선아 숙제 훔쳐보는 게 낙인데 여름 방학 숙제 안 해주면 정말 심심해 죽을지도 몰라."

자기 몸 상태를 훤히 알면서 엄마는 가끔 그런 말을 썼다. "죽을지도 몰라." "이러다 죽겠다." 나는 어렸지만 죽음에 관한 막연한 공포는 있었다. 그러니 엄마의 입에서 나오는 "죽겠네" 소리는 언제나 효과가 좋았다. 나는 색종이와 반짝이 풀, 색모래까지 동원해 신문을 만들었다. 엄마와 나를 촬영한 가족사진도 대문짝만하게 출력해 실었다. 신문은 한동안 거실 벽을 반짝반짝 장식하다가 안방으로 자리를 옮겼다.

우리의 일상을 차지하던 소소한 기쁨과 즐거움은 오래가지 않았다. 초등학교 고학년이 되자마자 엄마의 병세가 급속도로 악화한 것이다. 어깨와 골반 관절이 굳어버린 엄마는 혼자 힘으로 움직일 수 없게 됐다. 목을 가누는 것만도 힘들어했다. 이모는 엄마를 위해 텔레비전을 천장으로 올렸고 종종 라디오도 틀어놓았다. 정작 엄마가 제일 좋아하는 건 텔레비전 드라마나 라디오 토크쇼가 아닌 나의 얘기였다. 그 무렵 나의 일과는 한결같았다. 하교 종이 치면 친구도 오락실도 분식집도 마다하고 일단 집으로 가서, 엄마와 함께 시간을 보냈다. 학교에서 있었던 일을 조잘조잘 얘기하면 엄마는 풀벌레 우는 소리를 옆구리에서 내며 웃곤 했다. 깔깔깔이나 하하하가 아닌, 찌르르르 찌르르르.

얼마나 청명하고 아름다운 소리였던지.

엄마의 웃음은 시간이 지나며 차츰 뜸해지고 작아졌다. 현관문이 열릴 때마다 좁은 집을 가득 울리던 우렁우렁한 목소리,

"우리 딸 왔어?"도 귀를 가까이 대지 않으면 들리지 않을 속삭임으로 바뀌었다.

언제부터 엄마는 눈꺼풀 깜박이는 것조차 버거워하게 되었을까.

필사적으로 나와 눈을 맞추기 위해 눈동자를 굴리고 입꼬리를 들어 올리는 엄마의 얼굴은 10년이 지난 지금까지 뇌리에 생생히 남아 있다.

엄마의 필사적인 미소를 본 뒤에야 나는 '엄마의 죽음'이 머지않았음을 깨달았다. 그리고 죽기 전까지 엄마는 아프고 아프며 아플 것이었다. 무서웠다. 중학교도 못 들어간 어린아이에겐 너무 뼈저린 깨달음이었지만 엄마의 몸뚱이는 내 사정은 조금도 봐주지 않았다. 그래도 나는 괜찮은 척했다. 희미하게 울리는 공기의 진동, 찌르르르 찌르르르 소리를 듣기 위해 엄마 앞에서 손발을 휘두르며 있는 얘기 없는 얘기를 지어냈다. 나의 필사적인 몸놀림과 거짓말 앞에서 엄마는 계속 미소 짓기만 했다. 그게 엄마의 최선임을 나는 누구보다 잘 알고 있었다.

이모가 곤히 자는 나를 깨워 일으킨 건 6학년 여름 방학이 오기도 전의 일이었다.

"일어나."

무슨 일이냐 물을 겨를도 없이 나는 팔이 붙들린 채 안방으로 끌려갔다. 엄마는 언제나처럼 목 끝까지 이불을 덮은 채 미동도 없이 누워 있었다. 쉴 새 없이 파르르 경련하는 눈꺼풀도 여전했다.

그러나 숨소리가 거의 들리지 않았다.

낯빛이 너무나 창백했다.

엄마의 죽음이 실체를 가지고 나를 덮쳤다. 이모가 나의 몸을 우악스레 엄마 쪽으로 밀쳤다.

"손잡아."

나는 덜덜 떨며 엄마의 장갑 낀 손을 잡았다가 깜짝 놀랐다. 그저 팔을 조금 비틀었을 뿐인데 엄마의 손이 장갑째 뽑혀버린 것이다. 내가 자지러지게 놀라 엉덩방아 찧는 소리에 엄마가 힘겹게 눈꺼풀을 열었다. 눈동자를 이리저리 굴리다가 내 손에 들린 당신의 손을 보며 희미한 웃음을 흘렸다.

"정말 이러기야? 너무 웃겨죽겠어… 역시 우리 선아는 남들 웃기는 재주가 있다니까…."

"나… 난 하나도 안 웃기거든? 엄마도 죽겠단 소리 그만해."

"그치만 엄마는… 우리 선아 얼굴만 봐도 웃겨죽겠는걸…. 이 참에 데뷔할까? 요즘도 그런 경연 프로그램 있나? 너무 옛날 일인가?"

"그런 거 안 나가. 엄마 진짜 싫어."

"알았어, 알았어…. 엄마가 미안해. 근데 농담 아니고 엄마 진짜… 죽겠다…."

"죽겠단 말 하지 말랬잖아. 계속 여기 있어."

"엄마도 그러고 싶은데 아무래도 힘들겠어…. 엄마가 우리 선아 정말 정말 사랑하는 거 알지?"

"나도 사랑해. 그러니까 죽지 말라고. 여기 있으라고."

나는 눈물을 펑펑 쏟으며 공포와 맞서 싸웠다. 침대로 올라가 엄마의 딱딱한 몸을 끌어안고 다시금 있는 얘기 없는 얘기를 지어내며 엄마의 반응을 이끌려 했다. 엄마의 찌르르르 소리는 안방에서 아주 느릿하게 흐르다가 이윽고 점차 조용히, 조용히, 사그라들었다.

엄마가 눈을 감자 안방은 나의 숨소리만 들리게 되었다.

이모는 더 슬퍼할 틈도 주지 않고 나를 엄마의 품에서 떨어트렸다. 이불을 엄마의 머리끝까지 올린 뒤 여기저기 전화를 돌렸다. 얼마 지나지 않아 검은 옷을 입은 조문객 한 무리가 집에 찾아왔다. 조문객이 거실과 안방을 드나드는 내내 나는 엄마 곁을 지키고 서서 그들을 힘껏 노려보았다. 낯가림 같은 게 아니었다. 나는 그들을 경계했다. 그럴 만한 이유가 있었다.

조문객들은 마치 거푸집으로 찍어 낸 것처럼 비슷한 외양과

똑같은 표정을 하고 있었다. 단정하게 뒤로 넘긴 머리칼, 흰 셔츠에 검은 정장, 일자 눈썹과 굳은 입매, 조금의 흔들림도 눈물도 없이 정면만 응시하는 두 눈. 그것은 이모의 모습이기도 했다. 무정 무감. 친애하는 누군가의 죽음에도 조금의 슬픔도 내비치지 않는, 평정을 끝없이 유지하며 차례대로 일을 처리하는 이모와 조문객의 모습에 나는 공포에 가까운 혐오감을 느꼈다. 끔찍했다. 이들이 엄마에게 나쁜 짓을 해버릴 것 같았다. 그러니 나라도 엄마 옆을 지켜야 했는데 열세 살 어린애에게 밤샘은 쉽지 않았다. 결국 까무룩 잠들었다가 눈을 떴을 때, 침대는 텅 비어 있었다. 집을 아무리 둘러봐도 조문객은커녕 이모도 보이지 않았다.

나는 씩씩대며 침대로 올라갔다. 울분에 차서 베개를 발로 차고 이불을 헤집는데, 무언가 딱딱한 것이 떨어지는 소리가 들렸다. 눈물을 훔치며 바닥으로 시선을 옮기니 투명하고 반짝이는 것이 눈길을 잡아끌었다. 다시 보니 그건 내 주먹만 한 유리 덩어리였다. 나는 유리 덩어리를 집어 들어 형광등 불빛에 비춰보았다. 유리의 각 면에서 다이아몬드처럼 아름다운 광채가 뿜어져 나왔다. 각도를 바꿀 때마다 이채로운 색이 나타났다 사라지는 게 마치 만화경 같았다. 침대 하나가 겨우 들어가는 좁은 방 안에 봄날의 꽃밭 같은 색채가 흐드러지게 피어났다.

나는 유리 덩어리를 챙겨 서랍 안에 숨겼다.

엄마가 나에게 남긴 마지막 선물이었다.

***

엄마가 아주 가버린 뒤에도 이모는 여전했다. 무덤덤한 얼굴로 나의 식사를 차려주고 준비물을 챙겨주고 학부모 모임에 참가했다. 이런저런 일을 처리한 뒤에는 정자세로 식탁 의자에 앉아 하릴없이 시간을 보내곤 했는데 그 모습이 딱 로봇 청소기의 대기 모드처럼 보였다. 사실은 일부러 그렇게 여기려 노력했다. 내 이모가 가족이 죽어도 눈물 한 방울 흘리지 않는 사이코패스인 것보다 감정 없는 가전제품인 쪽이 훨씬 마음 편했으니까. 일종의 방어기제였을지도 모른다. 성인이 될 때까지는 집을 벗어날 수 없으니 그렇게라도 무섭고 꺼림칙한 낌새를 웃어넘기려 했을는지도 모르겠다.

노력이 무색하게 이모의 비인간성은 나의 사춘기와 결합하며 상상도 하지 못한 방향으로 도드라졌다. 이모는 내가 시건방진 동급생과 싸움이 붙었을 때도, 친구들과 어울려 몰래 술을 마시다 경찰에게 걸렸을 때도, 심지어 한 살 많은 남자친구에게 뺨을 여러 차례 맞아 시퍼렇게 멍이 든 얼굴로 집에 들어왔을 때도 태연하게 굴었다. 일말의 감정도 느끼지 않는 얼굴로 동급생의 부모에게 사과했고, 경찰에게 날 신경 쓰겠다는 마음에도 없는 말을 건넸고, 남자친구를 학교폭력위원회에 신고했다. 그렇게 일을 처리하고 집에 돌아오면 내게는 한마디 말도 않고 식탁 앞에 앉아버리는 것이다. 그때마다 이모의 눈은 마치 카메라 렌즈 같았다. 어떠한 사고 판단이나 감정 없이 눈앞의 상대를 촬영하는, 묵묵히 본연의 기능에 충실한 카메라 렌즈.

사랑의 매라는 변명으로 주먹을 휘두르는 부모보다 나았을까?

끊임없이 압박하며 잔소리를 늘어놓는 부모보다는?

엄밀히 말해 이모가 나를 '학대'한 것은 아니었다. 때에 맞춰 갓 지은 밥과 갓 세탁한 옷을 내줬고, 용돈도 섭섭지 않게 챙겨 줬다. 학부모 참관 행사도 빠짐없이 참여했다. 그러나 이모는 단 한 번도 내 앞에서 웃지 않았다. 울지도 않았다. 살가운 농담이나 인사말도 없었고, 대화는 언제나 용건이 담긴 짧은 한두 마디로 끝냈다. 내가 바닥에 머리를 처박고 오열하든 대놓고 집에서 술을 마시든 세간살이를 내던지며 소리를 지르든 이모는 조금도 신경 쓰지 않았다. 잠깐의 포옹, 위로, 손을 잡고 머리를 쓸어주고 어깨를 툭툭 치는 수준의 스킨십마저 없었다.

따스한 말 한마디면 충분했을 텐데. 오늘 하루 어땠느냐고,

얼굴에 심통이 난 걸 보니 무슨 일이라도 있었겠냐고, 괜찮냐고, 걱정하지 말라고.

차라리 이모가 화를 냈더라면 어땠을까? 대체 왜 이러는 거냐고, 제발 정신 좀 차리라고, 내가 너 때문에 미쳐버리겠다고.

애정을 갈구하던 어린 마음은 사춘기 시절 반항심이 되었다가 고등학교를 졸업할 무렵에는 희미한 분노가 첨가된 체념으로 바뀌었다.

대학에 합격하자 기숙사에 들어간 나는 이모와 연락을 완전히 끊어버렸다. 간혹 생활비나 용돈이 통장에 들어와도 못 본 체하며 한 푼도 사용하지 않았다. 이모는 이번 방학에, 추석에, 주말에 집에 돌아올 거냐고 묻지 않았다. 나도 구태여 이번 방학에, 추석에, 주말에 못 갈 것 같다는 말을 하지 않았다. 주말과 휴일을 가리지 않고 아르바이트를 했기에 들를 틈이 없기도 했다. 2년을 그렇게 살았다. 서로를 없는 사람 셈 치며, 말 한마디 주고받지 않은 채로, 함께 시간을 보낸 적 없는 완전한 타인처럼.

그러던 와중에 남자친구가 사고를 치고 만 것이다.

로봇 청소기 같던 이모와 달리, 대학에서 만난 남자친구는 매사에 감정을 스스럼없이 드러내는 사람이었다. 잘 웃고 잘 삐지고 잘 화내고 잘 울었다. 가끔은 그런 성향이 곤혹스러웠고,

아주 가끔은 얼굴을 붉히며 내게 큰소리를 내고 손을 치켜들며 위협하기도 했지만, 나는 괜찮았다. 하루에도 수십 번 연락해 어디서 뭘 하고 있는지 물어보는 행태도 기껍게 느껴졌다. 그렇게나 집착할 만큼 나를 사랑하는구나. 나의 뇌는 그의 폭력성을 애정 어린 관심으로 받아들였다.

그날, 지인들과의 술자리에서도 남자친구는 자신의 솔직한 '성향'을 아낌없이 드러냈다. 대놓고 큰소리를 내다가 옆자리 손님과 시비가 붙었고, 싸움이 벌어졌고, 상대가 바닥에 넘어진 뒤에도 남자친구의 발길질은 멈추지 않았다. 그동안 상대의 척추는 부러져 회복 불가능한 하반신 마비의 영역으로 넘어가고 있었다.

남자친구의 집안은 합의금을 마련할 처지가 못 되었다.

내가 방치하다시피 했던 생활비와 용돈으로 해결할 수 있는 금액도 아니었다.

친구에게 손을 빌릴 수도 없었다. 남자친구 때문에 내 인간관계는 파탄 난 지 오래였다.

그런 이유로 나는 즐거운 나의 집, 스위트 홈으로 돌아갈 수밖에 없었던 것이다. 2년 만의 귀향이 이 모양 이 꼴이라니, 엄마가 알았다면 찌르르르 찌르르르 자지러지게 웃었을 텐데.

불치병에 걸린 환자 한 명과 가정주부 한 명, 세상 물정 모르는 학생 한 명. 직업을 가진 이가 아무도 없었지만 우리 가족은 나름 풍족하게 살았다. 냉장고는 언제나 신선한 식재료로 가득했고 옷이나 신발을 사라며 주는 용돈은 친구들의 두 배 수준이었다. 이모는 대체 어디서 그런 돈을 만들어 낸 걸까. 사실, 생각보다 우리 집은 부자였던 게 아닐까?

때마침 집은 비어 있었다. 나는 이때다 싶어 열심히 집을 뒤졌다. 현관 신발장부터 거실 장판 아래, 주방 싱크대, 화장실 찬장까지. 귀중품 숨기기 좋은 장소를 들쑤셔 봤지만 통장도 비상금도 보이지 않았다. 결국 나는 내키지 않는 마음으로 안방에 들어섰다. 엄마가 죽은 뒤에도 이모는 사진이 즐비한 벽을 비우지 않았고, 덕분에 난 엄마의 시선 아닌 시선을 받으며 장롱을 헤집는 불효녀가 되어 있었다. 마침내 속옷 사이서 고무줄로 묶은 1만 원짜리 지폐 한 뭉치를 찾았으나 기껏 30만 원 남짓이었다.

통장은 이디에 있으려나, 이리저리 둘러보던 나의 시신에 장롱 위 상자 더미가 눈에 띄었다. 식탁 의자를 밟고 올라가 샅샅이 훑으니 신발 상자와 다리미 상자 사이에 숨어 있던 보석함이 모습을 드러냈다. 이모가 자주 열어봤는지 보석함은 먼지 한 톨 쌓여 있지 않았다.

나는 냉큼 보석함을 열었다가 하마터면 의자에서 떨어질 뻔했다. 팔뚝만 한 곤충 두 마리가 벨벳 천 위에 자리하고 있었던 것이다. 다시 보니 그것은 섬세하게 세공한 곤충 모양 크리스털이었다. 메뚜기 같기도 하고 하늘소 같기도 한, 각각 세 쌍의 두툼한 다리를 가지런히 모아 옆으로 누워 있는, 아래 깔린 자주색 벨벳이 흐릿하게 비쳐 보이는 곤충 보석.

나는 곤충 보석을 집어 형광등 불빛에 비춰봤다. 비어버린 몸체 안이 빛을 받아 오색찬란하게 반짝였다. 그 빛깔이 이상하게 눈에 익었다. 어디서 본 것도 같은데.

나는 기숙사 책상에 두고 온 엄마의 유리 덩어리를 끝내 떠올리지 못하고 곤충 보석을 보석함에 넣어 챙겼다. 크기로 보아 인공 보석이겠지만 아주 값어치가 없지는 않을 것이었다. 집에서 제일 가까운 금은방은 걸어서 5분 거리였다. 금은방 주인은 내가 곤충 보석을 내밀자마자 난색을 보였다. 할머니께 물려받았다는 거짓말에도 순순히 넘어가지 않고 내 신분증부터 요구했다. 나는 학생증을 건넨 뒤 잠자코 감정이 끝나길 기다렸다. 10분 뒤, 보석의 정체가 밝혀지는 대신 불청객이 난입했다. 이모가 금은방 문을 열고 나타난 것이다.

이모가 주인에게서 곤충 보석을 돌려받는 사이, 나는 아무 말도 못 하고 바닥만 내려다보았다. 너무 창피하고 부끄러워 얼굴에 열이 올랐다. 이제 어떡하나 고개를 드니 곤충 보석을 조심스레 쓰다듬는 이모가 눈에 들어왔다. 언제나 목석 같던 이모가 마치 갓난아기를 대하는 것처럼 보석을 어루만지고 있었다. 이모의 두 눈에 아주 살짝, 열이 오른 것 같기도 했다.

그래도 훈계는 없었다. 쓴소리도 없었다. 이모는 무감한 얼굴로 금은방 주인에게 고개를 숙였다. 카메라 렌즈 같은 시선으로 나를 바라보았다.

"나중에 연락할게. 지금은 기숙사로 돌아가."

다음 날, 지금껏 본 적 없는 액수의 돈이 통장에 들어왔다. 남자친구의 합의금을 마련하고도 남을 돈이었다. 난 대놓고 기뻐할 수 없었다. 이만한 거액을 받았으니 이모의 연락을 무시할 수는 없는 노릇이었다. 불안하고 혼란스러운 나날이 흐르고 흘러 마침내, 이른 아침 이모가 전화를 걸어왔다. "여보세요?"까지는 평소 같았으나, 이어지는 목소리는 그렇지 않았다.

"김선아! 내가 정말 너 때문에 쪽팔려 미치겠다. 돈이 필요하면 얘기를 해야지, 없어 보이게 도둑질이 뭐야, 도둑질이!"

온몸에 소름이 확 돋았다. 이 사람은 누구지?

로봇 청소기는 어디 가고, 왜 낯선 아줌마가 이모 행세를 하고 있는 거지?

이모는 내 대답을 기다리지 않고 계속해서 말을 퍼부었다.

"이미 빌라에 소문 싹 돌았어. 다들 네 얘기만 한다고! 하…

아무튼 내일 점심이나 비워둬. 같이 밥이나 먹게. 이왕이면 젓가락질 안 하는 데로 골라라. 내가 요즘 손이 뻐근해서 미치겠다. 이것도 너 때문인 거 알아? 됐다, 됐어. 그냥 얼굴 보고 얘기 듣는 게 속이 훨씬 시원하겠다. 밥 어디서 먹을지 제대로 골라! 형편없는 곳이면 절대 가만 안 둬.”

통화가 끝난 뒤에도 이모의 짜증 섞인 목소리는 귓속에 박혀 사라지지 않았다. 그것은 사람의 목소리였다. 희로애락을 모두 알고 있는 산 사람의 목소리였다.

“나온다고 한 지 1시간은 더 되었겠다. 코앞에서 살면서 왜 이렇게 늦어?”

학교 앞에서 마주한 이모는 아예 다른 사람이었다. 언제나 하나로 묶었던 검은 머리칼은 미용실이라도 다녀왔는지 컬이 완벽하게 살아 있었고, 유니폼 같던 무채색 셔츠는 어디 가고 개나리색 원피스의 치맛자락이 허리 아래서 살랑살랑 흔들렸다. 화장기 없이 푸석하던 얼굴은 지나치다 싶을 정도로 화려했다. 이모는 쭈뼛대는 나를 보고는 오만상을 찌푸렸다. 이상하게 휘청대는 걸음걸이로 다가와 내 머리 위로 손을 올렸다.

때리려나? 하기야 한 대 맞아도 이상할 것 없는 짓을 저질렀다만, 남들 다 보는 앞인데? 그럼에도 나는 까닭 모를 기대감으로 몸을 떨었다. 드디어?

그러나 이모는 내 머리를 한 대 치는 대신 손가락을 세워 내 머리칼을 빗겨줬다.

"너 머리가 이게 뭐야. 아무리 학교에서만 지내도 사람 꼴은 해야 할 것 아니야."

짜증과 관심 섞인 한마디에 나는 퍼뜩 정신을 차렸다.

"갑자기 왜 이래? 말투도 그렇고 입은 옷도 그렇고, 정신 나갔어?"

"오랜만에 차려입었더니만 뭐? 정신이 나가? 난 원래 이런 사람이었어. 오히려 지금이 제정신인 거고. 됐어. 이제라도 신경 써주려고 했더니만 이 지랄인데 내가 뭔 말을 더 하겠냐. 밥이나 먹으러 가자. 배고파 미치겠다."

나는 경계를 멈추지 않으며 이모를 식당으로 데려갔다. 손이 불편하다는 게 빈말이 아니었는지, 이모는 밥을 먹는 내내 손을 세대로 가누지 못했다. 연신 물컵을 엎지르고 숟가락을 떨어드렸다. 그런데도 이모는 자기 몫의 밥을 열심히 먹어치웠다. 정작 나는 반절도 먹지 못하고 젓가락을 내려놓았다. 엄마가 오래 살지 못하리라는 걸 깨달았을 때와 비슷한 예감이 머릿속을 가득 메웠다. 식사를 마치고 카페로 자리를 옮기며 예감은 확신으로 변했다. 이모는 몇 칸 되지 않는 계단조차 제대로 오르지 못했다. 나의 부축을 받은 뒤에야 겨우 발을 떼어 계단에 얹었다.

나는 묻지 않을 수 없었다.

"왜 다리를 절어? 손은 또 왜 그러는데."

커피잔을 사이에 둔 내내 집 인테리어를 갈았다느니 옷을 너무 사서 장롱이 미어터졌다느니 말을 늘어놓던 이모가 입을 다물었다. 카메라 렌즈가 아닌 산 사람의 눈으로 나를 보더니 갑자기 웃음을 흘렸다. 찌르르르 찌르르르. 뒷자리 손님이 풀벌레 소리를 듣고 두리번거렸다.

"언제 물어보나 했다. 하긴 너 보기에도 내 꼴이 이상하지? 나도 그래. 몇십 년 만에 말짱해진 거라 좀 얼떨떨하다?"

"말 돌리지 마. 어디 아파? 왜 갑자기 그러는데."

"당연히 아프지. 삭신이 죄다 쑤시는 게 진통제를 퍼부어도 소용이 없어. 그래도 직접 얼굴 보고 말하는 게 나을 것 같아서."

"뭘?"

"네가 훔쳤던 그거, 정체가 뭔지 궁금하지 않아? 왜 금은방 사장님이 나한테 연락했는지도 모르겠지?"

나는 차마 그렇다고 대답하지 못했다. 한 모금도 마시지 못한 커피잔만 들여다보았다.

"슬슬 우리에 관해 말해줄 때가 되었다고 생각은 했었어. 나도 오래는 못 살 테니. 네가 성인이 되면 얘기하려고 했는데 알다시피 내가 좋은 가족은 아니었잖냐. 너도 좋은 딸내미는 못 되었고. 네가 나 때문에 속앓이하는 거 뻔히 보이는데 구구절절 더 얘기해 봤자 이미 사이가 틀어진 마당에 뭔 소용이 있겠나 싶더라고. 그래서 나중에 얘기하자고 계속 미뤘는데… 네가 그런 사고를 쳐준 덕에 정신이 팍 들더라. 더는 피할 수 없다는 걸 알았어.”

나는 이모가 무슨 말을 하는지 한마디도 알아들을 수 없었다. 몸이 왜 아픈 건지, 고칠 방법이 있기나 하는 건지, 그리고 20년 만에 제정신이 되었다는 건 또 무슨 뜻인지 질문할 게 산더미 같았지만 내 신경을 건드린 말은 따로 있었다.

“이모가 말하는 ‘우리’에 나는 포함이 안 돼?”

“그래. 넌 아니야.”

“그러면 엄마는?”

“네 엄마는 고생을 사서 하는 편이었어. 우리 중에서 제일 아픈 축에 속했지.”

“그러면 이모도 엄마랑 같은 이유로 아픈 거야? 이거 무슨 유전병 같은 거야?”

“비슷해.”

“하지만 난 안 아프잖아.”

나는 이렇게 말해놓고 눈을 질끈 감았다. 절대 인정하고 싶지 않은 깨달음이 뇌리를 파고들었다.

"나… 엄마의 친자식이 아니야?"

이모는 길게 한숨을 내쉬었다.

"그래."

나는 울지 않으려 부단히 노력했다. 뻔뻔스레 구는 이모 앞에서 눈물 한 방울 보여주고 싶지 않았다. 그 순간 나의 손등 위로 이모의 손이 올라왔다. 내 손을 쥐고 싶은 눈치지만 숟가락도 제대로 못 쥐는 사람에겐 너무 버거운 일이었다.

"비록 친자식이 아니래도 네 엄마는 널 정말 정말 사랑했어. 그건 진짜야."

나는 급하게 코를 들이켰다. 그런 거야 당연히 알고 있었지만, 상처는 피할 수 없었다.

"아무튼 네 엄마 포함해서 '우리'에 관해 죄다 털어놓고 싶은데 네가 믿어줄지가 의문이다. 내가 들어도 개소리 같긴 하거든. 네가 더 상처받는 것도 싫고 말이야. 그러니까 선택지를 줄게. 그럴싸한 거짓말을 섞어서 말할까, 아니면 솔직하게 말해줄까?"

나는 다른 선택지를 원했다. 아무것도 듣지 않고 당장 이 자리를 벗어나 기숙사로 돌아가는 것이다. 돌아가서 베개에 얼굴을 박은 채 엄마를 원망하고 이모를 욕하며 울다가 숨이 막혀 죽어버리고 싶었다. 모두 못 들은 셈 칠 수는 없는 걸까, 연락 한 번 하지 않고 지내던 예전처럼 돌아갈 수만 있다면….

하지만 이모가 아프다.

엄마와 같은 이유라면 오래 살지 못할 것이다.

나는 내 발이 지레 겁먹고 움직이기 전에 먼저 입을 열었다.

"그럼 말해봐. 대체 뭘 숨기고 있는 건지 당장 말을 해보라고."

그래서 이모는 말했다. 엄마와 이모의 고향에 관하여.

노랗고 푸른 초목이 대지에 융단처럼 깔려 있던 고향 '행성'에 관하여.

그 고향에 들불처럼 번진 어떤 병에 관하여.

지구에서는 품질 낮은 인공 다이아몬드 따위로 취급되는 보석에 관하여.

아무도 살 수 없게 초토화된 모성을 떠날 때의 참담함과 지구로 향하는 이민선에서 어떤 고초를 겪어야 했는지도.

이모는 어색한 손짓을 곁들이며 이야기했다. 엄마와 이모의 아이, 나의 언니 혹은 오빠가 되었을지 몰랐을 형제자매가 어떻게 죽었는지도 이야기했다. 나의 언니 혹은 오빠는 알에서 깨어나 덜 자란 날개를 비비기도 전에 세 쌍의 팔다리가 먼저 굳어버렸다고 한다. 여느 아기들처럼 칭얼거릴 새도 없이 증상이 전신으로 번졌고, 사흘이 지났을 무렵 심장까지 영롱하게 굳어버리며 완전히 숨이 끊어졌다면서. 그때를 생각하니 더듬이와 날개에 불이 붙은 것마냥 머리와 가슴마디가 화끈댄다고 이모는 이야기했다. 비명이라도 지르면 나아질까 싶지만 그건 가게에 민폐니까 참겠다고 쓴웃음을 흘렸다. 찌르르르 찌르르르.

"정작 그때는 별로 힘들지 않았어. 감정을 죽이는 약을 먹고 있었거든. 그래서 슬퍼도 슬픈 줄을 몰랐지."

그 약은 지금도 이모의 가방에 약통째 들어 있었다.

"고작 일주일 안 먹었다고 이 모양 이 꼴이야. 그래도 이 얘기를 꺼낼 때만큼은 제정신이고 싶었으니 어쩔 수 없지."

나는 할 말을 잃고 멍하니 이모를, 사람의 형상을 띠고 있지만 결코 사람은 아닌 이모를 바라보았다.

이모는 애환과 추억에 젖은 눈으로 먼 곳을 응시하고 있었다. 커피잔이 바닥을 드러내고 창밖 풍경이 어두워질 때까지, 이모는 쉬지 않고 끊임없이 계속해서 말을 이어나갔다.

3

우울한 분위기를 잠시 환기할 필요가 있겠다.

그러니 잠깐 당신 책에 관해 얘기해 보자.

『이 반짝임을 당신께』의 줄거리는 이러하다. 은행에서 일하는 도시 남자가 재봉사로 일하는 시골 여자를 보자마자 사랑에 빠진다. 여자는 무척 냉정하고 조용한 성격이지만 남자의 애정 공세에 감화되어 마음을 열기 시작한다. 그러나 연인 앞에 펼쳐진 건 꽃가루 흩뿌려진 결혼식 융단이 아니라 송곳처럼 날카로운 가시밭길이었다. 당신의 책에서 눈여겨볼 지점은 쓸모없는 연애담이 지난 뒤다. 오랜 만남 끝에 남자는 여자와 처음 만났던 연꽃 공원에서 청혼한다. 때는 바야흐로 초여름, 무수한 연꽃 봉오리가 질퍽대는 진흙 사이로 고개를 내미는 계절이다. 남자의 기대와 달리 여자는 반지를 보며 울 것 같은 표정을 짓는다. 한참을 망설인 끝에 말할 게 있다며 여자는 남자에게 이야기를 들려준다.

이모가 나에게 그랬던 것처럼.

시골 여자의 고백을 추려 내자면 다음과 같다.

"내 고향은 과수원과 논밭 말고는 아무것도 없는 곳이었어. 널리고 널린 농촌 마을이었지. 강줄기 하나가 마을을 가로질러 흘렀는데 무척 넓어서 보기가 좋았어. 아무리 모진 가뭄이 들어도 그 강은 마르는 법이 없어서 모두가 거기서 물을 길어다 썼지. 밥을 지어 먹고 국을 끓이고 목욕을 하고 논밭에 물을 대고. 우리에겐 젖줄이나 다름없었어. 그런데 어느 날 강 상류에 화학 공장이 생겼어. 다들 좋아했어. 젊은이들이 도시로 빠져나가던 참이었거든. 공장이 들어서며 일자리가 생기고 이주민이 늘어나 아기 우는 소리가 그칠 날이 없었어. 노친네뿐이던 마을이 활기를 되찾은 거야. 딱 반년 동안만.

…처음엔 별거 아니라고 생각했어. 밭일하다 보면 관절염은 따라오니까. 근데 통증이 점점 심해지다 못해 전신으로 번지는 거야. 그제야 사람들도 알아챘지. 뭔가 끔찍한 일이 벌어지고 있다는 걸.

첫 사망자는 조카였어.

언니와 형부의 관절에 약이랍시고 으깬 꽃과 잎사귀를 붙여주던 애가 갑자기 죽은 거야. 장례식에 갔는데 언니와 형부가 그러더라. 애가 아프다고 울부짖을 때마다 이상한 증상이 심해지더니 갑자기 가버렸다고. 시신을 본 뒤에야 그 증상이 뭔지 알았어. 조카의 팔과 다리가 마치 보석처럼 영롱하고 투명하게 굳어 있었거든.

줄줄이 죽어나갔어. 가족에서 가족으로, 이웃에서 이웃으로, 몸이 보석처럼 변하는 증상이 들불처럼 번졌어. 나중에야 원인이 밝혀졌지. 공장에서 자기네 폐기물을 몰래 강에 내버렸던 거야. 그 폐기물에서 흘러나온 화학 물질이 뇌로 올라가서, 세로토닌이나 엔도르핀 같은 감정 호르몬과 결합해 새로운 독소를 만들어 낸 거지. 독소는 뇌에서 손발 같은 말단으로 내려가서 쌓이고는 사람의 몸을 크리스털 비슷한 광물로 바꿔버렸고 말이야. 왜 사람들이 갑자기 줄줄이 죽어나갔는지 이해가 되너라. 감정은 전염되니까, 가족과 친구를 애도하고 그리워하는 마음이 우리를 죽이고 있었던 거지.

아이들이 특히 취약했어. 한번 울면 멈출 줄을 모르잖아.

의외로 공장은 순순히 자기 잘못을 인정했어. 은폐하기엔 피해 규모가 너무 컸거든. 하지만 몸에서 화학 물질이나 독소를 완전히 제거할 방법은 없었어. 그래서 공장은 감정 호르몬의 분비를 억제할 수 있도록 뇌의 감정 중추를 마비시키는 약을 만들어 우리에게 뿌렸어. 그걸 먹으니 증상이 더 악화되지는 않았지.

강은 되살리지 못했어. 너무 심하게 오염되어 방법이 없었어. 공장은 보상금 내줄 틈도 없이 파산해 버렸고 말이야. 그래서 우린 가족이었던 이들의 몸을 팔아 마을 밖으로 이주할 수밖에 없었어. 싸구려 광물이래도 부피가 크니 돈이 꽤 되었거든. 그래봤자 오래 못 살 시한부 인생인 건 바뀌지 않지만.

사실 당신을 만나면서 약을 조절해 먹고 있었어. 날 좋아한다는 사람 앞에서 더는 정색하고 싶지 않았거든. 당신과 함께 울고 웃으며 시간을 보내고 싶었어. 이대로면 얼마나 살 수 있을지 모르겠어. 1년 아니면 2년? 그런데 당신은 그걸 모두 감당할 수 있어? 24시간 내 옆에 붙어서 똥오줌 받으며 병 수발을 들 수 있어? 간병인을 따로 두는 건 안 돼. 소문이 돌면 누군가는 우리 몸을 노리려고 들 거야. 보석 같지도 않은 걸 차지하겠다고 말이야. 그러니 나는 혼자 죽을게. 당신은 나와 묶이지 말고 당신 원하는 대로 살아.”

남자는 여자의 고백에 놀라지 않는다. 그저 남은 생을 함께 할 방법을 궁리할 뿐이다. 긴 고민 끝에 남자는 여자에게 제안

한다.

"그러면 일주일에 엿새는 약을 먹고 남은 하루만 나를 사랑해 줘요. 그 하루의 사랑으로 나는 남은 나날을 견딜 수 있어요."

당신은 책에 이렇게 썼다. 여자가 남자의 제안을 받아들인 순간, 주변의 연꽃 봉오리가 일제히 개화하며 온 사방에 찬란하고 아름다운 색채를 흩뿌렸다고. 흐드러지게 피어난 연꽃을 보며 여자는 자신의 몸이 실시간으로 굳어가는 것을 느꼈다고. 도파민, 세로토닌, 엔도르핀 같은 행복과 연관된 호르몬이 폭발하듯 분비되는 것을 온몸으로 실감했다고. 그 순간 여자는 자신의 느리고 비참한 죽음을 예감했다. 그럼에도 여자는 다시 생각해 보겠다는 말 따위는 하지 않았다.

당신이 책에서 보석병이라 일컬은 이 증상은 이모가 내게 말해준 병과 매우 흡사했다. 감정의 영향을 받아 악화하는 공해병, 말난 부위부터 보석처럼 굳어가는 광물화, 삼성 중추를 마비시켜 병세를 늦추는 약, 제대로 된 보상도 받지 못하고 고향을 떠날 수밖에 없었던 무정 무감한 얼굴의 사람들.

외계 행성에서 시골 동네로 이야기의 배경이 바뀌었을 뿐이었다. 당신은 고작 그 정도로 사람들 눈을, 나를 속일 수 있다고 생각한 걸까.

책에는 이런 문장도 있었다. 말라비틀어진 진흙에 물을 붓자 그 안에 숨어 있던 연밥에 싹이 텄고, 이윽고 진흙 너머로 무성한 초록이 고개를 내밀더니 결국 아름드리 연꽃으로 피어났다고, 그렇게 물을 한번 맛본 연꽃은 다시는 메마른 상태로 돌아가지 않겠노라 결심했다고.

엄마도 갓난아기인 나를 보고 그렇게 생각했을까.

***

나는 겨울에 태어났다고 이모는 이야기했다.

일주일간 평균 기온이 영하 15도에 육박하고 동파하지 않은 집을 찾기가 더 어려운 수준의 추운 겨울이었다고.

서울고속버스터미널은 거대한 몸집에 어울리지 않게 방한이 허술했다. 곳곳에 설치된 온풍기가 덥고 건조한 바람을 내뿜어도 조금만 멀어지면 허연 입김이 사방에 퍼져 나갔다. 엄마와 이모는 한국에 먼저 정착한 고향 친구를 만나고 집으로 돌아가는 길이었다. 마음 같아서는 지구에 내리자마자 만나고 싶었지만, 외관을 지구인처럼 성형하는 수술의 후유증이 극심해 한 달을 내리 누워 있어야 했다고, 그래서 제일 추운 날 나가게 되었다고 이모는 이야기했다. 이번 외출은 둘에게 첫 지구 탐방이

나 다름없었다. 그리고 엄마는 첫 탐방에서 상상도 못 할 것을 전리품으로 획득했다.

터미널 화장실에 다녀온 엄마는 변기에 이상한 게 들어 있었다며, 머플러로 감싼 무언가를 이모에게 보여주었다.

그것은 탯줄조차 떨어지지 않은 무언가의 새끼였다.

이모는 새끼를 경찰서에 넘기려 했으나 엄마가 그것을 놓지 않았다. "며칠만 데리고 있자. 신기해서 그래." 무심한 얼굴과 달리 엄마의 입에서 나온 말에는 온기와 호기심이 서려 있었다고 이모는 말했다.

"사실 신기하다고 느껴서도 안 되는 거였어. 네 엄마는 딴 사람들에 비해 약발이 덜 들었나 싶기도 하다."

집에서 조사해 보니 그것은 다름 아닌 지구인 새끼였다. 엄마의 불붙은 호기심은 '며칠만'의 정의를 일주일에서 한 달, 세 달로 바꾸어 나갔다. 브로커가 그들에게 내준 빌라가 금세 아기 용품에 점령당했다. 여길 보면 기저귀, 저길 보면 젖병, 위를 보면 모빌, 아래를 보면 분유 한 무더기. 이모는 더 유예할 수 없었다. 우리 상황에 지구인의 새끼를 키우는 건 위험하다며 엄마에게서 새끼를 빼앗아 들었다. 포동포동 살이 오른 지구인 새끼가 악을 지르며 울음을 터뜨렸고 엄마는 그때….

"울었어. 나 몰래 약을 끊었던 거야. 왜냐면 내 고향이든 여기

든 갓 태어난 것들은 보호자를 따라 하거든. 어린 것의 웃는 얼굴을 보고 싶으면, 내가 먼저 웃어야 하지."

엄마는 이모 앞에서 가면을 벗어던졌다. 더는 이렇게 살 수 없다고 말했다.

"더는 내 감정을 모르는 척 아무것도 못 느끼는 척 살고 싶지 않아. 그냥 이대로 울고 웃고 즐기고 화내면서, 원래의 내 모습대로 살고 싶다고. 사랑하고 싶고, 사랑받고 싶어. 그러니 제발 데려가지 마. 내게서 새로이 사랑할 기회를 뺏어 가지 마."

엄마의 우는 얼굴을 보며 이모는 차마 안 된다고 말할 수 없었다.

"나도 약을 끊어서 서로 감정을 나눌 수 있었다면 상황이 달라졌을 거야. 애를 키우겠단 소리는 하지도 않았겠지. 하지만 그건 우리 둘 다 망하는 짓이란 걸 나도 네 엄마도 잘 알고 있었어. 이제 와 애를 버리라고 할 수도 없는 노릇이었고. 네 엄마가 그렇게나 절실히 무언가를 바란 건 처음이었거든."

그렇게 이름 없던 지구인 새끼는 엄마가 누구보다 사랑하고 사랑했던 '우리 선아'가 되었다.

말을 끝마친 이모는 의자 등받이에 기대고 눈을 감았다. 나는 손끝만 내려다보며 지난 이야기를 곱씹었다. 머릿속으로 인과관계를 정리하고 나니 공연히 화가 들끓었다. 웃기게도 난 엄마와 이모가 외계인이란 사실보다, 두 사람이 지금껏 날 감쪽같이 속였다는 사실에 더 화가 났다. 친자식이 아니란 말에 막연히 보육원에서 입양했겠거니 싶었는데 실은 그보다 더 복잡한 사정이 숨어 있던 것이다.

들끓는 분노는 이모의 쉴 새 없이 경련하는 손을 보자마자 허무하게 사라져 버렸다. 이모는 '우리'의 생김새를 메뚜기 따위의 곤충으로 비유했다. 말랑한 피부 대신 딱딱한 회색 외골격이 있고, 둥글고 또렷한 두 개의 눈 대신 수억 개의 겹눈이 자리한, 어떻게 보아도 지구인과 현저히 다른 몸을 가졌'었'다고. 그러니 눈앞의 상대가 꺼림칙하고 이질적으로 느껴져야 마땅한데, 이상하게 코가 시큰거렸다. 눈에 열이 올랐다.

"약 안 먹을 거야?"

"글쎄다. 마음 같아서는 며칠은 더 제정신으로 있고 싶은데 걷기도 힘들어서 안 되겠다. 약을 갑자기 끊어서 그린가, 훅 인 좋아지네."

"그럼 지금 먹어. 나 보는 앞에서 먹으라고, 당장."

이모는 불만스레 눈알을 굴리면서도 순순히 약을 먹었다. 나는 이모의 목울대가 넘어가는 것을 확인한 뒤 몸을 일으켰다. 과제 핑계를 대고 빠져나가려는 걸 이모가 불러 세웠다.

"너 집에 한번 들러라. 내가 보내준 거 한두 푼 아니었잖아, 양심 있으면 가끔 집에 얼굴이라도 비춰줘, 사람 걱정하게 만들지 말고."

이모야말로 양심 없다고 말하려다 나는 입을 다물었다. 이모의 얼굴에서 짜증과 피로가, 감정을 알아채게 만드는 요소가 서서히 사라지고 있었다. 치켜올린 눈썹이 제자리로 돌아간다. 입꼬리가 내려간다. 두 눈의 총기가 사라지면서 카메라 렌즈가 덧씌워진다. 나는 차마 더 볼 수 없어 빠른 걸음으로 카페를 나섰다.

이모는 잘 들어갔냐는 연락 따위 하지 않았다, 언제나처럼.

한동안 같은 꿈에 시달렸다.

메뚜기인지 여치인지 방아깨비인지 모를 거대한 곤충이 어린 나를 품에 안아 들고 분유를 먹이는 꿈이었다.

수억 개의 겹눈이 나를 바라보았다. 더듬이가 모빌처럼 어지러이 흔들리고, 송곳처럼 딱딱하고 날카로운 앞발이 어린 나의 뺨을 어루만졌다. 중간 발은 나의 기저귀를 갈았다. 옆구리 근처, 날개 아래서 귀에 익은 소리가 흘러나왔다. 찌르르르 찌르르르. 곤충은 나를 안아 든 채 걷고 뛰고 몸을 낮췄다가 높이 점프하고, 가끔은 춤을 추기도 했다. 찌르르르 찌르르르. 곤충은 나를 하늘 높이 들어 올린 채 빙글빙글 돌고 또 돌았다. 어디도 아프지 않은 사람처럼 자유롭게 몸을 움직였다.

일어날 때마다 눈물이 흐르고 비명이 나올 것 같았지만 악몽이 아니었다. 건강한 엄마가 나오는 꿈인데 어떻게 악몽일 수가 있나.

집에 들르기까지는 한 달 가까이 걸렸다. 연락도 없이 방문한 탓인지 이모는 보이지 않았다. 나는 집 곳곳을 기웃대다 안방으로 들어갔다. 기억 속 엄마와 비슷하게 커진 몸집으로 침대에 누우니, 사진과 기념품이 즐비한 벽이 한눈에 들어왔다. 나는 사진들이 찍힌 시기를 가늠하다가 새삼 깨달았다. 나를 집에 데려오며 엄마의 병은 급속도로 악화됐다. 카메라 셔터를 누르는 일은 엄두도 내지 못했을 테다. 그러니 저 무수한 사진을 찍었던 이는….

이모는 저녁 늦게 돌아왔다. 나를 보고도 반가운 기색 한번 보이지 않았다.

나는 이모에게 사신이 너 있느냐고 물었다. 이모는 고개를 끄덕이고는 보석함 옆 신발 상자를 꺼냈다. 액자에 넣기는 애매한 사진들 아래 낡은 디지털카메라가 놓여 있었다.

"영상을 찍어놨어." 이모는 메모리 칩을 빼서 내게 건넸다. "우리가 마지막으로 나갔을 때."

나와 이모는 침대에 나란히 앉아 함께 영상을 보았다. 토끼풀과 냉이꽃, 제비꽃 따위의 알록달록한 들꽃이 지천에 깔리고 노랑나비와 방아깨비가 이리저리 돌아다니며 다섯 살 어린아이의 호기심을 자극하는 봄. 휠체어에 앉아 찌르르르 찌르르르 웃는 엄마와 풀숲에서 마구 뛰어다니다 넘어지는 어린 나. 그리고 꽃반지.

이모는 영상이 끝난 뒤 담담한 목소리로 말했다.

"널 미워하게 될 줄 알았어. 네 엄마 때문에라도."

"아니었어?"

"아니었어. 약 기운 핑계가 아니라, 그냥 미워할 수 없었어."

나는 남자친구에게 돈을 보내는 대신 연락처를 차단했다. 얼마 뒤 그가 합의에 실패하고 징역형을 받았다는 소식을 들었다.

집에는 가끔 들르게 되었다. 한 달에 두어 번 정도. 밥만 먹고 돌아오기 일쑤였지만 아무것도 모르던 시절보다는 훨씬 나았다. 이모의 침묵과 무관심은 여전히 쓰라렸으나 아주 고깝지는 않았다. 그냥 이대로, 지금 같은 간격을 유지하면서 지낼 수만 있기를 내심 바랐다.

그러나 죽음의 종류엔 병사病死만 있는 게 아니었다.

4

기말고사를 보던 중 조교가 나를 찾아왔다. 시험 때문에 무음으로 돌린 핸드폰에 이모가 남긴 부재중 전화가 가득했다. 황급히 강의실을 나가며 이모에게 전화하니 낯선 남자가 대신 전화를 받았다. 그는 다급한 목소리로 말했다.

"집으로 와라, 지금 당장."

집에 돌아가니 10년 전과 별다른 것 없는 풍경이 나를 기다리고 있었다.

거실에 모여 선 무정 무감한 얼굴들, 활짝 열린 안방 문, 침대에 누워 있는 누군가는 머리끝까지 이불을 덮고 있었다. 그리고….

"이모는요?"

모두의 시선이 일제히 침대로 향했다.

다리에 힘이 풀려 휘청대는 나를 조문객 한 명이 식탁 의자에 앉혔다. 그들 사이서 이모를 찾으려 했으나 보이지 않았다. "이모?" 대답 없는 물음이 거실 위를 떠다녔다. "이모 어딨냐고요. 여기 없어요?"

계단참에 널브러진 채 죽어 있던 이모를 발견한 이는 빌라의 건물주이자 입국 브로커인 송 씨였다. 나더러 얼른 집으로 오라고 연락한 사람이기도 했다.

"저 인간들 피는 물 같아서 색도 없고 냄새도 안 난다. 그래서 처음엔 죽은 줄도 몰랐다. 그냥 기절한 줄 알았어. 근데 다시 보니 계단참이 흥건히 젖어 있더라."

나는 발도 불편하면서 조심하지 않고 계단을 오르내린 이모의 부주의함을 원망했다. 그리고 이모가 너무 오래 아프지 않았기만을 바랐다. 그리고 이모의 차고 영롱하게 굳어버린 손끝을 보며 울고 싶었다. 숨도 못 쉴 정도로 오열하고 싶었다. 그러나 눈을 감은 이모의 얼굴이 너무도 단정해서, 죽은 사람처럼 보이지 않아서, 나는 눈물 한 방울 흘리지 못하고 계속 얼떨떨한 상태로 앉아만 있었다.

수많은 감정에 휩쓸린 나를 대신해 조문객과 브로커가 장례를 진행했다. 난생처음 듣는 언어를 읊으며 이모의 주변을 맴돌았다. 낮은 음색의 찌르르르 소리가 안방을 가득 메웠다. 나는 기절하듯 까무룩 잠들었다가 깨어나기를 반복하며 그들의 얼굴을, 약으로 마비되어 찡그리는 것조차 허락되지 않은 이목구비를 눈에 담았다. 엄마가 죽었을 때도 저들은 이런 방식으로 애도하고 싶었을 것이다. 하지만 나 때문에 아무것도 못 한 거겠지.

어린 시절 막연히 느꼈던 공포는 희미한 연민으로 바뀌어 있었다.

이틀의 애도가 끝나자 송 씨는 이모의 시신을 이불에 말아 어디론가 데려갔다. 며칠 뒤 나는 송 씨에게서 작은 쇼핑백을 건네받았다. 그 안에는 이모의 사망 신고서와 유골함, 목걸이나 팔찌 따위가 들어갈 법한 벨벳 케이스가 들어 있었다.

나는 송 씨가 보는 앞에서 케이스를 열어 보았다. 이모의 왼쪽 발 일부가 형광등 불빛 아래서 영롱하게 반짝였다.

목이 멜 정도로 아름다웠다.

송 씨가 말하길, 그들이 죽으면 브로커가 사망 신고와 장례 및 복잡한 과정을 처리하는 대신 광물화한 신체 대부분을 가져가기로 계약이 되어 있다고 한다. 이모는 비교적 초기에 죽어 광물화한 부위가 적었으나 자식인 내가 있기에 내줄 만큼 내준 것이라고 했다. 그러고는 이 말도 덧붙였다. 빌라 사람들이 너를 불편히 여기니 하루 빨리 집을 나가줬음 한다고.

친애하는 동족이 사랑으로 키웠대도 결국은 외부인, 결국은 온갖 감정을 불러일으키는 지구인. 나는 순순히 브로커의 말을 따랐다. 대학 근처의 단칸방으로 거처를 옮겼고, 이모와 엄마의 짐을 그러모아 공유창고◆에 집어넣었다. 두 사람의 흔적이 남은 것은 무엇도 버릴 수 없었는데도 부피 큰 가구를 제하면 양은 많지 않았다.

휴학 신청을 한 뒤에는 한동안 단순하게 살려고 노력했다.

잠을 자고 일어나고 밥을 먹고 술을 마시고 졸리면 다시 자고.

남자친구와 깨졌다는 소식을 들은 옛 친구들이 무턱대고 찾아올 때도 있었다. 그들과 함께 밥을 먹고 영화를 보고 이야기를 나누면서, 난 가끔 이렇게 말하고 싶었다.

너흰 모르지.

내 엄마와 이모와 그들을 모르고 우리에게 무슨 사정이 있었는지도 모르지.

◆ 물품을 보관할 수 있도록 창고 공간을 임대해 주는 사설 서비스.

아는 거 하나 없으면서 어떻게든 날 위로하려 애를 쓰지.

자조 모임이 필요했을는지도 모르겠다. 영화나 드라마에서 그런 광경을 자주 보았다. 빈 강당이나 체육관에 둘러앉아 서로 비슷한 슬픔과 경험을 토로하는 자리.

나 혼자뿐이었을까?

그들에게 입양되어 자란 지구인이, 아니면 그들을 연인이나 친구로 둔 지구인이 단 한 사람이라도 있지는 않을까. 정말 이 슬픔과 고통이 나 혼자만의 것일까?

그래서 술에 흠뻑 취했던 그날, 혹시나 하는 마음으로 인터넷에 검색했던 거다.

보석이 되는 병.

검색 결과 제일 상단에 올라온 것이 바로 당신의 책, 『이 반짝임을 당신께』의 판매 페이지였다.

당신의 책은 3년 하고도 5개월 전에 중소 출판사를 통해 출간되었다. 구매평이 100건 남짓인 걸 보면 그래도 팔리긴 팔린 모양인데, 그 이유마저 어이없었다. 유명 아이돌이 라이브 방송 중 당신의 책을 언급한 것이다. 줄거리가 너무 슬퍼 엉엉 울었다던 그 한마디에 당신의 신파극은 반짝 베스트셀러가 되어 날개 돋친 듯 팔려나갔다. 거품은 사람들이 책을 배송받은 뒤 단숨에 꺼지고 말았다. 재미없어, 개연성이 엉망진창이야, 주인공은

왜 저렇게 답답하게 굴어? 신파극 진짜 작작 써라 어쩌고저쩌
고. 입에 담기도 민망할 수준의 악평이 개인 블로그와 SNS에서
끊임없이 재생산됐다.

　책의 제목을 보자마자 나는 집을 정리하던 중 발견한 소설
책 하나를 떠올렸다. 안방에서 나온 유일한 소설책이었다. 곧장
공유창고로 달려가 짐을 뒤져보니 사진 액자들 사이서 문제의
책이 나왔다. 이모가 자주 읽었는지 책 모서리가 너덜너덜했다.

나는 좁아터진 창고 벽에 기대어 앉아 당신의 책을 읽었다.

1시간이고 2시간이고 먹지도 마시지도 않으면서 문장과 문
장에 코를 박고 집중했다.

모두의 혹평대로 책은 끔찍하게 재미없었다. 제값을 주고 구
매할 것이 절대 못 되었다. 그러나 어떻게 봐도 '그들'과 '그 병'
에 관해 상세히 아는 이가 쓴 것은 분명했다. 이모가 내게 말해
준 것이 250페이지 책 안에 모조리 담겨 있었다.

구글 검색에 따르면 당신은 경기도 양평에 살고 있었다.

이 책이 당신의 데뷔작이자 마지막 작품이었다.

당신에겐 SNS 계정 대신 오래된 블로그가 하나 있었다. 일주
일에 한 번 꼴로 사진과 함께 짤막한 글을 올리는 곳이었다. 초
록으로 물든 한여름의 풀숲, 고양이의 장례식, 베란다 난간에
걸쳐놓은 꽃무늬 누비이불, 제일 최근에 올린 사진은 정갈하게

차려 낸 점심상이었다. 전복죽과 잘게 썰어 낸 김치, 유리컵 표면에 물방울이 맺힌 보리차 한 잔.

'장을 보고 들어와서 보리차를 마시다가 나도 모르게 탄성을 흘렸다. 이런 사소한 것에 깊게 감사할 정도로 올여름은 너무 무덥다. 가을을 간절히 기다리게 된다.'

당신은 엄마와 이모의 '우리'가 아닌 것 같았다.

그러자 나 같은 사람, 결코 '우리'가 될 수 없는 외부인 동류를 만났다는 기쁨보다도 무시무시한 분노가 온몸에 퍼졌다. 당신은, 그들의 사정을 깊이 알고도 그걸 소재로 소설을 썼다. 당신은, 그들의 사정을 알고도 정말 말도 안 되게 재미없고 유치해 빠진 이상한 소설을 썼다. 당신은, 그들의 사정을 알고도 모두가 조롱하고 손가락질하게 만드는 소설을 썼다. 저딴 병이 어디 있어 판타지도 작작 써야지, 나라면 진작 몸 잘라서 갖다 팔았음, 팔 한 짝에 외제차 한 대잖아, 죽는 장면 안 넣어준 거 짜치네, 신파의 기본은 사별 아니야?

엄마와 이모가 어떻게 살다 죽었는지 내 두 눈으로 똑똑히 봤는데. 어떻게 감히, 그렇게 아프고 불쌍한 사람들을 가지고, 어떻게 그 따위로.

나는 당신에게 메일을 보냈다. 책을 읽었다고, 당신이 처한 상황을 나도 비슷하게 겪었다고, 그러니 얼굴 보며 이야기하고 싶다고.

이틀 뒤 답장이 돌아왔다.

'좋아요. 하지만 난 멀리 나갈 수 없어요. 대신 우리 집 주소를 알려드릴게요.'

나는 더 따지지 않고 나갈 채비를 했다. 그대로 경의선 전철에 몸을 실었다.

5

당신은 마지막 복숭아 조각을 말끔히 먹어치우고는 책을 집어 들었다.

"그래도 나름 열심히 썼는데, 반응이 좀 아쉽네요."

"열심히 썼는데 그 모양이라고요? 그럴 거면 혼자 간직하고 즐길 것이시 왜 세상에 내놨어요? 그들에게 미안하지도 않아요?"

"그들이라니 너무 막연하네. 난 베짱이라 불렀어. 왜, 웃거나 하면 그런 소리를 내잖아요. 찌르르르 찌르르르. 그래서 난 개미 할 테니 당신은 베짱이 하라 그랬지."

"하나도 재미없어요. 대체 무슨 생각으로 세상에 내놨나고요!"

내가 소리 지르자 당신은 한숨부터 쉬었다.

"아까부터 정말 너무하네. 대뜸 찾아와서는 내 책이 끔찍하다느니 제정신이냐느니, 독자가 내 책을 어떻게 평가하는지 나도 알아요. 완전 바닥이지. 그래도 계속 그러면 듣는 사람이 상처받아."

"상처받는다고 하지 마. 이 책 때문에 사람들이 이모랑 엄마 삶을 얼마나 비웃었는지 당신이…."

내 말이 끝나기도 전에 맞은편의 굳게 닫힌 방문 뒤에서 목소리가 흘러나왔다. "…여보."

당신은 방문을 향해 황급히 몸을 돌렸다.

"어어, 자기야, 깼어요?"

"진작 깼어." 방문 너머 여자는 밭은기침을 터뜨렸다. "애 더 놀리지 말고 그냥 문 열어. 난 괜찮으니까."

"그치만 자기는 지금 피곤하잖아요. 몸도 안 좋은 사람이 무슨."

"나 애 엄마들이랑 친했어. 아주 각별했다고. 당연히 얼굴 보고 얘기해야지 언제까지 숨기고만 있을 거야?"

나는 방문과 당신을 번갈아 쏘아보았다. 대체 무슨 소리냐는 무언의 질문에 당신은 다시 한숨을 내쉬었다.

"아내가 선아 씨를 직접 만나고 싶다네요. 잠깐 괜찮죠?"

당신이 방문을 열자, 기억에 익은 풍경이 눈앞에 펼쳐졌다. 방 한가운데를 차지한 퀸사이즈 침대, 침대 주변을 에워싼 텔레비전과 라디오, 협탁에 놓인 빨대 달린 물통, 사탕, 물티슈.

그리고 침대에 누워 있는 병자.

어떻게 봐도 인간은 절대 아니었다. 메뚜기 머리에 고무 탈을 뒤집어씌운 것처럼 울통불통 각지고 일그러진 얼굴에 크게 찢어진 눈구멍 안에는 수억의 겹눈이 자글자글했고 부르튼 입술 사이로 삐져나온 짧은 턱수염과 아랫입술에 난 수염이 힘없이 흔들렸다. 얇은 여름 이불 아래가 흔들리며 톤 높은 지저귐이 흘러나왔다. 찌르르르르 찌르르르르.

난 저 모습을 수백 번도 더 넘게 꿈에서 보았다.

"세상에."

당신의 아내는 나를 보자마자 붕대 감긴 중간발을 들어 올렸다.

"설마설마했는데 정말 선아였네! 나 알겠니? 두어 번은 만났던 것 같은데."

"날 알아요?"

"당연하지. 우리 중에 자식 둔 집은 거기밖에 없었거든. 그러고 보니 지금 내 꼴이 엉망이긴 하다. 기억 못 할 만하네. 그럼 옷은 기억나니? 너랑 네 엄마랑 입으라고 직접 지어 보냈는데."

"…기억나요. 노란색 원피스."

"맞아. 그땐 아직 손이 멀쩡해서 재봉 공장에서 일하고 그랬거든. 친구에게도 옷 지어서 보내고. 네 엄마들 일은 참 안됐어. 나도 찾아가고 싶었는데 보다시피 몸이 이래먹어서."

당신 아내의 이름은 '김희'였다. 불리는 이름만이라도 기쁨을 담고 싶어서 그렇게 정했다고 했다. 희는 침대 옆에 앉은 내 무릎 위로 자신의 앞발을 올려놓았다. 얼핏 보인 붕대 틈이 투명했다.

"나도 20년 전에는 평범한 지구 여자 같았어. 근데 약을 먹다가 말다가 해서 그런지, 아니면 지구에 오기 전부터 나이를 원체 먹어서인지, 점점 예전 모습으로 돌아가지 뭐니? 덧붙인 살 가죽이라도 벗겨지면 좋을 텐데 그건 또 아니니까 보기가 흉하다니까."

희는 당신에게 주스를 한 잔 가져다 달라고 부탁했다. 당신이 방을 나서자마자 희는 나를 향해 얼굴을 기울였다.

"잘생겼지, 우리 남편? 옛날엔 더 잘났어. 지금은 쭈그렁 할아버지 다 됐지만."

이어지는 웃음소리에 나는 어쩔 줄을 몰랐다. 그저 나의 손과, 희의 손만 내려다보았다.

"아까 말했잖아요, 더 놀리지 말라고요."

"그래! 듣고 있으려니 어이가 없어서 원. 저 책을 쓴 사람은 바로 나야! 처음부터 끝까지 내 거라고. 뭔 영감탱이 혼자 쓴 척하고 앉아 있대? 안 먹어도 될 욕이나 처먹고 말이야, 나보다 오래 살려고."

"안 먹어도 될 욕은 무슨. 이미 당신 병 수발들면서 한 사발은 얻어먹었어요." 마침 당신이 주스를 든 컵을 들고 방에 돌아왔다. "난 아마 100살도 더 넘게 살 거야. 곱게는 못 죽겠지 싶네요."

당신은 그렇게 말하며 빨대를 희에게 물렸다. 컵이 바닥을 보인 뒤에는 빨대를 빼고 희의 입가와 수염을 정성스레 닦아줬다. 모든 동작이 물 흐르듯 자연스러웠다.

"있지, 선아야. 나 아니면 이 인간은 기역 자도 모르고 살았을 거야. 은행에서 숫자나 놀리던 샌님이거든. 그나마 내가 얘기한 걸 받아 적어 글거리도 트인 거지. 지기야, 내 덕에 작가 소리 들으니 어땠어? 좋았어?"

"그렇게 좀 말하지 마요. 나도 소싯적엔 책깨나 끼고 살았어."

"말마따나 소싯적이지 요즘은 읽지도 않잖아."

희는 찌르르르 웃음을 터뜨리다 수많은 겹눈을 내게 고정했다.

"네가 물었지. 무슨 생각으로 세상에 내놨느냐고."

나는 마지못해 고개를 끄덕였다.

"저건 노온픽션이야." 희는 일부러 발음을 늘어트리며 인간의 웃음을 흉내 냈다. "각색이 아주 안 들어간 건 아니야. 내 고향도 그렇고 우리가 서로 만났을 때는 이미 다 늙은 노땅이었거든. 그래도 마음만은 젊게 지내자고 여기저기 쏘다녔는데, 침대에 아주 눕게 되니 심심해 죽겠지 뭐니? 그래서 옛날에 데이트한 거 떠올릴 겸 시간도 죽일 겸 썼던 건데… 사실 나도 책은 안 읽다시피 해서 많이 유치하긴 했어, 그렇지?"

"아뇨, 그렇게까지는…."

"늘그막에 쓴 글로 이렇게 욕먹으니 나도 오래 살겠다 싶네. 그래도 책으로 만든 건 절대 후회 안 한다. 그러니 화난 건 알겠지만 네가 이해를… 크흠. 큼. 크허헉, 크흠… 컥…."

말끝에 붙은 가래는 점차 심해지더니 발작 수준으로 번졌다. 당신은 희를 일으켜 한 손으로 등을 두드렸다. 희멀건 가래가 당신의 다른 손바닥에 떨어졌다. 이어지는 속삭임, 내가 얘기할게요, 자기는 눈 좀 붙여요, 아니야 괜찮아 나 보러 온 거라니까, 내 책 때문에 왔잖아, 못난 꼴 더 보여주지 말고 그냥 쉬어요, 너무 걱정은 말고.

희의 눈이 감기는 걸 보고 나는 몸을 일으켰다. 스스로가 너무 부끄럽고 창피해 더는 견딜 수가 없었다. 그러나 희가 황급히 말을 걸었다.

"밥 먹고 가. 얼굴이 반쪽이잖아. 여기까지 오느라 힘들었을 텐데 손님 대접은 받아야지."

희미한 웃음소리가 귓전을 어루만졌기에, 나는 그러겠노라 대답할 수밖에 없었다.

거실로 돌아가 소파에 앉았다. 양 손바닥에 얼굴을 묻었다.

방문 닫히는 소리가 들렸다. 가식과 태평한 기색이 한 꺼풀 벗겨진 당신이 나를 보고 있었다.

"식사 전에 잠깐 걷지 않을래요? 이 근처에 공원이 있는데, 요즘 연꽃 철이라 아주 기가 막혀요."

"신경 쓰지 마요. 아내분부터 챙겨요."

"잠깐은 괜찮아요. 선아 씨도 알겠지만 몇 년은 더 고생할 테니, 나도 가끔은 숨 돌릴 시간이 필요하거든요."

거실 창 너머는 그새 코앞까지 다가온 먹구름으로 시커먼 빛깔이었다. 나와 당신은 우산을 챙겨 집을 나섰다. 얼마 지나지 않아 소낙비가 지면에 굵은 점을 남기기 시작했다.

앞서 걸어가던 당신이 말했다.

"처음부터 거짓말할 생각은 없었어요. 근데 선아 씨가 생각보다 화난 얼굴이라, 그냥 욕이나 좀 먹고 끝내자 싶었지."

"그 일은 사과하지 않을 거예요."

"알았어요. 그래도 우리 사정을 봐줘서 고마워요."

이윽고 당신은 책의 내용과 빼닮은 러브 스토리를 늘어놓기 시작했다. 처음 보자마자 사랑에 빠졌다느니 희가 연꽃을 좋아하기에 일부러 연꽃이 만개하는 시점을 노려 청혼했다느니 하는 얘기들.

"사실 처음은 소설도 아니고 그냥 일기였어요. 희가 말하면 내가 타자를 쳤지. 근데 나중에 다 모아서 보니 이게 무슨, 로맨스 소설 같은 게 되어 있는 겁디다. 그때 희가 그랬죠, 우리끼리 뭔가 추억할 거리를 남기고 싶었는데 이게 딱이라고. 내친김에 진짜 종이책으로 만들어 보자고. 그래서 내가 이 나이 먹어 컴퓨터로 표지 만들고, 글 편집하는 방법도 배우고 그랬어요. 그러니 희 혼자 쓴 게 아니죠. 나도 공동 저자라 이 말입니다."

당신은 그렇게 완성된 원고를 출력소로 가져가 책으로 만들었다. 비록 표지부터 내용까지 유치하고 엉망진창이었지만, 물성을 획득한 연애담은 당신과 희에게 특별한 추억이 되었다.

"근데 문병객 중 한 명이 책을 빌려 가선 안 돌려주는 거야. 알고 보니 자기네 주변에서 계속 돌려 읽고 그러하대. 그쯤 되니 브로커가, 지인이 작은 출판사를 운영하는데 이걸 맡겨서 출간하는 게 어떻겠냐, 한 거지. 생각보다 베짱이들이 한국서 많이 살거든. 한 1,000명 정도? 근데 선아 씨 말대로 이게 얼마나 민감한 일이야. 그래서 내가 희네 친구랑 지인에게 가제본한 책을 보내서 일일이 물어봤어. 이거 팔아먹어도 되겠냐고. 근데 답이 한결같더라고."

한결같은 대답을 한 이 중에 이모도 포함되었다 생각하니 웃음이 나왔다. 로봇 청소기처럼 굴더니만, 속 알맹이까지 전자 회로로 채워지진 않았던 모양이었다.

"희처럼 그네들도 뭔가를, 세상에 남기고 싶었던 게 아닌가 싶어요. 자기도 감정을 느낄 줄 알았노라고, 그런 기록 같은 게 남기를 바랐던 건 아닌가. 그런 생각만 하게 됩디다."

당신이 말하길 그들은 책에 얽히고설킨 악평을 신경 쓰지 않는다고 했다. 그런 사소한 일에 짜증 낼 여력이 더는 남아 있지 않다면서.

그들은 종족의 마지막 세대였다. 이민선에서 태어난 모든 아기는 모체에서 물려받은 병 때문에 부화하고 사나흘도 지나지 않아 죽어버렸고, 지구인의 모습으로 성형한 뒤에는 생식 능력을 완전히 잃고 말았다. 후손을 남길 방법이 영영 사라진 것이다.

그들로 끝이었다.

공원에 도착해 당신은 말했다.

“먼저 연락 줘서 고마웠어요.”

하마터면 나의 존재를 알지도 못한 채 희를 보낼 뻔했다면서.

당신의 시선이 은근하게 공원의 시계탑으로 향하기에, 난 먼저 가보라고 당신의 등을 떠밀었다.

“전 머리 좀 식히고 갈게요.”

“그러면 공원 깊숙이까지 가봐요. 안쪽 연꽃밭이 훨씬 이쁘거든.”

공원 초입부터 흐드러진 연꽃밭이 나를 맞이했다. 물기 어린 연꽃 봉오리가 갓 피어날 듯 화사한 색깔을 뽐냈고, 빗방울이 연잎에 떨어지며 요란한 소리를 자아냈다. 빗발이 거셌지만 공원은 사람들로 북적였다. 모두가 진창이 된 흙길을 걸으며 각자의 방식으로 연꽃을 감상했다.

나는 당신의 조언대로 공원 깊숙이 들어갔다. 발을 옮길 때마다 연꽃 봉오리가 서서히 펼쳐졌고, 제일 안쪽인 강변에 도착하자 사방이 만개한 연꽃으로 가득했다. 강에서 올라온 물안개가 연꽃 아래를 감싸안은 덕에 주변은 신비롭고 몽롱한 분위기가 감돌았다.

나는 고가도 아래 자리한 벤치로 향했다. 찰박대는 소리에 고개를 돌리니, 노란 비옷을 뒤집어쓰고 물웅덩이 위에서 뜀박질하며 노는 어린아이와 부모로 보이는 젊은 남녀가 눈에 들어왔다. 부모는 핸드폰으로 아이를 촬영하고 있었다. 아이의 몸짓 하나하나를 신경 쓰고 유의하면서, 걱정과 기쁨이 뒤섞인 미소를 지은 채로.

마지막 소풍이 떠오른 것도 당연한 일이었다.

어린 마음에 즐겁기만 했던 그날, 엄마와 이모는 제각기 다른 감흥에 젖어 있었을 것이다. 엄마는 넘어져 우는 나를 보며 연민과 슬픔에 자신의 팔다리가 굳어가는 걸 느꼈을까? 나를 일으키고 엉덩이에 묻은 흙을 털어주던 이모의 뇌는 어떤 호르몬을 분비하고 싶었을까?

엄마와 이모는 본인들 삶이 끝없는 낭떠러지 같다고 생각하지 않았을까? 몇 번이고 계속해서 상상하지 않았을까, 자신과 종족의 마지막을, 혼자 남겨질 어린 나를.

한 사람은 자신의 감정을 생생히 감각했을 것이다. 그리고 다른 사람은 약기운에 취해 자기 마음도 제대로 몰랐겠지.

그런데도 엄마는 끝내 약을 먹지 않았다.

그런데도 이모는 그날의 소풍을 영상으로 남겨 간직했다.

침대에 누워서라도 나를 사랑하기 위해 필사적으로 노력했다.

아무것도 느끼지 못하면서 나와 엄마의 사진을 계속해서 벽에 걸었다.

빗방울이 잦아들며 겹겹이 들어찬 먹구름 사이로 햇살 한 줌이 내려앉았다. 나는 가방에서 보석함을 열어 엄마와 이모를 꺼내 들었다. 이제는 한 손에 들어갈 정도로 너무 작고 작아진 그들을 희미한 햇살에 비춰보았다. 엄마와 이모는 뿌연 운무를 배경 삼아 영롱하게 반짝였다. 덩달아 나의 손도 약간의 햇살을 머금었다. 이내 구름이 몰려들며 햇살은 힘을 잃었지만 빛은 사라지지 않았다.

나의 손이 엄마와 이모의 기억으로 찬란히 반짝이고 있었다.

나는 찰나의 반짝임을 붙잡기 위해 양손을 꼭 쥔 채 몸을 웅크렸다. 엄마와 이모의 마음을 감싸안았다.

작가의 말

작가의 말을 쓰려고 도서관에 갔다.

2시간 동안 노트패드 세 장 분량의 초고를 썼다. 집에 돌아와 컴퓨터로 글을 옮겼고, 30분 동안 살펴본 뒤 모두 삭제했다.

집에 있는 책을 모조리 늘어놓고 수록된 '작가의 말'을 읽어보았다. 길어봤자 세 장 남짓한 지면에는 수려한 문장과 짜임새 있는 구성으로 메시지가 확실한 글이 담겨 있었다. 다시 초고를 보았다. 찢어버리고 싶었다.

편의점에서 제로 비타민 음료와 얼음 컵을 사 왔다. 감미료

특유의 들큼한 단맛을 삼키며 다시 머리를 싸맸다. 이 책에 관해 뭐라고 얘기해야 할까. 모든 글의 첫 독자는 작가 본인이라는 말대로 나 자신을 만족시키는 걸 우선시했다고? 그보다는 더 특별한 말이 들어가야 하지 않나, 나의 머릿속에 존재하던 온갖 날것의 망상을 물성 지닌 무언가로 바꾼다는 게 얼마나 반갑고도 무서운 일인지 매일 깨닫게 된다는 것 같은. 그러나 설사 작가의 말을 끝맺지 못한대도 책은 나올 것이었다. 나의 두려움은 저 멀리멀리 내버려두고서.

그러니 단편 얘기를 하자. 너무 길지 않게 그리고 간결하게.

〈60평〉에는 나의 경험이 일부 들어갔다. 붉은 벽돌 창고와 직접 문을 여닫아야 하는 화물 승강기, 원격 조종으로 알아서 처리되던 온갖 사무 업무와 머리 위로 떨어진 구식 안정기. 다행히 안정기는 어깨로 떨어졌고 약간의 타박상만 남겼다. '당신 엄마'와 같은 상황이었다면 '그것'의 도움을 마다할 수 있었을까? 나는 가끔 고민한다.

〈여름, 우리는 함께 헤엄쳤고〉는 징그러운 것이 끌려서 썼다. 친가와 외가 양쪽에게 물려받은 탈모 때문에 고민이 많던 시기

이기도 했다. 자연스럽게 '연가시로 만든 가발'이란 아이디어가 떠올랐다. 관련 자료를 찾아볼 때만 해도 소름이 돋을 정도로 연가시가 징그럽다 느꼈는데, 초고를 끝낼 무렵 벌레는 나에게 서늘하고 아름다운 무언가로 바뀌어 있었다.

〈후루룩 쩝쩝 맛있는〉은 내게 작가의 길을 열어줬다. 나 스스로 재밌자고 쓴 글이었다. 이상할 정도로 '젠틀'한 외계인에게 엮이는 지구인을 쓰고 싶었다. 신기한 건 초고를 쓸 때만 해도 공장형 축산을 걱정하는 마음은 눈곱만큼도 없었다는 점이다. 내가 의식하지 않아도 메시지는 담길 수 있구나. 다시 생각해도 신기할 따름이다.

〈관장님의 마지막 한 모금〉은 술을 마시며 썼다. 〈후루룩 쩝쩝 맛있는〉만 봐도 그러하지만 '상호 합의로 이루어지는 식인'이란 소재를 좋아한다. 식인이라는 비윤리적인 행위에 '상호 합의'라는 안전책을 집어넣어서라도 이거 괜찮다고, 나쁘지 않다고, 무엇보다 상대의 허락도 받지 않았느냐, 라며 읽는 이를 설득하는 시도가 즐겁고 재미있었다. 내게 시체 섞인 술을 맛볼 기회가 온다면 과연 거절할 수 있을까? 세상에 둘도 없을 최고의 한 모금이라는데? 거절 못 할 것 같다. 그런 마음으로 썼다.

〈보석의 마음〉은 다섯 단편 중 명백하게 아픈 손가락에 속한다. 우매함의 봉우리에 서 있을 무렵에 쓴 글이었다. 〈후루룩 쩝쩝 맛있는〉과 함께 써서 공모전에 제출할 때만 해도 내게 상을 안겨줄 글은 〈보석의 마음〉일 거라 믿어 의심치 않았다(물론 현실은 기대에서 크게 벗어났다.) 몇 년이 지나 다시 들여다본 글은 머리가 아플 정도로 형편없었다. 결국 문장을 경어체에서 평어체로 바꾸고 구성과 제목도 손보았다. 이제야 하나의 완전한 단편으로 마무리 지었다는 만족감이 든다.

아이 한 명을 키우기 위해서는 온 마을이 필요하다는 격언처럼, 이 책에도 많은 이의 노고가 들어갔다. 나를 지켜보고 지지해 준 가족의 노고와, 나를 격려하고 응원하며 편집과 제작에 힘써주신 박소연 편집자님과 허블의 노고, 그리고 이만큼 글을 써 내린 나의 노고까지. 이 책을 위해 힘써주신 모든 분에게 감사할 따름이다.

그리고 작가의 말을 읽는 당신도 있다.

연휴의 마지막 날, 산에 다녀왔다. 왼쪽 골반이 시큰거려 정상에 오를 엄두는 나지 않았다. 그래서 산을 에워싼 둘레길을 설렁설렁 걸었다. 2만 5,000보를 걷는 내내 지면 너머의 당신을 생각했다. 나의 책을 구매하거나 대여하거나 선물 받았을 당신, 나의 독자.

지금 당신은 무슨 얼굴을 하고 있을까.

이 글이 나를 만족시킨 것처럼, 아무쪼록 당신의 입맛에도 잘 맞았기를.

다음에 또 봅시다.

2026년 3월

이멍

당신은 아직 젊고 건강하다

ⓒ 이멍, 2026. Printed in Seoul, Korea

초판 1쇄 찍은날	2026년 3월 6일
초판 1쇄 펴낸날	2026년 3월 20일
지은이	이멍
펴낸이	한성봉
편집	김학제·안태운·박소연
콘텐츠제작	안상준
디자인	최세정
마케팅	오주형·박민지·이예지·정효인
경영지원	국지연·송인경
펴낸곳	허블
등록	2017년 4월 24일 제2017-000050호
주소	서울시 중구 필동로8길 73 [예장동 1-42] 동아시아빌딩
페이스북	facebook.com/dongasiabooks
인스타그램	instagram.com/dongasiabook
트위터	twitter.com/in_hubble
블로그	blog.naver.com/dongasiabook
홈페이지	hubble.page
전자우편	dongasiabook@naver.com
전화	02) 757-9724, 5
팩스	02) 757-9726
ISBN	979-11-93078-85-3 03810

※ 허블은 동아시아 출판사의 문학 브랜드입니다.
※ 잘못된 책은 구입하신 서점에서 바꿔드립니다.

만든 사람들

책임편집	박소연
크로스교열	안상준
표지디자인	곰곰사무소
본문디자인	최세정